Raketen MÄNNER

Frank Goosen

Raketen MÄNNER

Kiepenheuer & Witsch

2. Auflage 2014

Umschlaggestaltung: Rudolf Linn, Köln
Umschlagmotiv: © Philipp Wente
Gesetzt aus der Apollo
Satz: Buch-Werkstatt GmbH, Bad Aibling
Druck und Bindearbeiten: CPI books GmbH, Leck
ISBN 978-3-462-04620-5

Inhalt

Das Besondere

Kamerke seufzte. Es musste ihm doch gelingen, wenigstens einmal im Leben eine Frau zu betrügen. Und der richtige Zeitpunkt war genau jetzt. Immerhin hatte die, mit der er verheiratet war, vorgelegt.

Er beugte sich vor und schüttelte die Kissen in seinem Rücken auf. In Hotels bekam man einfach keine ordentlichen Kopfkissen. Immer waren sie zu dünn, und man musste das Ersatzkissen aus dem Schrank dazunehmen. Wenn überhaupt eines da war. Unter den Decken war es immer zu warm. Sowieso waren Hotels überheizt. An den Kissen wurde gespart, damit sie mehr Geld fürs Heizen hatten, oder was?

Im Fernsehen lief eine Talkshow. Kamerke hatte keine Ahnung, worüber da geredet wurde. Der Fernseher lief nur, damit es im Zimmer nicht so still war. Und dieses ganze Gerede führte doch zu nichts.

Er schaltete ein Programm weiter, wo gerade ein Kriminalfilm begann. Ein Mann lag in einer Koje und ging in Flammen auf, fuhr hoch, schrie und fiel nach vorne. Eine Viertelstunde später schoss mit leichtem Blubbern eine Leiche an die Oberfläche eines Flusses, eine verkohlte Hand emporgereckt. Was dazwischen passiert war, hatte Kamerke nicht mitbekommen. Und überhaupt: Trieben Wasserleichen nicht eher langsam nach oben? Er blieb nur deshalb an dem Film hängen, weil da eine blonde Polizistin beteiligt war, die er nicht unattraktiv fand.

Was ihn zu seinem Thema zurückbrachte.

Er war sechsundfünfzig Jahre alt und den Frauen, mit denen er zusammen gewesen war, immer treu gewesen. Welcher Mann konnte das schon von sich behaupten? Jetzt war er seit fünfzehn Jahren verheiratet, hatte vielleicht nur noch weitere fünfzehn Jahre vor sich und fand, es sei an der Zeit, eine neue Erfahrung zu machen.

Kurz vor Mitternacht, nachdem es noch zwei verkohlte Leichen gegeben hatte, vibrierte Kamerkes Mobiltelefon und vollführte einen zuckenden, wenig eleganten Tanz auf *Madame Bovary*, dem Buch, das er bei seinem überstürzten Aufbruch von zu Hause eher zufällig mitgenommen hatte, weil es nun mal gerade auf dem Beistelltisch neben seinem Lesesessel gelegen hatte.

Es war Dahms.

»Schläfst du nie?«, fragte Kamerke statt einer Begrüßung.

»Hör mal«, überging Dahms diese Bemerkung, sparte sich auch sonst jeden Small Talk, »ich hatte vorhin deine Frau an der Strippe, und die sagte, du bist seit drei Wochen nicht zu Hause gewesen.«

»Ich habe zu tun.«

»Also, *ich* schicke dich nicht die ganze Zeit in der Weltgeschichte rum. Da war die Geschichte in München über diesen Bauunternehmer und danach das mit dem Tänzer in Heidelberg. Hast du andere Herren neben mir?«

»Ich bin Polytheist«, sagte Kamerke. »Ich wechsele meine Götter stundenweise. Genau wie die Ressorts, für die ich schreibe.«

»Wenn du Stress zu Hause hast, geht mich das nichts

an«, fuhr Dahms fort. »Ich habe nur keine Lust, als der Idiot dazustehen, der dafür verantwortlich ist. Wo bist du gerade?«

»In Berlin.«

»Ein lauer Mittwochabend in Berlin. Ich beneide dich. Naja, am Montag bist du in Hamburg. Kleine Sache für die Wochenendbeilage. Ich mail' dir alles rüber. Geht das klar?«

»Sicher.«

»Und danach fährst du nach Hause. Deine Frau macht sich Sorgen. Nur mal so als Tipp.«

Kamerke legte auf. Dahms war fast zwanzig Jahre jünger als er, spielte sich aber auf wie ein väterlicher Freund. Dabei war Kamerke als Freier nicht mal Dahms' Untergebener. Kamerke schrieb für jeden, der es brauchte. Am Dienstag hatte er was in Bochum, für ein Fußballmagazin. Kamerke konnte alles und machte alles, dafür war er bekannt. Zuverlässig, schnell und sauber.

Mehr aber auch nicht.

»Dir fehlt der Punch«, hatte Dahms ihm mal nach anderthalb Flaschen Wein gesagt, »das Besondere. Deshalb bist du über einen bestimmten Punkt nie hinausgekommen!«

Kamerke stand auf und trat ans Fenster. Da draußen war nichts, beziehungsweise noch weniger als nichts, denn ein Innenhof ist nicht mal ein Nichts. Erstaunlich viele Fenster waren noch erleuchtet. Das hier war ein typisches Tagungshotel, und tatsächlich lief gerade die Konferenz einer Firma aus der Energiebranche, deren Mitarbeiter Kamerke schon heute Mittag in der Lobby hatte ertragen müssen, als sie angereist waren. Viele Männer in Anzügen, die zu laut redeten, wenige Frauen in Kostümen, die sich sichtlich bemühten, über die schlechten Witze ihrer Kollegen zu lachen. Was man so hörte aus der Welt der abhängig Beschäftigten war doch, dass sie es bei Gelegenheiten wie diesen richtig krachen ließen. Oder dachte der *Stern* sich das alles aus? Wo und wann sollte er einen außerehelichen One-Night-Stand finden, wenn nicht hier und heute?

Kamerke ließ den Fernseher laufen, während er ins Bad ging, um zu duschen. Es dauerte ewig, bis das Wasser die richtige Temperatur hatte. Er betrachtete sich im Spiegel, und begegnete sich selbst als Vorwurf: der Bauch, der Hintern, die Haare an den falschen Stellen, all die Weisheit des Mittelalters. Hockte in der Hotelbar wirklich eine Geschäftsfrau Mitte dreißig in einem eleganten Twinset, die genau auf einen wie ihn wartete?

Wahrscheinlich nicht.

Anderseits …

Unter der Dusche beklagte Kamerke mit einem Seufzer das Fehlen eines Vorhangs. Es gab hier nur eine halbe, fest installierte Glaswand, die beim Versuch, das Duschwasser daran zu hindern, das Badezimmer unter Wasser zu setzen, kläglich scheiterte.

Mit jedem Kleidungsstück, das er anlegte, besserte sich seine Laune. Es gab kaum etwas Schöneres, als frisch geduscht in frische Unterwäsche und ein frisches Hemd zu schlüpfen. Sein harter Bauch wölbte sich über der Gürtelschnalle der ausgebeulten Jeans. Die Gürtelschnalle war ein sogenannter *Buckle*, kupferfarben, reich ornamentiert, mit acht größeren blauen und vielen kleinen weißen und roten Steinen besetzt. Als Kind hatte er einen Freund gehabt, Wenzel, dessen Vater Filmvorführer in einem alten Kino gewesen war und eine Schwäche für Western gehabt hatte. Der Vater hatte die Kinder umsonst hereingelassen, sie hatten auf den besten Plätzen gesessen und sich die ganzen Klassiker angesehen. *12 Uhr Mittags, Fluss ohne Wiederkehr, Die vier Söhne der Katie Elder.* Da war was hängen geblieben.

Er zog die Karte aus dem Schlitz neben der Tür. Mit einem Schlag erloschen die Lichter im Zimmer, und der Fernseher verstummte.

Sechsundfünfzig, dachte Kamerke, während er den Flur entlangging. Ein komisches Alter. Er wusste, er sah älter aus, ein bisschen verlebt. Nur das schlohweiße, noch immer volle Haar sicherte ihm eine gewisse Restattraktivität.

Als er bei den Fahrstühlen ankam, glitten die Türen des mittleren gerade auseinander. Kamerke dachte noch darüber nach, dass das ein Zeichen sein musste, sodass er völlig vergaß, den Knopf mit dem L für Lobby zu drücken. Deshalb fuhr der Fahrstuhl jetzt nach oben, statt nach unten, und hielt erst im obersten Stockwerk. Einem Plakat an der Wand des Fahrstuhls entnahm er, dass sich dort eine Dachterrasse befand. Auch gut, dachte er.

Auf dem Weg nach draußen kam ihm ein Mann entgegen, der sehr müde aussah. Er trug einen Anzug und Ränder unter den Augen. Die Sorge um den Standort Deutschland schien ihn fertigzumachen.

Die Dachterrasse konnte sich sehen lassen. Da war ein kleiner Pool, rundherum Liegestühle und Tische, an denen einige Männer und Frauen saßen. Anzüge und Twinsets. So soll es sein, dachte Kamerke.

Er setzte sich an die Bar. Zwei Hocker weiter starrte ein junger Mann in seinen Cocktail. Der Barmann kam herüber und stellte sich vor.

»Barney«, sagte er.

»Ernsthaft?«, entfuhr es Kamerke. »Barney, der Barmann?«

Barney schien nicht zu wissen, was daran witzig sein sollte. Er mochte um die dreißig sein, trug eine schwarze Weste über einem weißen Hemd und ließ sich das leicht stachelige, dunkle Haar von irgendeinem Gel in Form halten.

»Was darf ich Ihnen bringen?«

Kamerke deutete auf das Glas des anderen. »Ich nehme, was er hat.«

»Einen Daiquiri, sehr wohl.«

Der junge Mann blickte auf. Auch er trug einen Anzug, auch er sah müde aus.

»Sie sind nicht von unserer Firma«, stellte er fest.

»Ja«, antwortete Kamerke.

Der andere runzelte die Stirn. »Also doch?«

»Nein.«

Der junge Mann dachte nach und sagte schließlich: »Aha.«

Barney brachte den Daiquiri, und weil er offenbar viele schlechte Filme gesehen hatte, nahm er sich ein weißes Handtuch und fing an, Gläser zu wienern.

»Ritter«, sagte der junge Mann, rückte einen Hocker auf und reichte Kamerke die Hand. »Aber ohne schimmernde Rüstung«, fügte er noch hinzu.

Das lief nicht so, wie Kamerke es geplant hatte. Da er nicht unhöflich sein wollte, nannte er trotzdem seinen Namen.

»Was machen Sie?«, fragte Ritter.

»Eigentlich bin ich hergekommen, um meine Frau zu betrügen.«

Und wieder legte dieser Ritter die Stirn in Falten. »Warum?« Der Mann war angetrunken und hatte die Welt wahrscheinlich schon nicht mehr verstanden, bevor Kamerke aufgetaucht war. Jetzt näherte er sich der Fassungslosigkeit. Kamerke hatte keine Antwort für Ritter, und der schien auch nicht ernsthaft eine zu erwarten.

»Wissen Sie, was ich gerne hätte?«, fragte Ritter. »Eine Frau. So ganz allgemein. Nicht zum Betrügen. Also praktisch zum Ehrlich-zu-ihr-Sein. Komisch, was? Nächste Woche werde ich nicht mal mehr einen Job haben. Keinen Job, keine Frau, und mein Auto ist auch kaputt.«

Das wollte Kamerke alles nicht hören.

An einem der Tische am Pool wurde laut gelacht.

»Das sind Blumberg und Reif«, sagte Ritter. »Die wissen, wie es geht.«

Kamerke drehte sich um. Blumberg und Reif waren zwei grotesk attraktive Alphas mit der militant guten Laune echter Frauenfischer. Vielleicht sollte ich mich an die halten, dachte Kamerke. Die haben jede Menge *Punch*, und ganz viel von *dem Besonderen*.

»Sind Sie so ein Alt-Achtundsechziger?«, wollte Ritter jetzt wissen.

»Achtundsechzig war ich elf«, antwortete Kamerke.

»Ich meine, das mit der freien Liebe und jeden Tag eine andere, das ist doch alles … Ich weiß nicht … Ach, was weiß ich schon.« Ritter bedeutete Barney, ihm noch einen Daiquiri zu mixen. Barney unterbrach das Wienern und machte sich an die Arbeit.

Blumberg, Reif und die anderen standen auf und kamen an der Bar vorbei. Entweder Reif oder Blumberg machte eine Bemerkung, und es wurde wieder laut gelacht. Am Ende der kleinen Prozession ging eine Frau, die vielleicht Anfang vierzig war. Ritter hielt sie am Arm fest.

»Gaby, das ist Herr Kamerke, er ist hier, um seine Frau zu betrügen. Was sagst du dazu?«

Gaby blickte von Ritter zu Kamerke und zog eine Augenbraue hoch.

»Interessant«, sagte sie.

Kamerke hob sein Glas und prostete ihr zu. Blumberg, Reif und die anderen kümmerten sich nicht um Gaby und verschwanden in Richtung Fahrstuhl. Sie sah ihnen nach und setzte sich auf den Hocker neben Ritter.

»Einen Tequila Sunrise«, sagte sie zu Barney, der Ritter gerade den Daiquiri hinstellte.

»Er hat wenigstens eine Frau«, sagte Ritter und versuchte, den Strohhalm seines Cocktails zu erwischen. »Ich habe nächste Woche nicht mal mehr einen Job.«

»Nun übertreib' nicht!«, sagte Gaby.

»Frohnberg will mich loswerden, das steht fest. Und Stolte gibt ihm Rückendeckung.«

»Du bist noch jung«, sagte Gaby.

»Ich weiß gar nicht mehr, der wievielte Job das ist, seitdem ich mit dem Studium fertig bin. Guck dir ihn an«, sagte Ritter und zeigte auf Kamerke. »Die alten Leute haben mit fünfzehn oder zwanzig oder was weiß ich einen Beruf angefangen und behalten den, bis sie fünfundsechzig sind. Dazu die ganzen Frauen und das Rumvögeln. Will denn niemand mehr Goldene Hochzeit feiern?«

»Ein bisschen Rumvögeln hat noch keine Goldene Hochzeit verhindert«, sagte Gaby.

Ritter sah sie an. »Wann seid ihr eigentlich so abgezockt geworden?«, fragte er. Beim zweiten Versuch erwischte er den Strohhalm doch noch und zog den Drink fast komplett leer. »Ich habe genug«, fügte er hinzu. Er stand auf und ging Richtung Fahrstuhl, wobei er, wie Kamerke bemerkte, nicht mal schwankte, obwohl er ordentlich getankt hatte. Vielleicht hatte auch dieser Ritter *das Besondere* und wusste nur nichts davon.

Der Hocker zwischen Kamerke und Gaby war jetzt leer. Sie machte keine Anstalten, zu ihm rüberzurutschen. Kamerke mochte solche Frauen.

»Sie sind also auf der Suche nach Abenteuern«, sagte sie, und betonte es nicht als Frage, sondern als Feststellung, sah Kamerke dabei auch nicht an, sondern rührte mit dem Strohhalm in ihrem Drink.

»Es wird kühl«, sagte Kamerke und blickte nach oben, wo keine Sterne zu sehen waren.

»Da wollen wir uns mal nicht so anstellen«, sagte Gaby und fuhr fort: »Sie gehören nicht zur Firma.«

»Ja.«

»Also doch?«

»Ich meine: Nein, ich gehöre nicht zur Firma.«

»Jedenfalls nicht zu dieser.«

»Zu keiner.«

»Beamter? Freiberufler?«

»Letzteres.«

»Toll, diese Freiheit, was?«

»Wahnsinn.«

»Was macht Ihre Frau?«

»Schreibt Kinderbücher. Und Ihr Mann?«

»Er macht das, was Sie heute gerne tun würden.«

»Hauptberuflich?«

»Manchmal kommt es mir so vor.« Sie griff sich die halbe Orangenscheibe, die am Glasrand steckte, und saugte sie aus. »Andererseits«, sagte sie, »kann ich mir nicht vorstellen, dass ihm eine Geld dafür gibt. Es sei denn, er zeigt da Fähigkeiten, die er zu Hause unter Verschluss hält.«

»Kinder?«

»Erwachsen.«

»Früh angefangen.«

»Danke für die Blumen. Und selbst?«

»Keine«, sagte Kamerke. »Es geht nicht.«

»Eine Kinderbuchautorin, die keine Kinder hat?«

»Wenn es Gott gibt, teilt er sich den Humor mit Woody Allen.«

Sie schwiegen ein paar Sekunden, ohne dass es unangenehm wurde.

»Und sonst?«, fragte Kamerke.

Sie zuckte mit den Schultern. »Ich liebe Cocktails in lauen Sommernächten, und ich hasse Hotels. Vor allem die Badezimmer.«

»Die Aufkleber mit dem Umwelthinweis.«

»Die kleinen Fläschchen mit der Seife.«

»Die dünnen Kopfkissen.«

»Und es ist immer zu heiß.«

Jetzt zeigte sie genau den richtigen Anflug der Ahnung eines Lächelns.

»Herr Kamerke«, sagte sie. »Was soll das noch geben mit uns?«

»Ich glaube, Barney will Feierabend machen.«

Kamerke nannte seine Zimmernummer, Barney brachte die Rechnung, Kamerke unterschrieb.

Vor dem Fahrstuhl sagte Gaby: »Sie haben kein Trinkgeld gegeben.«

»Er hat gesagt, sein Name sei Barney.«

»Auch wieder wahr.«

Auf seinem Zimmer öffnete er die kleine Flasche Rotwein, die *Mit Empfehlungen des Hauses* auf dem Schreibtisch gestanden hatte, und entschuldigte sich dafür, dass er das Bett nicht gemacht hatte. Gaby sagte, für einen Mann, der hier richtig was erleben wolle, sei er nicht gut vorbereitet. Im gleichen Atemzug fragte sie ihn, was genau er beruflich mache, und er erzählte es ihr. Sie nickte nur.

»Soll nicht leicht sein, als Freischaffender.«

»Es läuft. Auch wenn mir der *Punch* fehlt, *das Besondere*.«

»Willkommen im Club«, sagte Gaby, streifte die Schuhe ab, setzte sich in den Sessel, zog die Beine an und zupfte ihren Rock über die Knie. Ihr Blick fiel auf *Madame Bovary*. Sie nahm es in die Hand und las den Klappentext. »Ich habe den Film gesehen.« Sie reichte ihm das Buch. »Lies mir daraus vor! Die Stelle mit der Kutschfahrt.«

Und Kamerke tat wie ihm geheißen.

Bewegliche Ziele

Wenzel ärgerte sich. Seine Zukunft schien den Bach runterzugehen, noch bevor sie richtig angefangen hatte. Wo blieb dieser Günther?

Außerdem verfluchte Wenzel die Tatsache, dass er nur den dünnen Hoody angezogen hatte. Schon vorhin war abzusehen gewesen, dass es regnen würde, aber nachdem er das Haus verlassen hatte, war er zu faul gewesen, in den vierten Stock zurückzulaufen, um seine Regenjacke zu holen. Als er in der Bahn gesessen hatte, hatte es angefangen, und auf dem Weg von der Haltestelle bis zum Laden war er klatschnass geworden.

Er betrachtete die alten Zeitungsseiten, mit denen das Schaufenster und die Tür ausgeschlagen waren. Jedes zweite Wort in den Schlagzeilen war *Krise*. Oder es ging um Fußball. Zwischen den einzelnen Seiten war kein Spalt, durch den Wenzel in sein mögliches neues Leben hätte schauen können.

Er tippte sich mit dem Zeigefinger an die Stirn.

Günther war jetzt schon zwanzig Minuten zu spät. Da er sich am Telefon einfach mit Günther gemeldet hatte, wusste Wenzel nicht mal seinen Nachnamen. Nur, dass er diesen Laden verkaufen wollte.

Den Laden, den Wenzel sich eigentlich nicht leisten konnte.

Sagte Mel.

Mit dem, was er durch seinen Großvater an Eigenkapital würde einbringen können, wäre es kein Problem, einen Kredit über den Restbetrag zu bekommen, aber die Raten machten die Sache schwierig. So ein Laden, meinte Mel, könne sich unmöglich tragen, schon gar nicht an dieser Stelle. Die sei gar nicht so schlecht, hatte Wenzel geantwortet, eine Seitenstraße der Fußgängerzone, der Laden habe sich jahrzehntelang getragen, worauf Mel zurückgab, das seien andere Zeiten gewesen.

Er ging unter dem Vordach vor dem Laden auf und ab, immer drei Schritte zur einen Seite, dann Wende und drei Schritte zur anderen, ein Gefangener in einer sehr kleinen Zelle. Nebenan war eine Kneipe, die auch schon seit Jahren geschlossen war. Die Nässe drang durch den Kapuzenpullover, das Shirt darunter und durch die Haut bis in die Eingeweide. Sein Magen, seine Milz, seine Nieren und sein Herz schwammen in der Gegend umher, und auch der Blinddarm wäre hinterhergeschwommen, wenn er nicht schon vor Jahren das gemeinsame Becken hätte verlassen müssen. Das war ein Mai, der sich wie ein November benahm. Mel hatte gesagt, bisher habe sie nur die deutschen Winter gehasst, aber mittlerweile bringe nicht mal mehr der Frühling die Rettung. Da könne sie ja gleich wieder nach Manchester zurückgehen.

Er tippte sich mit dem Zeigefinger an die Stirn.

Dass Noel Gallagher und Mel aus derselben Stadt kamen, war kaum zu glauben.

Aus der leeren Kneipe musste man natürlich eigentlich einen Club machen, dachte Wenzel.

Aber schon der Laden hatte ja keine Chance.

Sagte die wetterfühlige Mel.

Eine halbe Stunde nach der vereinbarten Zeit hielt gegenüber ein Mercedes, der ungefähr aus dem Jahr stammte, in dem Wenzel auf die Welt gekommen war. Ein kleiner Mann mit Kinnbart stieg aus und tat etwas, das Wenzel schon lange nicht mehr gesehen hatte: Er schloss seinen Wagen ab. Normalerweise drückte man nur flüchtig im Weggehen auf den Funkschlüssel.

Es gelang Wenzel, seine Drei-Schritt-Patrouille zu stoppen.

Er tippte sich mit dem Zeigefinger an die Stirn.

Der Mann trug einen hellen Bogart-Trench, darunter ein marineblaues Sakko mit goldenen Knöpfen und ein blauweiß kariertes Hemd. Auf seiner etwas klobigen Nase saß eine dickrandige Brille. Die Augen dahinter hatten Halbmast geflaggt, und das offenbar seit Jahren.

»Sie sind früh dran«, sagte er statt einer Begrüßung.

»Ich stehe hier seit einer halben Stunde!«, entgegnete Wenzel.

»Selbst schuld«, brummte Günther und schloss den Laden auf.

Wenzel wurde von einem Geruch empfangen, der ungefähr so muffig war wie Günthers Laune. Es war dunkel, aber das änderte sich, als Günther den Lichtschalter fand. »Mein halbes Leben habe ich hier verbracht«, brummte er, »aber den Lichtschalter muss ich immer noch suchen.«

Wenzel war gleich positiv überrascht. Das schmale, lange Ladenlokal hatte eine klare Ordnung: Rechts und links standen, genau wie in der Mitte, Plattenkisten in zwei Stockwerken. An den Wänden fanden sich je drei Reihen Metallschienen, in denen die Neuheiten eingeschoben werden konnten. In den Ecken hingen unter der Decke vier mattschwarze Lautsprecherboxen. An der Stirnseite des Raumes war ein erhöhter Tresen, mit drei Halterungen für Kopfhörer. Links davon führte eine Treppe nach unten. Die Luft schmeckte nach Staub. Wenzel ging drei Schritte vor, machte die Wende und ging drei Schritte zurück.

»Alles in Ordnung?«, wollte Günther wissen.

Wenzel tippte sich mit dem Zeigefinger an die Stirn. Günther zog die Augenbrauen hoch.

»Das ist nicht so gemeint«, sagte Wenzel. »Das passiert mir immer, wenn ich nervös bin.«

»Du bist nervös?«

»Ich bin eigentlich immer nervös, aber heute und hier und jetzt ganz besonders. Das ist so eine Weggabelung in meinem Leben.«

Günther blickte ihn lange an und sagte schließlich: »CDs sind im Keller.«

Da gehören sie auch hin, dachte Wenzel.

»Und das alles wollen Sie verkaufen?«, fragte er.

»Muss«, sagte Günther und bewegte dabei kaum die Lippen.

»Meine Freundin Mel hält mich für bescheuert«, sagte Wenzel.

Auf Günthers Stirn zeigten sich canyontiefe Hautschluchten. »Mel? War sie bei den Scheißgirls oder was?«

»Nein, aber immerhin kommt sie aus England.« Wenzel tippte sich an die Stirn.

»Hören Sie mal«, sagte Günther, »ich kann dich nicht siezen, du bist doch kaum älter als mein Auto. Ich will dir nichts vormachen. Das hier ist keine Goldgrube mehr. Wenn mir der Laden nicht gehört hätte, also abbezahlt und alles, hätte ich schon viel früher dichtmachen müssen. Ich weiß ehrlich gesagt nicht, was einer wie du damit will.

Deinesgleichen kauft doch gar keine Platten mehr. Und wo hast du überhaupt das Geld her?«

Wenzel tippte sich mit dem Zeigefinger an die Stirn.

»Von meinem Großvater.«

»Weiß er, was du damit machen willst?«

»Allerdings!«

Günther zog die Nase hoch und schüttelte den Kopf. »Sieh dir erst mal den Keller an«, sagte er und ging zu der Treppe im hinteren Teil des Ladens. Auf dem Weg dorthin blieb er plötzlich stehen, drehte sich um, fragte: »Geht's? Oder willst du erst noch mal ein paar Schritte zurück?«

»Wenn ich ein klares Ziel habe, geht es.«

Günther nickte. »Wir alle brauchen Ziele.«

An der Treppe war ein Lichtschalter. Günther drückte drauf, und unten gingen flackernd alte Leuchtstoffröhren an.

Bevor er hinunterging, warf Wenzel einen Blick hinter den Tresen. Da stand sogar noch ein alter Dual-Plattenspieler samt Verstärker.

Der Keller war niedrig und noch etwas muffiger als die obere Etage. Die Kunststoff-Ständer für die CDs wirkten, als wollten sie richtige Plattenständer werden, wenn sie erst mal groß waren. Auch hier gab es einen kleinen Tresen mit gerade mal einer einzigen Kopfhörerhalterung. Außerdem stand mitten im Raum ein altes grünes Sofa.

»Auf dem da haben wir unsere Tochter gemacht«, sagte Günther. »In der Mittagspause, als meine Frau noch mitgearbeitet hat. Nur hatten wir oben vergessen abzuschließen, als ein Kunde kam und CDs wollte. Na ja, so Geschichten halt.«

Auf dem Boden standen mehrere Bananenkisten mit Schallplatten. Wenzel hockte sich hin und ging die Platten durch. Das war auch etwas, was mit CDs verloren gegangen war: das Durchflappen von Plattensammlungen. Plastik an Plastik hörte sich nicht schön an. Plattencover jedoch machten leise Flapp oder schmiegten sich lautlos durch ein Luftkissen aneinander.

»Restbestände«, sagte Günther. »Zeug, das am Ende nicht mal mehr einer geschenkt haben wollte.«

Da war viel Schlager aus den Siebzigern und Achtzigern. Mittendrin stutzte Wenzel. Der Mann auf einer Maxi-Single mit dem Titel *Ich hole dir die Wolken vom Himmel* sah aus wie Günther in jung.

»Ja, ja«, sagte der sofort, »das habe ich auch mal versucht. Ich dachte, die Leute wären ganz wild darauf, so eine Platte vom Sänger direkt zu kaufen. War ein Irrtum. Nicht der einzige. Ich meine, schon der Titel war Blödsinn. Ich bin mit der Nummer auch ein paar Mal aufgetreten, Schützenfeste, Sparkastenleerungen und so, und da hat mal eine Frau hinterher gefragt: *Was soll ich denn mit Wolken machen? Wieso nicht Sterne?* Darauf ich: *Sterne kann jeder*. Und sie muss ziemlich lange nachdenken und sagt dann: *Also, Wolken sind doof*. Na gut, die hatte ordentlich geladen, aber unrecht hatte sie nicht. Der Text war von meinem Schwager, der hat auch sonst keine Ahnung.«

Etwa zehn Exemplare der Maxi hatten überlebt. Wenzel flappte weiter. Mittendrin stieß er auf eine Platte, die er nicht kannte. Das Cover zeigte die Zeichnung eines Mannes in einem Kostüm für Superhelden. Der Mann trug einen aerodynamisch geformten goldenen Helm, der auch sein Gesicht bedeckte. In Augenhöhe eingearbeitete getönte Gläser erlaubten ihm das Sehen, ohne dass man seine Augen erkennen konnte. Von der restlichen Gestalt des Mannes erkannte man nur den Oberkörper, der in einer Art

Pagenuniform steckte. Das Ganze sah aus wie in den Zwanzigern ersonnen und erinnerte an *Metropolis*. Der behelmte Held stieß in einem steilen Winkel in den Himmel. Den Namen des Sängers hatte Wenzel noch nie gehört: Stephan Moses. Der Titel war *Raketenmänner*.

Wenzel hielt sie hoch und sah Günther fragend an.

»Die? Keine Ahnung. Ich habe sie mir mal angehört. Konnte nichts damit anfangen. Weißt du was? Die schenke ich dir schon mal, egal, was mit dem Laden wird. Und eine von meinen nimmst du auch noch mit! Du hast mir übrigens schon 'ne ganze Zeit keinen Vogel mehr gezeigt.«

Prompt tippte sich Wenzel mit dem Finger an die Stirn.

»Wenn ich mich auf etwas besonders konzentriere, geht es.«

»Na, dann konzentrier dich mal schön, Junge.«

Sie gingen wieder nach oben. Hinterm Tresen fand Günther noch eine alte Plastiktüte für die beiden Platten.

Wenzel ging durch den Raum und berührte die Kisten und die Schienen an den Wänden. Der Teppichboden musste erneuert werden, und natürlich würde man streichen müssen. Er sah sich hinterm Tresen sitzen und die Neuerscheinungen durchgehen.

»Ich habe in meinem Leben noch nie wirklich was riskiert«, sagte er.

»Du rennst nervös hin und her und zeigst der Welt ständig einen Vogel«, sagte Günther. »Reicht dir das nicht an Problemen? Und ansonsten? Du bist jung, du hast doch noch Käseschmiere hinter den Ohren!«

»Heute kriegt man von morgens bis abends gesagt, dass alles den Bach runtergeht. Ich bin nur interessant im Hinblick auf meine ökonomische Verwertbarkeit.«

»Hört sich schlau an.« Günther sah auf die Uhr.

Wenzel gab Günther die Hand. »Kann ich bis heute Abend nachdenken?«

»Die Interessenten stehen zwar Schlange, aber ich denke, bis heute Abend kann ich warten.« Günther grinste.

»Pass auf«, sagte er, als sie wieder auf dem Bürgersteig standen, »du sollst dich nicht unglücklich machen, aber ich habe auch keine Lust, dass da ein scheiß Drogeriemarkt reinkommt oder so ein Nagelstudio.« Günther hielt inne. »Überhaupt: Wieso gibt es auf einmal so was wie Nagelstudios? An jeder Ecke! Genau wie Matratzenläden! Wenn du mir das erklären kannst, schenke ich dir den Laden! Nee, im Ernst, ich verstehe das alles nicht. Wenn du da wieder einen Plattenladen reinmachen willst, wie du am Telefon gesagt hast, kriege ich Tränen in die Augen, Junge, und ich helfe dir auch, wo ich kann. Aber wie gesagt, eine Goldgrube ist das nicht.«

»Vinyl ist wieder im Kommen.«

»Wenigstens hat der Regen nachgelassen. Ruf mich an.« Günther ging zu seinem Wagen, drehte sich aber noch mal um und kam zurück.

»Pass mal auf«, sagte er. »Ich habe deinen Namen und deine Nummer und jede Menge Menschenkenntnis, und deshalb gebe ich dir den Schlüssel für den Laden, und du gehst noch mal rein, wenn du Zeit hast, und lässt das Ganze auf dich wirken, ohne dass ich danebenstehe. Was hältst du davon?«

Wenzel tippte sich mit dem Zeigefinger an die Stirn.

»Ich denke mal, das ist deine Art, dich zu freuen«, sagte Günther und gab Wenzel den Schlüssel.

Günther fuhr davon, und Wenzel machte sich auf den Weg zur Haltestelle, erwischte gleich die nächste Bahn und war eine Viertelstunde später zu Hause. Mel räumte gerade Einkäufe in den Kühlschrank.

Als sie sich umdrehte, zuckte sie zusammen. »Du hast mich erschreckt!«, sagte sie und wirkte verärgert.

»Das wollte ich nicht.«

Wenzel tippte sich mit dem Zeigefinger an die Stirn.

Das gefiel Mel nicht. Sie würde sich nie daran gewöhnen. Sie strich sich eine Strähne ihres dunklen Haars hinters Ohr und sagte: »Ich dachte, du kommst erst heute Abend nach Hause.« Sie stopfte die leere Einkaufstüte in den dafür vorgesehenen Bastkorb in der kleinen Speisekammer, die zur Küche gehörte.

»Ich habe mir den Laden angesehen.«

Sie wandte sich ab und schaltete die Kaffeemaschine ein. »Du weißt, was ich davon halte.«

Drei Schritte, Wende, drei zurück. »Der Laden ist ein Traum, die reinste Zeitreise.«

»Nichts gegen Zeitreisen, aber bitte in die Zukunft!«

»Das könnte es sein.«

»*Deiner* Meinung nach.«

Da sie sich einfach nicht umdrehte und stattdessen mit der Kaffeedose und dem Filterpapier hantierte, obwohl noch gar kein Wasser in der Maschine war, ging Wenzel ins Wohnzimmer und zog *Raketenmänner* und *Ich hole dir die Wolken vom Himmel* aus der Plastiktüte. Wenn er größtmöglichen Schaden anrichten wollte, legte er jetzt Günthers Platte auf. Aber so weit war er noch nicht. Also setzte er sich aufs Sofa und sah sich die Hülle von *Raketenmänner* an. Produziert hatte Moses selbst, zusammen mit dem Pianisten.

Es klingelte. Wenzel betrachtete den Ficus neben dem Sofa. Das Schiffsplankenparkett knarzte, während Mel zur

Tür ging. Wenzel vernahm eine zunächst fröhlich klingende Männerstimme, die sofort zu einem Flüstern und Zischen abgesenkt wurde. Auch Mels Stimme war zu hören, und Wenzel hatte den Eindruck, sie rede in ihrer Muttersprache.

Wenzel stand auf, machte drei Schritte, drehte um und machte drei zurück. Zusätzlich, sicher war sicher, tippte er sich mit dem Zeigefinger dreimal an die Stirn.

Die Tür wurde geschlossen, Mel ging zurück in die Küche. Wenzel wartete ein paar Sekunden und folgte ihr dann.

»Wer war das eben?«, fragte er.

»Was?«

»An der Tür.«

»An der Tür?«

»Ja, es hat doch geklingelt!«

»Ach der! Der wollte nur so ein Abo verkaufen. Ich habe ihn weggeschickt.«

Wenzel tippte sich mit dem Zeigefinger an die Stirn.

»Herrgott«, sagte Mel, »kannst du damit nicht mal aufhören?«

»Du weißt, dass ich das nicht kann.«

»Ja, ja, schon gut, ich komme mir nur immer so vor, als würdest du mich auslachen.«

»Ich grinse dabei nicht mal!«

»Du weißt, was ich meine.«

Wenzel seufzte. »Ich fahre noch zu meinem Großvater.«

Das heiterte Mel auch nicht gerade auf. »Wieso bist du denn überhaupt zwischendurch nach Hause gekommen?«

»Weil ich mit dir über die Sache mit dem Laden sprechen wollte.«

»Was gibt es da noch zu sprechen?«

»Das weiß ich jetzt auch nicht mehr.«

Wenzel ging nach nebenan, schob die beiden Platten wieder in die Tüte und verließ die Wohnung.

Jeder braucht ein Ziel im Leben, dachte er auf dem Weg zur Straßenbahn, nur kriegt man die meisten Ziele nicht richtig scharf gestellt und sie halten nicht still.

Wenzels Großvater, der sich neuerdings *der ganz alte Wenzel* nannte, weil er sagte, sein Sohn, Wenzels Vater, sei ja nun auch nicht mehr der jüngste, lebte in einem kleinen Haus auf einem großen Grundstück. Sein Sohn wollte ihn dazu überreden, in ein Heim zu ziehen, um das Haus abreißen und auf dem Grundstück drei neue bauen zu lassen, kleine Familienparadiese. Der ganz alte Wenzel hatte aber vor, hier zu sterben, und Wenzel konnte sich seinen Großvater nirgendwo anders als in diesem Haus vorstellen.

Wenzel musste dreimal klingeln, bis sich im Haus etwas regte. Danach dauerte es immer noch recht lange, bis der ganz alte Wenzel die Tür öffnete

»Howdy Junge, wie oft hast du geklingelt?«

»Einmal, wieso?«

»Du bist der Einzige, bei dem ich es beim ersten Mal höre. Dein Vater beschwert sich immer, weil er angeblich vier-, fünfmal draufdrücken muss. Das hat doch bestimmt was zu bedeuten.«

Wenzel folgte seinem Großvater in die Küche, wo sie sich immer aufhielten, wenn Wenzel zu Besuch kam. Der Großvater setzte Kaffeewasser in einem alten Kessel auf, schob eine Filtertüte in den weißen Handfilter aus Porzellan, schaufelte Kaffee hinein und setzte ihn auf eine beigefarbene Kanne, die in einem Retroladen heute der Renner wäre. Das alles tat er stumm und mit der Ruhe des gewissenhaften Handwerkers. Als er fertig war, drehte er sich um und sagte: »Und? Heute schon die Zäune auf der Ostweide kontrolliert?«

»Ich denke darüber nach, eine neue Koppel auf der Westweide einzurichten.«

Der ganz alte Wenzel nickte. »Also wird es ernst mit dem Laden?«

»Ich habe ihn mir heute angesehen.«

»Und?«

»Ein Traum mit einem schmutzigen Teppichboden.«

»Was hast du da in der Tüte?«

»Zwei Platten, die mir dieser Günther geschenkt hat.«

Sein Großvater sah sich die Scheiben an. »Moses? Nie gehört. Ich hoffe, der predigt nicht. Und der andere sieht ja verboten aus.«

»Das ist Günther himself.«

»Wolken vom Himmel holen ist doch totaler Blödsinn, damn it!«

Der Kessel begann zu pfeifen. Der ganz alte Wenzel nahm ihn von der Herdplatte und goss das heiße Wasser in den Filter, wartete, bis einiges durchgelaufen war, und füllte nach. Das machte er so lange, bis er zufrieden war, nahm zwei Blechtassen aus dem Küchenschrank, füllte sie mit Kaffee und stellte sie auf den Tisch. Jetzt war es an Wenzel zu nicken. Der Kaffee war schwarz und stark, wie sich das gehörte.

»Grandpa, ich weiß nicht, ob ich das machen soll«, sagte Wenzel. »Das mit dem Laden. Es ist eine Menge Geld. Ich würde alles da reinstecken, was du mir gegeben hast und müsste mich immer noch bis über beide Ohren verschulden.«

»Dein Vater hält dich für bescheuert, ein dusseliges Greenhorn.«

»Meine Freundin denkt dasselbe.«

»Hör nicht auf Frauen, die in Saloons arbeiten.«

Wenzel grinste. Als Saloon konnte man so ein Sterne-Restaurant nicht gerade bezeichnen.

»Was habe ich dir früher immer gesagt?«, fragte sein Großvater.

»Dass es im Leben meistens nur darum geht, eine Herde von hier nach da zu treiben.«

»Und was heißt das?«

»Für die Kleingeistigen und die Idioten heißt es, dass man immer nur stupide seinen Job machen soll, aber für die Eingeweihten bedeutet es, dass man machen muss, was man für richtig hält.«

»Und wenn es nicht klappt, gehst du halt pleite und hast was gelernt. Aber wer sagt denn, dass es nicht klappt?«

»Meine Freundin. Und mein Vater.«

»Weißt du, was dein Vater wollte, als er in deinem Alter war?«

»Das habe ich mich auch immer gefragt.«

»Ein Kino.«

»Ein Kino?«

»Was glaubst du, wie er das geliebt hat, als ich noch im Vorführraum stand! Der hat alle seine Freunde eingeladen. Ich hab' sie durch die Hintertür reingeholt, und sie haben sich all die guten Streifen angesehen. *Der schwarze Falke, Weites Land, Zwölf Uhr mittags.* Dein Vater war ein Cowboy, bevor er ein Mann war.«

»Ich dachte immer, er findet das blöd, was du machst.«

»Klar, er fand es peinlich, dass seine Eltern am Wochenende in Cowboy-Klamotten herumliefen und mit anderen am Lagerfeuer gesessen haben. Aber ein bisschen hat er uns auch beneidet.«

Stumm tranken sie ihren Kaffee und hörten der Küchenuhr beim Ticken zu.

Als es dunkel wurde, machte sich Wenzel, die Platten unterm Arm, wieder auf den Weg.

»So long, Junge. Und tu, was du tun musst!«

Während Wenzel in der Straßenbahn saß, begann es wieder zu regnen. Solange er bei seinem Großvater gewesen war, hatte er sich kein einziges Mal an die Stirn getippt und war auch nicht auf und ab gelaufen. Das fiel ihm nicht zum ersten Mal auf. Anstatt am Hauptbahnhof umzusteigen, ging er durch den Regen zu Günthers Plattenladen und schloss auf. Durch die dünnen Zeitungsseiten im Fenster fiel gerade so viel gelbes Straßenlaternen-Licht, wie er brauchte. Er ging hinter den Tresen und schaltete den Verstärker ein. Dioden leuchteten auf, das Ding schien noch zu funktionieren. Der Plattenspieler sprang an, als Wenzel den Arm mit dem Saphir im Kopf einmal Richtung Plattenmitte bewegte. Vorsichtig setzte er die Nadel auf die Rille.

»Zwischen uns knistert es«, sagte er leise.

Gleich das erste Stück auf *Raketenmänner* hieß *Bewegliche Ziele*. Es war sparsam instrumentiert. Bass, Akustikgitarre, Schlagzeug, Klavier. Mittendrin ein E-Gitarren-Solo. Wenzel legte sich auf den Boden. Die Boxen in den vier Ecken des Ladens hatten nichts verlernt. Man hatte den Eindruck, die Musiker seien im selben Raum. Das Klavier stand bei der Tür, der Bassist im linken, der Mann mit der akustischen Gitarre im rechten Gang. Sie spielten einen schleppenden Rhythmus, den Wenzel nicht benennen konnte. Eine einfache, dunkle, klare Stimme sang: *Du läufst nach links / Ich laufe nach rechts / Die Vögel seh'n zu / Der Himmel ist grau / Wir sind bewegliche Ziele / Du weißt es genau.*

Wenzel schloss die Augen und hörte zu.

Ein Haus am Meer

Frohnberg war irritiert. Er mochte Katzen, aber die hier kam ihm merkwürdig vor.

Er wandte seinen Blick vom Bildschirm ab und schaute nach draußen, in den Innenhof hinunter. Gegenüber streckte sich ein Arm durch den Vorhang, um das Fenster auf Kippe zu stellen. Ein nackter Arm, so nackt wie wahrscheinlich der Rest seines Besitzers. Ein Männerarm, ganz klar. Der Mann an diesem Arm hatte sicher gerade geduscht, wollte frische Luft hereinlassen, war aber noch nicht angezogen und wollte nicht gesehen werden.

Es war überall dasselbe.

Frohnberg wandte sich wieder der Katze zu. Sie war schwarz mit weißen Pfoten und einer weißen Nase. So eine hatten die Nachbarn seiner Eltern früher gehabt. Mikesch, wie der Kater aus der Augsburger Puppenkiste. Das Tier war durch die Gärten der Reihenhaussiedlung gestreift, und man hatte es allseits geachtet. Es hatte sich zu benehmen gewusst und nur selten Gewölle auf die Terrassen gewürgt. Frohnberg hatte ihm Milch hingestellt, bis seine Mutter ihn darauf hingewiesen hatte, dass Milch gar nicht so gut sei für Katzen.

Man konnte so viel falsch machen im Leben.

Frohnberg hoffte, dass der nackte Arm, den er da gesehen hatte, nicht einem seiner Mitarbeiter gehörte. Das war ihm ein unerträglicher Gedanke.

Im Stockwerk darunter stand das Fenster weit offen, und die weiße Gardine wurde vom Wind ins Zimmer geweht, schien sich wieder in die Senkrechte zu kämpfen, bevor sie von der nächsten Böe erneut nach innen getrieben wurde. Beide, der Wind und die Gardine, mussten sich darüber im Klaren sein, dass ihre Bemühungen sinnlos waren. Der Gardine würde es nie gelingen, einfach ganz entspannt und bewegungslos zu hängen, und der Wind würde sie nie komplett ins Zimmer wehen können.

Frohnberg hielt das für ein treffendes Bild seiner Ehe.

Die Katze sah ihn an und sah doch auch irgendwie durch ihn hindurch. Ihr Blick war klar und intelligent. Ja, auch ein bisschen abweisend, aber so waren Katzen nun mal, das machte doch ihren Reiz aus.

Frohnberg wusste, dass man ihn eigentlich für einen Hundetyp hielt. Für einen, der mit einem Schäferhund über die Wiesen an einem Fluss lief und irgendwas durch die Gegend warf, damit der Hund es zurückbrachte. Für einen, der Kommandos brüllte und sich freute, wenn der Hund gehorchte. Für einen, der mit seinem Hund redete und jedes Mal mehr das Gefühl bekam, das Tier antworte. Tatsächlich aber konnte Frohnberg Hunden nichts abgewinnen. Das Adjektiv »hündisch« sagte alles. Hunde waren Schwätzer. Mit Katzen konnte man schweigen. Es wurde sowieso zu viel geredet in der Welt. Frohnberg hing das manchmal zum Halse heraus.

Auf dem Gang vor seiner Tür hörte er Männer lachen. Blumberg und Reif, die Stimmungskanonen. Wo andere hektisch paddelten, surften sie jede Welle ganz locker ab. Vielleicht gehörte einem von ihnen auch der nackte Arm.

Auf dem Weg zum Fahrstuhl mussten sie alle an seinem Zimmer vorbei. Blumberg und Reif waren ihm noch mehr zuwider als Ritter. Dem merkte man an, dass er bisweilen mit sich haderte. Blumberg und Reif kannten keine Selbstzweifel.

Die Katze saß auf einer Terrasse aus polygonal verlegtem Sandstein. Jedenfalls vermutete Frohnberg, dass es sich um Sandstein handelte, da er an einigen Stellen schon grün angelaufen war. Sandstein war weich und neigte dazu, Wasser zu ziehen. Auf den Terrassen der Reihenhaussiedlung, in der er aufgewachsen war, hatte es keinen Sandstein gegeben, schon gar nicht polygonal verlegt. Der Untergrund seiner Kindheit war Waschbeton gewesen. Trotzdem war er am Bild dieser Katze hängengeblieben und hatte einen Moment lang gedacht, das sei der alte Mikesch.

Diese Katze aber hieß Ruby und teilte ihre Informationen nur mit Freunden. Frohnberg schickte ihr eine Freundschaftsanfrage und ging frühstücken.

Im Frühstücksraum saßen die Mitarbeiterinnen und Mitarbeiter und plauderten. Sie hoben die Köpfe, als Frohnberg hereinkam, grüßten kurz, er nickte zurück. Sie wandten sich alle wieder ihren Brötchen, ihrem Rührei oder ihrem Müsli zu.

Ritter hatte ihm einen Platz freigehalten. Frohnberg saß gern am Fenster, hinter sich möglichst nur die Wand, vor sich den ganzen Raum, seitlich das Fenster. Er sah gern, wer auf ihn zukam. Meistens waren es Menschen, die etwas von ihm wollten. Das wurde Frohnberg manchmal ein bisschen zu viel, aber er ließ es sich nicht anmerken. Insgeheim wünschte er sich, dass mal jemand auf ihn zukäme und sagte: *Ich habe da etwas für Sie, das wird Ihnen gefallen!* Und dann gefiel es ihm wirklich!

Frohnberg kam mit Ritter nicht klar. Ritter war immer freundlich, redete einem nach dem Mund, hatte keine eigene Meinung. Das hatte etwas Hündisches. Als wäre Frohnberg sein natürliches Herrchen, aber diese Rolle hatte Frohnberg nie angenommen. Er wollte nicht Herrchen sein, auch wenn ihm das keiner abnahm. Irgendwann war mal Schluss mit dem Entscheiden und dem Richtungvorgeben. Zu Hause kam er damit sowieso nicht durch.

Frohnberg befürchtete, dass Ritters Vortrag morgen früh ein Reinfall werden würde. Er hatte ihn bei solchen Gelegenheiten schon erlebt, da hatte Ritter ungelenk und fahrig gewirkt.

Er warf einen Blick aus dem Fenster. Auf der Straße waren zwei Jugendliche weder in der Schule noch bei der Arbeit. »Ganz schön was los hier«, sagte er und nahm einen Schluck Kaffee. Er hatte ganz vergessen, sich am Büfett etwas zum Frühstück zu besorgen. Es passierte ihm in letzter Zeit öfter, dass er das Essen vergaß. Er dachte darüber nach, Ritter zu schicken, ging schlussendlich aber doch selbst. Er holte sich Früchtemüsli mit fettarmer Milch. Ritter hatte ein angebissenes Brötchen vor sich liegen, dem er keine Beachtung mehr schenkte, als traute er sich nicht, in Frohnbergs Gegenwart Nahrung aufzunehmen.

»Essen Sie doch«, sagte Frohnberg.

Ritter sah ihn verwundert an. In seinem Gesicht arbeitete es. Er griff nach dem Brötchen und biss unsicher hinein.

Frohnberg überlegte, dass es vielleicht Ritters Arm gewesen war, den er vorhin im gegenüberliegenden Zimmer gesehen hatte.

»In welcher Etage hat man Sie eigentlich untergebracht?«, fragte er.

»In der sechsten.«

»Also auch ein Nichtraucherzimmer.«

»Ja, das war mir wichtig.«

Ohne großen Appetit würgte Frohnberg sein Müsli hinunter. Ritter kämpfte mit seinem Brötchenrest, kaute ewig darauf herum und wischte sich umständlich die Mundwinkel ab. Frohnberg fuhr sich mit der Zunge über die Zähne. Überall Müslireste. Um Ritter nicht ansehen zu müssen, warf er noch einen Blick auf die Straße. Die beiden Jugendlichen hatten ihren Spaß. Sie lachten, schlugen sich gegenseitig auf die Schulter und machten sogar ein paar Tanzschritte.

Frohnberg hasste es, hier zu sitzen. In einem Hotel, mit lauter Leuten, mit denen er privat nichts zu tun haben wollte.

Er hasste es, Chef zu sein. Der Chef und er, das waren zwei Personen.

Am meisten hasste er das Gerede. Ständig musste man Antworten herausrücken, wie Geld bei einem Überfall. Oft war da aber gar nichts mehr. Antworten-Insolvenz. Doch das durfte er sich nicht anmerken lassen.

Er musste an einen Satz aus einem Roman denken. Er las nicht viele Romane, konnte sich auch an diesen nicht mehr richtig erinnern, aber dieser eine Satz hatte es ihm damals angetan: *Ich wäre jetzt gern weit weg von hier.*

Als Kind hatte er sich vorgestellt, zur See zu fahren. Mit sechzehn hatte er versucht, ein Gedicht zu schreiben:

An der Reling stehen
Und meilenweit nur Wasser sehen.

Mehr war ihm aber nicht eingefallen. Er hatte *Der Seewolf* gesehen, mit Raimund Harmstorf als Wolf Larsen, der *mit bloßer Hand* eine rohe Kartoffel zerquetschen konnte. Er wäre gerne Wolf Larsen gewesen, auch wenn der blind und einsam endete.

Er hatte keine romantischen Vorstellungen von der Seefahrt mehr. Manchmal las man von Piraten, aber die hatten so gar nichts von Burt Lancaster in *Der Rote Korsar*. Ein Haus am Meer – das wäre es. Alles selbst machen, kein Chef mehr sein. Antworten nur noch im Notfall geben oder wenn man welche hatte.

Er sah auf die Uhr. Noch eine halbe Stunde bis zum Neun-Uhr-Meeting, auf dem er allen erklären würde, wie es weiterging. Er sagte zu Ritter, man sehe sich ja gleich, und stand auf.

Als er auf sein Zimmer kam, stellte er fest, dass Ruby seine Freundschaftsanfrage bestätigt hatte. Sie teilte jetzt alle Informationen mit ihm.

Ruby ist hier zur Schule gegangen: Schule des Lebens.

Wohnt in: Hittfeld.

Aus: Hamburg.

Arbeit und Ausbildung: Naturtalent.

Frohnberg hatte einmal bei einem Hund an dieser Stelle den Begriff »Hundeschule« gelesen. Es freute ihn, dass es so etwas wie eine »Katzenschule« offenbar nicht gab, da Katzen sich nichts beibringen, nichts vorschreiben ließen.

Sport: Hamburger Sportverein und New York Mets.

Eine Katze mit einer Vorliebe für Baseball. Das war sehr interessant. Ob sie selbst schon ein Spiel gesehen hatte? Frohnberg schüttelte den Kopf. Das ging jetzt zu weit. Das war das Profil einer Hauskatze. Natürlich hatte nicht sie etwas mit Baseball zu tun, sondern allenfalls ihr Besitzer.

Bücher: Daniel Kehlmann, *Die Vermessung der Welt*.

Kehlmann, damit musste man immer rechnen.

Filme: *Die fabelhafte Welt der Amélie.*

Amélie. Das war Unsinn. Keine Katze würde sich jemals so einen Kitsch ansehen. Frohnbergs Bild von Ruby geriet ins Wanken.

Musik: Bruce Springsteen.

Bruce Springsteen? Das enttäuschte Frohnberg. Dieses ganze Gejammer von endlosen Autobahnen und dunklen, leeren Häusern und amerikanischen Flaggen und alten Cadillacs und Flüssen, in denen man sich die Sünden von den Händen wusch, und Fabriken, in denen sich die Väter kaputt gearbeitet hatten – das war ganz klar hündisch, einer Katze nicht würdig.

Frohnberg fragte sich, ob man eine Freundschaftsanfrage auch zurücknehmen konnte. Er war mit diesen Dingen noch nicht sonderlich vertraut. Er atmete durch und machte sich auf den Weg zum Meeting. Auf dem Flur traf er Blumberg und Reif. Sie waren guter Dinge.

Vor dem Seminarraum *Potsdam* standen die anderen Mitarbeiter und tranken Kaffee aus Pumpkannen. Frohnberg ging an ihnen vorbei, direkt zum Rednerpult. Der Rechner war an den Beamer angeschlossen, die Fernbedienung lag bereit. Er würde ihnen sagen, was sie demnächst zu erwarten hatten. Das war sein Job, und darin war er gut, ob er wollte oder nicht.

Aber er brauchte ein Haus am Meer.

Play

Kobusch wusste, dass er Sabolewski rausschmeißen musste. Seit einem Monat blockierte er jetzt das Gästezimmer und machte keine Anstalten, sich eine eigene Bleibe zu suchen. Außerdem schuldete er Kobusch Geld. Sie kannten sich ein halbes Leben lang, aber irgendwann war mal gut.

Die Sprechstundenhilfe rief einen Namen ins Wartezimmer. Die alte Frau am Fenster hob den Kopf, rappelte sich auf, stützte sich auf ihren Rollator und schleppte sich zum Behandlungszimmer. Kobusch fragte sich wieder, wieso er nicht privat versichert war. Das hatte er verschlafen, als er sich selbstständig gemacht hatte.

Die Alte erinnerte Kobusch ein wenig an Sabolewskis Großmutter, bei der sie früher, als die Sommer ihren Namen noch verdienten, im Garten Kirschen gepflückt hatten. Die Großmutter war meist mürrisch und wortkarg gewesen und immer erst aufgetaut, wenn Kobusch und Sabolewski Mist bauten. Sie liebte es, wenn die Kinder sich danebenbenahmen, beim Nachbarn mit dem Fußball eine Scheibe zertrümmerten, das nicht mehr richtig befestigte Einbahnstraßenschild umdrehten oder in Toilettenpapier gewickelte Hundescheiße in Briefkasten stopften. In solchen Momenten sagte sie gerne, dass die Welt sowieso viel zu ordentlich sei und die meisten Leute das, was man ihnen antat, auch verdient hätten.

Zehn Minuten nach der alten Frau war Kobusch an der Reihe. Er war der Letzte an diesem Tag, aber es war ja auch schon beinahe sieben. Kobusch fragte sich, ob er Bente würde in die Augen sehen können.

Bente desinfizierte sich gerade die Hände, als Kobusch hereinkam und unaufgefordert auf dem Stuhl vor dem Schreibtisch Platz nahm. Sie befragten einander nach dem werten Befinden, dann war es Zeit, die Hosen herunterzulassen und sich beim Vorbeugen auf der grünen Liege abzustützen, während Bente sich den Einmal-Handschuh überstreifte. Sie erledigten das mittlerweile ziemlich routiniert.

»Alles in Ordnung«, sagte Bente und warf den Handschuh in den silbernen Treteimer unter dem Desinfektionsgerät.

»War mir kein Vergnügen«, entgegnete Kobusch, während er sich das Hemd in die Hose steckte.

»Was macht dein Mitbewohner?«, wechselte der Arzt das Thema.

»Mit dem muss ich mal reden.«

»Er hat es nicht leicht gehabt.«

»Er macht es sich selber schwer. Immer schon.«

Sie gaben sich die Hand. Kobusch war das unangenehm. Seinem Blick jedenfalls hatte Bente standgehalten.

Im Auto dachte Kobusch, dass er den Arzt würde wechseln müssen.

Sabolewski war schon zu Hause. Also bei Kobusch zu Hause. Er saß mit den Kindern vor dem Fernseher, sie sahen sich eine amerikanische Sitcom an. Kobuschs Frau saß daneben und nähte einen Knopf an eine Jacke, die nicht Kobusch gehörte. Sie lachte über das, was da im Fernsehen lief, der Tisch war noch nicht gedeckt. Kobusch grüßte in die Runde, man grüßte halbherzig zurück. Er ging in die

Küche, schnitt Brot herunter, trug die Tupper-Dosen mit der Wurst und dem Käse ins Esszimmer, stellte Teller und Gläser auf den Tisch, holte die Butter und zerteilte auch noch Tomaten und Gurken, damit die Kinder Vitamine wenigstens zu sehen bekamen. Im Wohnzimmer wurde herzhaft gelacht. Ich bin zu Besuch in meinem eigenen Haus, dachte Kobusch.

Als die Sitcom vorbei war, kamen sie ins Esszimmer herüber. Sabolewski ging in die Küche und kam mit zwei offenen Bierflaschen zurück. Er drückte eine Kobuschs Frau in die Hand, die auch gleich mit Sabolewski anstieß. Kobusch musste sich sein Bier selbst holen.

»Und?«, fragte er, während alle ihre Brote schmierten. »Irgendwas los gewesen heute?«

Ein paar Sekunden Stille verrieten ihm, dass sie etwas verschwiegen.

»Ihr verschweigt mir doch was!«, sagte er.

»Na ja«, entgegnete Richard, der Ältere seiner beiden Söhne, »es gab da eine Art Zwischenfall.«

Eine Art Zwischenfall. Als ich neun Jahre alt war, habe ich nicht so geredet, dachte Kobusch.

»Nichts Schlimmes«, sagte Sabolewski. »Sie haben ein bisschen vom Balkon auf die Straße geballert.«

»Geballert?«

»Es war nur Wasser«, sagte Oskar, der Jüngere.

»Und dann hat eine Frau geklingelt und gesagt, sie ist nass geworden«, fuhr Richard fort.

»Die musste zu einer Versicherung«, fügte sein Bruder hinzu.

Hundert Meter die Straße rauf war das Büro eines Versicherungskonzerns. Kobusch kannte den Agenten flüchtig. »Das höre ich aber nicht gerne«, sagte er und fand gleich selbst, dass sich das blöd anhörte. »War sie sehr nass?«

Richard zuckte mit den Schultern.

»Mama hat uns runtergerufen, und wir mussten uns entschuldigen.« Oskar steckte sich einen Finger in den Hals, als wollte er sich übergeben.

Sabolewskis Oma, dachte Kobusch, hätte ihre Freude an der ganzen Sache gehabt.

»Aber trocken wurde die Frau davon auch nicht«, maulte Richard.

»War doch nur Wasser!«, pflichtete Sabolewski bei. »Nächstes Mal mischt ihr ein wenig Mehl in das Wasser, so macht es noch mehr Spaß. Oder Farbe. Ihr müsst nur aufpassen, dass die Pistolen nicht verstopfen. Oder noch besser: Pudding!«

»Pudding?« Kobusch riss sich nur mühsam zusammen.

»Fritz Teufel ist tot«, sagte Sabolewski, »und einer muss es machen.«

Kobuschs Frau hatte die ganze Zeit danebengesessen und stumm gegrinst.

»Du findest das lustig?«

»Es war nur Wasser!«

»Und wenn sie das mit dem Pudding wirklich machen?«

»Es sind Kinder.«

Kobusch wusste, dass es keinen Sinn hatte, etwas darauf zu erwidern. Ihm fiel hier die Rolle des Spielverderbers zu. Seine Frau schaffte es immer wieder, ihn in diese Ecke zu drängen, ihn zu etwas zu machen, das er nie hatte werden wollen.

»Was hört ihr eigentlich für Musik?«, wollte Sabolewski jetzt wissen. »Wie viele Songs habt ihr auf dem iPod? Ich habe über fünftausend.«

»Boah!«, machte Oskar.

»Papa hat noch mehr«, sagte Richard, und Kobusch war froh, dass er das nicht selbst hatte sagen müssen.

»Mama hat auch einen iPod«, ergänzte Oskar, »aber da spielt sie eigentlich nur Solitaire drauf. Das aber stundenlang.«

Jetzt endlich stand seine Frau auch mal in der Ecke. »Na ja, also stundenlang kann man nun wirklich nicht sagen!«, versuchte sie sich zu verteidigen.

»Also heute war es von vierzehn Uhr zwei bis fünfzehn Uhr elf, und dann noch mal von siebzehn Uhr dreiundzwanzig bis achtzehn Uhr einunddreißig!«, zitierte Richard aus dem Überwachungsprotokoll, das die Kinder offenbar über Kobusch und seine Frau führten. »Sie hat aber sofort aufgehört, als der Sabbo nach Hause kam!«

»Wisst ihr eigentlich«, wechselte Kobusch das Thema, »dass der Sabbo einen berühmten Papa hat?« Das war nicht ganz fair, das wusste Kobusch, aber was Sabolewski hier veranstaltete, war langsam auch jenseits jeder Grenze.

»Echt?«, fragte Richard. »Stimmt das?«

In Sabolewskis Gesicht hatte es sich zugezogen. Er redete nicht gern über seinen Vater.

»Nein«, antwortete er, »er ist nicht berühmt.«

»Aber er hat mit vielen berühmten Leuten gespielt. Sogar mal Orgel für Billy Joel!«

»Ich weiß gar nicht, ob es bei Billy Joel ein Stück mit Orgel gibt«, sagte Sabolewski.

»Wer ist Billy Joel?«, fragten die Kinder fast im Chor.

»Der Vater vom Sabbo hatte mal was mit Stevie Nicks!«

Da die Kinder weder Stevie Nicks kannten, noch je von Fleetwood Mac gehört hatten, beeindruckte sie das gar nicht. Kobuschs Frau dagegen schon.

»Dein Vater hatte mal was mit Stevie Nicks?«

»Angeblich!«, sagte Sabolewski, dem das alles unangenehm war.

»Als sie *Rumours* aufgenommen haben«, sagte Kobusch. »Zwei Ehepaare, die sich trennten und trotzdem zusammen Musik machten! Und Sabbos Vater mittendrin.«

»Das stimmt nun gar nicht!«, protestierte Sabolewski.

»Stevie Nicks«, sagte Kobuschs Frau. »Ich fasse es nicht!«

»Wenn überhaupt war mein Vater eine Randfigur. Und das mit Stevie Nicks, also wenn das stimmt, haben sie höchstens ein oder zwei Mal ...«

»Ja, ja«, unterbrach Kobusch mit einem Blick auf die Kinder.

»Man kann es auch so sehen«, sagte Sabolewski, »er hat in Los Angeles mit einer Frau in wallenden Gewändern rumgemacht, anstatt sich in Deutschland um seine Familie zu kümmern! Er hat meine Mutter auch nie geheiratet, deshalb haben wir nicht mal denselben Namen!«

»Aber er hat *Gold Dust Woman* praktisch im Alleingang geschrieben!«

»Er hat ihr ein bisschen geholfen. Ein paar Zeilen stammen angeblich von ihm.«

»Die wichtigsten!«, beharrte Kobusch.

»Welche denn?«, fragte Sabolewski.

»Na gut, da müsste ich erst noch mal nachgucken ...«, wich Kobusch aus.

»Das wird mir jetzt zu blöd«, sagte Sabolewski, stand auf und begann, den Tisch abzuräumen. Zum ersten Mal, seitdem er bei ihnen wohnte. Kobusch nahm die Sachen, die Sabbo hatte stehen lassen, und folgte ihm in die Küche. Kobuschs Frau sagte den Kindern, sie sollten sich ihre Schlafanzüge anziehen und die Zähne putzen, danach würde sie ihnen noch etwas vorlesen. Kobusch und Sabolewski arbeiteten stumm nebeneinander her.

»Lass uns rausgehen«, sagte Kobusch.

»Mhm«, brummte Sabolewski.

»Bisschen reden.«

»Meinetwegen.«

Kobusch wollte in die *Gerüchteküche* gehen, ein relativ neuer Laden, aber Sabolewski bestand auf dem *TNT*, einer der ganz wenigen Kneipen, die sich in den letzten dreißig Jahren nicht verändert hatten. »*Gerüchteküche*!«, höhnte Sabolewski, als sie Jacken und Schuhe anzogen. »Wenn ich den Namen schon höre! Diese ganzen bescheuerten Wortspiele! Und das Schlimmste sind die modernen Friseure! *Vier Haareszeiten, Kopfgeburten, Hair und mehr, Hin und Hair, Mata Haari, Die Haarchitekten, Hairlich, Hairport*! Ich würde niemanden an meinen Kopf lassen, der sich so einen Namen für seinen Laden ausdenkt.«

»Aber das Essen ist gut.«

»Beim Friseur?«

»In der *Gerüchteküche*.«

»Wir haben doch schon gegessen.«

»Ich meine ja nur.«

»Tut mir leid, ich kann da nicht hingehen, ehrlich!«

»Ja, ja, schon gut!«

Draußen wollte Sabolewski einfach zu Fuß die Straße runter, aber Kobusch sagte, sie könnten mit dem Wagen fahren. Sabolewski war fassungslos.

»Wir gehen Bier trinken, Mann!«

»Ich trinke nichts, ich muss morgen fit sein.«

»Wieso, was ist morgen?«

»Nichts Besonderes. Arbeit halt.«

»Derselbe Scheiß wie immer also. Und dafür musst du fit sein?«

Kobusch war sauer. Sie stiegen ein, und er sah, dass Sabolewski noch immer den Kopf schüttelte.

»Willst du dich nicht anschnallen?«, fragte er.

»Scheiß auf anschnallen!«

»Dann wird die ganze Zeit dieser Warnton piepen!«

Sabolewski sah Kobusch an. »Und der Warnton macht dich verrückt?«

»Er piept jedenfalls nicht umsonst.«

»Soll ich mich anschnallen, weil der Warnton dich verrückt macht oder weil es Vorschrift ist? Oder vielleicht sogar, weil du dich um meine Sicherheit sorgst?«

»In meinem Auto muss sich niemand um seine Sicherheit sorgen. Außerdem besteht zwischen Vorschrift und Sorge durchaus ein Zusammenhang.«

»Klar, hier erstickt man eher an den sechshundert Airbags, als dass man beim Aufprall draufgeht!« Sabolewski schnallte sich widerwillig an.

Kobusch blieb sauer. Im Laufe des Abends würde er Sabolewski mal richtig die Meinung sagen, so viel war sicher. Sabolewski hatte keine Ahnung, was es hieß, Verantwortung zu übernehmen. In keinem Job, in keiner Beziehung hatte er es länger als zwei Jahre ausgehalten. Für ihn war das Leben eine lange Spätpubertät. Männer, die mit Mitte vierzig noch immer in dieselben Kneipen rannten wie mit siebzehn, die hatten doch ein Problem! Kobusch ärgerte sich, dass Sabolewski ihn schon lange nicht mehr ernst nahm. Ja, Kobusch legte Wert darauf, dass der Rasen im Garten regelmäßig gemäht und der Tisch nach dem Essen vollständig abgeräumt wurde. Machte ihn das zu einem schlechten Menschen?

Vor vierzig Jahren hatten sie viel Zeit bei Sabolewskis Anarcho-Oma verbracht, vor dreißig Jahren hatten sie zusammen Gitarre gespielt. Mit sechzehn waren sie das erste Mal an ihrer Schule aufgetreten. Sie waren wie Simon & Garfunkel, nur witziger. Traten tatsächlich unter dem Namen Kobusch & Sabolewski auf. Ohne Humor wäre das peinlich gewesen. Sabolewski war der sehr viel bessere Musiker, hatte auch die ausgefalleneren Songs geschrieben. Über Cockerspaniel und Eidechsen und gnadenlose Lehrer, aber auch herzzerreißende Liebeslieder, die völlig ohne das Wort Liebe auskamen. Bei Sabolewski hatte es funktioniert, er konnte sich die Mädchen aussuchen. Für Kobusch interessierten sich nur die Schüchternen, die nicht mutig genug waren, sich an Sabolewski heranzumachen. Oder die, die von Sabolewski enttäuscht worden waren und von Kobusch verlangten, dass er ihnen das erkläre. Nach dem Abitur folgte das Studium, und irgendwann sagte Kobusch, sie müssten sich entscheiden, und er für sein Teil sehe in der Musik keine Zukunft, vor allem nicht finanziell. Sabolewski meinte, das sei Blödsinn. Sie konnten sich nicht einigen, und dann lebten sie eine Zeit lang in unterschiedlichen Städten. Kobuschs Gitarre hatte seitdem einige Umzüge mitgemacht, gammelte aber im Keller vor sich hin. Einmal hatte er sie hervorgeholt, ohne sie zu spielen. Die Stahlseiten waren dunkel angelaufen gewesen.

Im *TNT* stand noch immer der Typ hinterm Tresen, der seit dreißig Jahren behauptete, er sei der Sohn von Bon Scott. Jeans, Lederweste, Karohemd – es war zum Weinen.

Sie setzten sich an den Tresen.

»Ein Pils«, sagte Sabolewski. »Möglichst groß.«

»Ein alkoholfreies Weizen«, sagte Kobusch. Sabolewski und der Wirt tauschten einen Blick.

Während sie warteten, betrachtete Kobusch die Wand mit den alten Plattencovern. Vor allem Hardrock und klassischer Heavy Metal. In dieser Kneipe hatten sie schon Abitur gefeiert.

Schlimm, dachte Kobusch.

Die Biere kamen, sie stießen an und tranken.

»Moment mal!«, sagte Kobusch. »Das ist nicht alkoholfrei!«

Der Wirt gab sich überrascht. »Ich dachte, das war ein Scherz gewesen.«

»Ich muss noch fahren!« Mal abgesehen davon, dachte Kobusch, dass das Plusquamperfekt hier völlig fehl am Platze war.

»Du musst gar nichts«, behauptete Sabolewski.

»Das ist doch alles Blödsinn!«

»Jetzt hast du angetrunken. Eins geht immer!«

Widerwillig fügte Kobusch sich. Ließ er ernsthaft das Bier zurückgehen, machte er sich in den Augen der anderen zum Idioten. Also gab er dem Gruppendruck nach.

»Weißt du«, sagte Sabolewski, »ich wollte ohnehin was mit dir besprechen.«

»Ich mit dir auch«, antwortete Kobusch. Jetzt wurde es ernst.

»Ist mit dir und deiner Frau alles in Ordnung?«

Kobusch war verwirrt. »Was soll die Frage?«

Sabolewski zögerte. »Ach, nichts.«

»Entschuldige mal, du kannst nicht so eine Frage stellen und dann …«

»Ich weiß, ich weiß. Ich meine nur, ihr seid beide in letzter Zeit so gereizt!«

»Gereizt? Wir?« An der Reaktion der anderen Gäste erkannte Kobusch, dass er etwas zu laut geworden war. Leiser fügte er hinzu: »Meine Kinder nennen dich Sabbo!«

Offensichtlich verstand Sabolewski die Bemerkung nicht.

»Du gehst auf die Fünfzig zu, und die Kinder deiner Freunde nennen dich bei deinem Spitznamen!«

»Ja und?« In Sabolewskis Gesicht zeigte sich ehrliche Verwirrung.

»Du fährst Auto, ohne dich anzuschnallen!«

»Ich *habe* mich angeschnallt!«

»Weil *ich* dich dazu gezwungen habe!«

»Meine Güte, was ist denn los mit dir?«

Kobusch wollte einen Schluck trinken, um Zeit für eine Antwort zu gewinnen, stellte aber fest, dass sein Glas leer war.

»Wo ist mein Bier?«, fragte er.

»Du hast es getrunken.«

»Blödsinn!«

»Du hast gesoffen wie ein Verdurstender! Hast du das nicht gemerkt? Ich glaube, du kriegst Assauer!«

»Darüber macht man keine Witze!«

Der Wirt brachte frisches Bier.

»Kobusch«, sagte Sabolewski, »du bist völlig von der Rolle! Sag mir doch, was los ist!«

»Herrgott, was soll los sein! Ich habe doch nur eine verdammte Ein-Mann-Besatzungsmacht in meinem Haus, die ich nicht loswerde! Einen Linkmichel, der sich bei meinen Kindern einschleimt und mich als schlechten Vater dastehen lässt. Einen Versager, der zum tausendsten Mal bei irgendeiner Frau rausgeflogen ist, die es nach anderthalb Jahren nicht mehr mit ihm ausgehalten hat! Einen Schmarotzer, der dem, der ihn vor der Obdachlosigkeit bewahrt, auch noch zweitausend Euro schuldet und nicht mal dran denkt, das zurückzuzahlen, denn ich bin es ja, der von der Rolle ist, nicht der ewige Sechzehnjährige, der sich einen Scheißdreck um irgendwas schert, weil, das machen ja schon die anderen!«

Sabolewski schob die Unterlippe vor und nickte. »Hast du dir mal deinen Rasen angesehen?«, fragte er.

»Was hat mein Rasen damit zu tun?«

»Was nimmst du dafür, einen verdammten Laser?«

Der Wirt brachte noch zwei Bier. Kobusch registrierte seinen Blick: in beiden Pupillen ein großes V für Vollidiot.

»Und Linkmichel! Was ist das für ein Wort!«

Sie tranken. Als die Gläser leer waren, legte Sabolewski Geld auf den Tresen und sagte: »Wir gehen!«

Kobusch folgte ihm bis zum Taxi-Stand. Sabolewski ließ den Fahrer an der nächsten Tankstelle halten und besorgte Dosenbier.

»Wohin fahren wir?«, fragte Kobusch, als Sabolewski wieder neben ihm saß. Die Adresse, die der dem Fahrer genannt hatte, sagte ihm nichts. Er bekam keine Antwort und stellte keine weiteren Fragen.

Irgendwann hielten sie vor einer Hochhaussiedlung. Kobusch sah an den Häusern hinauf, während Sabolewski das Taxi bezahlte. An fast allen Balkonen war eine Satellitenschüssel angebracht. Sie gingen einen gepflasterten Weg entlang, der sich durch eine verwilderte Grünanlage wand und an einem heruntergekommenen Spielplatz vorbeiführte. Im Dunkeln sah es aus, als würde sich das alles jeden Moment bewegen und Kobusch mitnehmen, ins Land, wo der Beton wuchs, sich niemand im Auto anschnallte und alkoholfreies Bier verboten war.

Sie kamen an der Haustür an, und Sabolewski holte einen Schlüssel aus der Jackentasche. Im Aufzug ein paar

Schmierereien, aber nicht allzu viele. Sie fuhren bis fast nach ganz oben und vermieden es, einander anzusehen.

Der Fußboden im Hausflur wollte wie Marmor aussehen, schaffte es aber nicht. Sabolewski ging zielstrebig auf eine der Türen zu und schloss auf. Sie betraten eine völlig leere Wohnung: eine schmale Diele mit dunkelbraunen Einbauschränken, ein großes Wohnzimmer, eine kleine Küche, ein kleines Schlafzimmer und ein weiß gekacheltes Bad. Im Wohnzimmer stand in der Mitte des dunklen Parketts eine Flasche Schnaps.

»Ist etwas stickig«, sagte Sabolewski und öffnete die Tür, die auf den Balkon führte.

»Was ist das hier?«, fragte Kobusch.

»Wodka«, antwortete Sabolewski. »Wollte ich erst beim Einzug aufmachen, aber … Naja, scheiß drauf!« Er bückte sich nach der Flasche, schraubte sie auf und hielt sie Kobusch hin. Der zögerte, griff dann aber doch zu und nahm einen Schluck. Er hasste Wodka, aber das war jetzt egal. Sie gingen hinaus auf den Balkon.

»Ganz schön hoch«, sagte Kobusch.

»Für den Ausblick«, sagte Sabolewski. »Oder zum Runterspringen.«

»Nun werde mal nicht dramatisch.«

Der Wodka wanderte hin und her. Irgendwann schmeckte er auch Kobusch. Es wurde kühl, sie gingen hinein und setzten sich auf den Boden, mit dem Rücken zur Wand.

»Wie lange hast du die Wohnung schon?«, fragte Kobusch.

»Seit drei Wochen.«

Die nächste Frage musste Kobusch nicht laut stellen.

»Tja, wie soll ich es sagen«, sagte Sabolewski. »Als ich bei, äh … Wie hieß sie noch gleich?«

»Ich glaube, sie hieß Dingenskirchen.«

»Als ich bei Dingenskirchen rausgeflogen bin, da hat mich das … Man kann fast sagen, es hat mich … Vielleicht hat es mich eventuell etwas mehr als nur peripher tangiert.«

Sabolewski musste einen Schluck Wodka nehmen.

»Und bei euch … Das ist … Also da ist immer was los. Es ist immer jemand zu Hause. Es läuft bei euch. Gute Sache, das!«

Auch Kobusch nahm noch einen Schluck. »Meine Frau …«, begann er, brach aber ab.

Sabolewski fragte: »Wieso sagst du immer *meine Frau*? Wieso nennst du das Ding nicht beim Namen?«

Kobusch sah ihn an: »Ich habe ihn vergessen! Vor Jahren schon!«

Sie lachten sich was.

»Sie hat jedenfalls einen anderen.«

»Die Frau ohne Namen?«

»Hat was mit meinem Hausarzt.«

»Mit dem Bente?«

»Und der hatte heute Nachmittag noch seinen Finger in meinem Arsch!«

»Du bist noch immer bei dem in Behandlung?«

»Er weiß nicht, dass ich es weiß.«

Sabolewski nickte.

»Und meine Firma ist so gut wie pleite.«

Sabolewski nickte immer noch.

»Ich habe was für dich«, sagte er ein paar Minuten später, griff in die Innentasche seiner Jacke und reichte Kobusch einen Umschlag. »Das Geld«, sagte er, »aber das meinte ich nicht.«

»Du trägst es mit dir rum?«

»Seit zwei Wochen. Hab auf den richtigen Moment gewartet. Ich dachte, wenn ich meine Schulden zurückzahle, muss ich bei dir ausziehen.«

Sabolewski griff in eine andere Tasche, holte eine Musikkassette hervor und reichte sie Kobusch.

»Ich wusste gar nicht, dass es solche Dinger noch gibt.«

»C90«, sagte Sabolewski. »Klingt so schön wie Commodore 64.«

»Eine LP pro Seite. Aber ich habe meistens Mixtapes aufgenommen. Für Mädchen.«

»Aber das hat doch nie so richtig funktioniert, oder?«

»Weißt du, womit ich nie zurechtgekommen bin? Mit der Autoreverse-Funktion an meinem Tapedeck. Ich wusste nie, in welche Richtung das gerade lief. Was ist da drauf?«

»Lies mal.«

»Stephan Moses, *Raketenmänner*. Nie gehört.«

»Ist 'ne Platte, auf der mein Vater mitspielt. Moses und er haben alle Songs geschrieben und spielen auch alle Instrumente. Hat keine Sau gekauft, damals, vierundsiebzig oder so.«

»Den Titel hat er aber von Elton John abgeguckt!«

»Na ja, mein Vater behauptet, durch Moses sei Elton John erst drauf gekommen. Moses war es nämlich, der Elton John *The Illustrated Man* von Ray Bradbury gegeben hat. Und da ist eine Geschichte drin, die heißt *Rocket Man*.«

»Moses kannte Elton John?«

»Hört sich komisch an, wenn man es so sagt.«

»Und dein Vater?«

»Er und Moses hingen Ende der Sechziger zusammen in London rum. Ich gehe mal davon aus, dass sie den gleichen Freundeskreis hatten.«

»Hast du diesen Moses mal getroffen?«

»Alter, ich habe ja sogar meinen Vater nur einmal in meinem Leben gesehen, und daran kann ich mich kaum erinnern. Dieser Moses hat diese eine perfekte Platte gemacht und ist abgetaucht. Du findest im Internet kaum was über ihn, der ist das reinste Phantom. Hat hier mal ausgeholfen, da mal mitgemacht, nur so richtig will niemand drüber reden. Jedenfalls muss er sie alle gekannt haben. Und mein Vater war immer dabei. Die waren wie Lennon und McCartney, nur, dass sich Wolff und Moses nie zerstritten haben. Manchmal frage ich mich, ob die nicht was miteinander hatten und mein Vater deshalb meine Mutter verlassen hat.«

»Dein Vater hat eine Platte gemacht«, sagte Kobusch. »Wer kann das über seinen Alten schon sagen!«

Sabolewski stand auf und ging in die Diele. Kobusch hörte, wie eine Schranktür geöffnet wurde. Als Sabolewski zurückkam, hatte er einen uralten Kassettenrecorder in der Hand, ein kleines flaches Ding mit eingebautem Mikro.

»Das ist doch antik!«, sagte Kobusch.

»Damit nehme ich meine Tapes auf.«

»Deine Tapes?«

»Ich rede ein bisschen, spiele Gitarre dazu und sehe, was passiert. Zwanzig, dreißig Tapes habe ich zusammen. Alle C90.«

Sabolewski legte die Kassette ein, stellte den Recorder mitten in den Raum, und sie hörten zu. Das Bier hatten sie über den Wodka ganz vergessen. Sie öffneten zwei Dosen und stießen an. Kobusch fühlte sich jetzt nüchterner als am Mittag.

»Auf deine Oma«, sagte er.

»Wie kommst du jetzt auf *die*?«

»Ich musste heute zweimal an sie denken. Die hätte an der Balleraktion vom Balkon ihre Freude gehabt.«

»Die hätte mitgeballert!«, bestätigte Sabolewski.

Nach etwas mehr als einer halben Stunde war die Platte vorbei. Kobusch kroch zu dem Recorder und spulte zurück. Ein leises Geräusch aus einer versunkenen Welt. Er drückte auf *Play*.

Obwohl der Lautsprecher so klein und das Gerät so alt war, hörte es sich an, als stünde die Band mitten im Raum. Bass, Gitarre, Klavier, Schlagzeug. Kobusch versuchte, die Musik für sich im Kopf zu beschreiben, fand aber keine Worte. Dabei hörte sich alles so einfach an. Ein Song hieß *Rücken und Wand*, und genau darum ging es auch. Es war die Art von Musik, die das Duo Kobusch & Sabolewski gerne gemacht hätte. Die Melodien waren einfach, und man hatte doch den Eindruck, man habe so etwas noch nie gehört. Auch der Gesang war so schlicht, ohne Show und ohne Schnörkel. Da traf einer ohne zu zielen.

So sollte das ganze Leben sein, dachte Kobusch.

»Spielst du manchmal noch?«, fragte Sabolewski.

»Nein«, antwortete Kobusch ohne zu zögern.

Sie hörten die Platte bis zum Ende, ließen die Kassette stumm durchlaufen, bis sich das Gerät mit einem Klacken selbst ausschaltete.

»Ich finde«, sagte Sabolewski in die Stille hinein, »du solltest ein bisschen mehr sein wie ich.«

Kobusch lachte leise auf. »Mag sein. Und du dafür ein bisschen mehr wie ich.«

Sabolewski nahm einen Schluck Bier und dachte nach.

»Nee, lass mal«, sagte er.

Was jetzt?

Ritter schwitzte. Sein Hemdkragen drohte ihn zu erwürgen, mit der Krawatte als Komplizin. Das weiße Hemd kratzte an den Oberarmen und auch überall sonst, wo es die nackte Haut berührte. Es wirkte steif wie aus Holztafeln zusammengeleimt. Das Jackett seines grauen Anzuges lastete ihm auf den Schultern wie Plutonium, und das Gefühl, das ihm der dünne Stoff seiner Anzughose auf den Beinen machte, hatte etwas flächendeckend Karzinogenes. Er war sich sogar seiner Socken und der Schuhe bewusst, und beides sollte man doch eigentlich tragen, ohne daran zu denken.

Der Vortrag über neue Herstellungsverfahren von Solarpanels war langweilig. Der Referent referierte monoton und leiernd. Ritter fühlte sich vom Muster des Teppichbodens beobachtet. Es war ohnehin alles egal, die Firma ging den Bach runter. Bald würde man anfangen, Leute zu entlassen, das war ein offenes Geheimnis. Frohnberg sah schon immer zu ihm herüber. *Du wirst der Erste sein*, sagte sein Blick. Wenn Frohnberg ihn ansah, leerte sich Ritters Kopf wie auf Knopfdruck. Morgen würde er selbst da vorne stehen und reden müssen. Bei solchen Gelegenheiten fühlte er sich wie ein Widerstandskämpfer vor einem Erschießungskommando.

Wenn Ritter in seinem Büro saß, musste er immer damit rechnen, dass plötzlich Frohnberg in der Tür stand. Frohnberg war ein Kontrollfreak. Und er suchte Material, das er gegen Ritter verwenden konnte. Manchmal rief er Ritter auf dem Diensthandy an, stellte eine nichtige Frage zu dem, woran Ritter gerade arbeitete, und versuchte herauszubekommen, wo er sich genau aufhielt.

Der Vortrag dauerte ewig, aber irgendwann war er zu Ende. Die Erleichterung war auch allen anderen anzumerken. Man streckte sich, man gähnte, man sprang auf und öffnete möglichst viele Fenster. Vor dem Konferenzraum *Potsdam* versammelten sich die, die nicht genug voneinander bekommen konnten, um Blumberg und Reif, die gleich lautstark über den Referenten herzogen und damit alle zum Lachen brachten. Teufelskerle, die zwei. Wenn die Firma unterging, würden sie zu den Überlebenden gehören.

Ritter machte, dass er auf sein Zimmer kam, klappte seinen Laptop auf und sah sich noch einmal die Power-Point-Folien für den morgigen Vortrag an. Es würde der letzte im Rahmen dieser Tagung sein. Sie würden ihn fertigmachen und anschließend alle ins Wochenende fahren. Er kratzte sich an Armen und Beinen, aber das Jucken hörte nicht auf.

Er klappte den Rechner zu und legte ihn in den kleinen Safe, der in den Kleiderschrank eingebaut war. Weil er die nächsten zwei Stunden nicht erreichbar sein wollte, schon gar nicht für Frohnberg, legte er sein Mobiltelefon gleich dazu. Er gab eine vierstellige Ziffernkombination ein, und das kleine Display meldete *LOCKED*.

Rechner weg und Telefon weg. Ritter war nun unerreichbar. Er notierte sich die vier Ziffern und steckte sich den Zettel in die Jacketttasche.

Als er zum Fahrstuhl ging, verfluchte er sich zum wiederholten Mal dafür, dass er nie daran dachte, bequemere Sachen auf so eine Tagung mitzunehmen. Er kam einfach nicht heraus aus dieser Firmenhaut.

Er fuhr nach unten, durchquerte die Lobby, ohne auf anwesende Kollegen zu achten, trat auf die Straße und versuchte durchzuatmen, aber solange er diesen Anzug trug, litt er an Firmen-Asthma, da war nichts zu machen.

Ein paar Meter die Straße hinunter war auf einer Verkehrsinsel der Eingang zur nächsten U-Bahn-Station. Es war jede Menge los. Gemüsehändler ordneten ihre Ware. Vor einem Café saßen Männer und tranken Tee aus kleinen gläsernen Tassen. Musste man die nicht eigentlich Gläser nennen? Für Ritter waren es aber eher Tassen. Wieder etwas, worüber man nachdenken konnte.

Er überquerte die Straße und ging die Treppe hinunter, die direkt auf den Bahnsteig führte. Als er vor dem Automaten stand, tauchte plötzlich eine junge schwarz gekleidete Frau neben ihm auf und fragte, ob er eine Fahrkarte brauche. Ritter betrachtete sie. Vielleicht etwas über zwanzig. Ihre Augen waren fast so schwarz wie ihre Hose und ihre Jacke. Auch ihre Haare waren schwarz. Dichtes, dickes schwarzes Haar, das ihr in großzügigen Locken bis auf die Schultern fiel. Sie hatte keinen Ring in der Nase, was ihn fast verwunderte. Ihre ganze Erscheinung wirkte, als wäre ein Piercing praktisch Pflicht.

Ritter sagte, er komme mit dem Fahrkartenautomaten nicht zurecht, obwohl das nicht stimmte. Das Mädchen lächelte. Sie habe ein Tagesticket zu verkaufen, das erst vor einer Stunde abgestempelt worden sei.

Dass sie weiter lächelte, hatte natürlich nichts mit ihm zu tun, sondern sollte ihn nur zum Kauf dieses Fahrscheins bewegen.

Wie viel das denn kosten solle, wollte Ritter wissen. Das Mädchen sagte, mit fünf Euro sei er dabei. Am Automaten kostete das Ticket sechs Euro achtzig. Sie hielt ihm das Ticket buchstäblich unter die Nase. Gelber Streifen, BVG-Schriftzug, Preis, gestempelt vor etwas mehr als einer Stunde am Bahnhof *Gesundbrunnen*. Wahrscheinlich hatte sie den Schein gefunden und machte ihn jetzt zu Geld. Es gab viel Elend in dieser Stadt. Woanders natürlich auch. Jeder sah zu, dass er über die Runden kam. Und Ritter hatte schon davon gehört, dass die Berliner viel Phantasie darauf verwendeten, möglichst preiswert von hier nach da zu kommen. Menschen, die sich nicht kannten, nahmen einander auf Gruppenfahrscheinen mit. Solche Geschichten halt.

Der Zug fuhr ein, Ritter musste handeln. Als er dem Mädchen die fünf Euro überreichte, fühlte er sich seltsam beschwingt. Er hatte einen Euro achtzig gespart. Nicht die Welt, aber immerhin. Als die U-Bahn die Station verließ, sah er das Mädchen zur Treppe gehen.

Zum ersten Mal seit er gestern Mittag in Berlin angekommen war, fühlte er sich gut. Das Mädchen, die Fahrkarte, die Ersparnis – das alles gefiel ihm. Nur das juckende Hemd und der juckende Anzug machten ihm noch zu schaffen.

Ein Mann in billigen Jeans riss ihn aus seinen Gedanken. Der Mann hielt ihm einen Ausweis unter die Nase und wollte tatsächlich seinen Fahrschein sehen. Ritter nahm den Schein aus seinem Portemonnaie und reichte ihn dem Kontrolleur. Der schien nachzudenken, gab Ritter den Fahrschein aber mit einem Nicken zurück. Ritters gute Laune steigerte sich fast bis zur Euphorie. Heute konnte gar nichts schiefgehen. Kaum war er aus dem Hotel und damit aus der Firma heraus, war alles gut, alles im Fluss.

Da er das Portemonnaie schon wieder eingesteckt hatte, schob er den Fahrschein einfach in die Außentasche seines Jacketts.

An der Haltestelle Hermannstraße stieg er um in Richtung Schöneberg, wo er in die S-Bahn wechselte, um nach Steglitz zu fahren. Der Blick aus dem Fenster gab Ritter mal wieder die Gelegenheit, sich zu fragen, was alle an dieser Stadt fanden.

Die zweite Kontrolle bestand aus mehreren Leuten, die sehr viel bestimmter auftraten als der Mann in der billigen Jeans. Vor ihm stand eine resolute, untersetzte Frau, die ihn ein wenig an seine Halbschwester erinnerte. Ritter holte den Fahrschein aus der Jacketttasche. Dabei fiel etwas zu Boden, aber darum würde er sich später kümmern. Die Frau musterte seinen Fahrschein sehr viel intensiver als der Mann vorhin. Ganz offensichtlich wusste sie nicht, was sie davon halten sollte. Ritter wunderte sich, dass er auf der kurzen Strecke nun schon zum zweiten Mal kontrolliert wurde. Die untersetzte Frau holte ihre Kollegin herbei, eine drahtige Person mit stacheligen, blonden Haaren. Die warf nur einen Blick auf den Fahrschein und brüllte Ritter an: »Sprechen Sie Deutsch?«

Na gut, es war kein Brüllen gewesen, aber sie hatte schon sehr deutlich die Stimme erhoben.

Ritter sagte: »Natürlich!«

Ohne die Stimme zu senken, sagte die Frau: »Sind Sie Tourist?«

»Ich bin beruflich hier.«

»Touristen und russische Wanderarbeiter lassen sich gerne mal gefälschte Fahrscheine andrehen.«

»Der Fahrschein ist gefälscht?«

»Natürlich! Sehen Sie das nicht?«

»Wenn ich das sehen könnte, hätte ich ihn nicht gekauft.«

»Ja klar! Aussteigen!«

Ritter beschloss, dass es keinen Sinn hatte, zu diskutieren. Außerdem war die nächste Haltestelle Rathaus Steglitz, und da musste er ohnehin raus. Insgesamt vier Kontrollpersonen stiegen mit aus, drei Frauen und ein Mann, der eine Radfahrerin eskortierte, die ganz ohne Fahrschein erwischt worden war.

»Ihr seid keine Menschen!«, schrie die Radfahrerin. »Ihr seid verdammte Nazis!«

Ritter wollte schon einwerfen, dass die Nazis sehr wohl Menschen gewesen seien, genau das sei doch bis heute das Problem, aber er hielt sich lieber zurück. Auch der Kontrolltrupp reagierte nicht. Die mit den stacheligen Haaren fragte ihn, woher er die Fahrkarte habe. Ritter erzählte es ihr. Sie schüttelte den Kopf über so viel Blödheit.

Ritter spürte Juckreiz von Kopf bis Fuß.

»Ich übernehme die Verantwortung«, sagte er, obwohl das natürlich ein sehr dummer Satz war, wie ihm gleich klar wurde. Von wem sollte er die Verantwortung übernehmen? Sie war nie im Besitz eines anderen gewesen.

Die Stachelige füllte ein Formular aus.

»Wie geht es weiter?«, wollte Ritter wissen und kratzte sich an der Schulter.

»Sie kriegen einen Überweisungsträger und entrichten damit das erhöhte Beförderungsentgelt.«

Ritter wollte die Sache am liebsten so schnell wie möglich aus der Welt schaffen. »Können wir das nicht bar erledigen?«, fragte er und kratzte sich unter dem Arm.

Die Stachelige sah ihn an, als wollte er sie bestechen. Vielleicht hoffte sie das auch. Aber sicher war er sich nicht.

»Wir machen eine Anzeige«, sagte sie. »Das ist Vorschrift.«

Ritter, der noch nie angezeigt worden war, meinte, das sei in Ordnung, schließlich habe er sich wie ein Idiot benommen. Alle hörten es, niemand widersprach. Er kratzte sich am Oberschenkel.

»Haben Sie 'ne Krankheit oder was?«, fragte die Stachelige in der gleichen Lautstärke, in der sie auch alle anderen Fragen und Feststellungen ausgestoßen hatte.

»Nein, nein, das ist der Anzug«, sagte Ritter. »Und das Hemd.«

»Waschen, nicht kratzen!«, sagte die Stachelige.

»Übrigens«, lenkte Ritter ab, »bin ich vorhin schon mal kontrolliert worden, aber ihr Kollege hat mich durchgewunken.«

Diese Nachricht machte die Stachelige richtig nervös. Sie wollte wissen, wer das gewesen sei, wie er ausgesehen, was er getragen habe, oder ob Ritter sonst irgendwelche Angaben zur Person machen könne, unveränderliche Kennzeichen, Narben, Missbildungen oder Ähnliches. Da konnte Ritter aber nicht weiterhelfen, er hatte nur den abgegriffenen TV-Krimi-Klassiker *Es ging alles so schnell* zu bieten. Die Stachelige schüttelte den Kopf. Amateure, wo man hinsah, schien sie zu denken.

Dann war Ritter entlassen. Er ging die Treppe hinunter und überquerte die Straße. Er hatte den Eindruck, alle starrten ihn an. Er war umgeben von lauter Frohnbergs, männlich wie weiblich. Er war naiv und dumm und unfähig, in der Großstadt zu überleben.

Kathrin erwartete ihn in diesem Einkaufszentrum, das zu Ritters Verwunderung *Das Schloss* hieß. Natürlich erinnerte ihn das an Kafka. Bevor er in die Energiebranche abgerutscht war, hatte er tatsächlich mal Germanistik studiert. Das Shopping-Schloss war allerdings das absolute Gegenteil von dem im Buch.

Kathrin hatte eine Eisdiele als Treffpunkt vorgeschlagen. Statt einer Begrüßung sah sie nur demonstrativ auf die Uhr. Ritter entschuldigte sich und beugte sich zu ihr hinunter, um ihr einen flüchtigen Kuss auf die Wange zu geben. Als er ihr den Grund für seine Verspätung mitteilte, schüttelte sie den Kopf, zeigte sich aber auch ein wenig belustigt. Sie war zehn Jahre älter und ließ ihn das gerne spüren.

Sie fragte ihn, wie es in der Energiebranche laufe, obwohl es sie eigentlich nicht interessierte. Ritter erzählte ein paar Belanglosigkeiten, ließ sich sogar zu abfälligen Bemerkungen über Frohnberg hinreißen, aber die quittierte seine Halbschwester nur mit verächtlichem Schnauben. Was wusste er schon von Problemen! Nachttöpfe ausleeren, Todkranke betreuen, Kinder sterben sehen – das war ihr Alltag.

Ritter hielt nach einer Bedienung Ausschau, konnte aber keine entdecken.

»A propos todkrank«, sagte Kathrin. »Hast du in letzter Zeit mal was von unserem Vater gehört?«

»Er ist nicht todkrank«, entgegnete Ritter.

»Er tut aber immer so.«

»Solange er so tun kann, geht es ihm gut.«

»Also nichts gehört?«

»Habe mal mit ihm telefoniert, da war er ganz munter.«

»Klar, der hockt in Südfrankreich in der Sonne, und wir haben hier dieses ganze miese Wetter.«

»Gestern Abend war es doch ganz schön.«

»Ja, aber sonst. So allgemein.«

»Dafür kann er ja nun nichts.«

»Er ist doch sonst für alles zuständig. Hast du schon gekündigt?«

Kathrin war immer berühmt gewesen für ihre abrupten Themenwechsel.

»Warum sollte ich?«

»Weil du deinen Job hasst.«

»Auch ich muss Miete zahlen.«

Ritter dachte, dass Kathrin ihren eigenen Job auch hasste, aber neben vielen anderen Neurosen auch noch unter einem Helfersyndrom und einer Elendssehnsucht litt.

»In fünf Jahren bist du vierzig. Deine Freunde von der Uni versauern wenigstens in schlecht bezahlten Kreativberufen oder fahren Taxi und schreiben nebenher Romane. Und du läufst in einem Anzug herum, der aussieht, als würde er jemand anderem gehören. Du bist kein Anzugtyp! Wie bist du da überhaupt reingeraten?«

»Als ich da angefangen habe, ging es der Solarbranche noch gut. Ich dachte, Sonne, das ist eine gute Sache.«

»Glückliche Bäume, glückliche Frösche. Aber unglückliche Ritter ohne Rüstung!«

Noch immer war keine Bedienung in Sicht.

»Unsere Mütter haben neulich miteinander telefoniert«, wechselte *er* nun das Thema.

»Ja, ein Herz und eine Seele!«

»Ist doch schön.«

»Und Frauen?«, fragte Kathrin.

»Was ist damit?«

»Hast du welche? Oder wenigstens eine?«

Ritter holte Luft. »Allerdings.«

Kathrin zeigte sich überrascht. »Ernsthaft?«

»Es ist noch ganz frisch.«

»Wie hast du sie kennengelernt?«

»In der U-Bahn.«

»Nein!«

»Doch. Sie hat mir einen Fahrschein geschenkt, der noch gültig war.«

Kathrin verengte die Augen. »Das denkst du dir doch aus!«

»So was Blödes erfindet man nicht.«

»Wie alt ist sie? Was macht sie?«

»Sie ist etwas jünger, vielleicht Mitte zwanzig.«

»Du weißt nicht genau, wie alt deine Freundin ist?«

»Wir kennen uns noch nicht so lange.«

»Hat sie einen Job?«

»Sie arbeitet in so einer Internet-Firma.«

»Ich hoffe, das ist nicht wieder so eine Tussi wie die letzte.«

»Sie ist jedenfalls nicht blond.«

»Das ist schon mal gut.«

»Sie hat lange schwarze Locken.«

»Ja, ja, ist gut. Auf Details kann ich verzichten.«

Ritter schwieg und sah sich um. Es schien hier gar keine Bedienung zu geben. Auch hinter dem Tresen war niemand. Die anderen Gäste saßen aber vor Kaffeetassen und Eisbechern. Hat doch ein bisschen was von Kafka, dieses *Schloss*, dachte er.

»Ich war auch mal wie du«, sagte Kathrin. »Ich habe auch mal daran geglaubt, dass es klappen kann.« Wieder sah sie auf die Uhr. »Ich muss los.«

»Wir haben gar nichts getrunken.«

»Deshalb komme ich so gerne her. Manchmal kann man hier eine ganze Stunde sitzen und den Leuten zusehen, ohne dass man von einer Bedienung belästigt wird.«

Sie verabschiedeten sich und gingen ihrer Wege.

Noch im *Schloss* kaufte Ritter sich eine Fahrkarte und nahm in einem Thai-Imbiss ein schnelles Mittagessen ein.

Auf dem letzten Teilstück, nur eine Haltstelle, bevor er aussteigen musste, wurde er in der U-Bahn zum dritten Mal an diesem Tage kontrolliert, diesmal von drei Angehörigen einer Sicherheitsfirma, die Uniformen trugen und einen Schäferhund mit Maulkorb bei sich führten.

Er kam gerade noch rechtzeitig zum Fünfzehn-Uhr-Meeting. Die Luft im Raum *Potsdam* war schon wieder genauso schlecht wie am Morgen. Frohnberg musterte ihn, als wäre er enttäuscht, dass Ritter wirklich auftauchte. Blumberg und Reif hielten einen Strategie-Vortrag, den sie mit viel Humor und sogar Musik würzten. Selbst die Kellnerin, die zwischendurch Getränke brachte, wurde einbezogen und musste lächeln. Blumberg und Reif hatten leichtes Spiel, für sie gab es keine schweren Gegner.

Morgen war Ritter fällig. Er würde da vorne stehen, mit offenen Augen, und sie würden auf ihn anlegen. Und Frohnberg würde ihm den Fangschuss geben. Der war bestimmt Jäger und wusste, wie das ging.

Dabei war sowieso alles sinnlos. Die meisten der Anwesenden würden in ein paar Wochen auf der Straße stehen.

Beim anschließenden Abendessen stand Frohnberg plötzlich am Büfett neben ihm und fragte, wie Ritter seine Mittagspause verbracht habe. Ritter fiel wieder auf, dass Frohnberg ziemlich groß war. Mit diesen Schultern wusste man wahrscheinlich schon sehr früh, dass man mal richtig was zu sagen haben würde.

»Sie haben gegen Viertel nach zwölf das Hotel verlassen«, sagte Frohnberg.

Ritter wollte schon seine Fahrkarte vorzeigen.

»Später habe ich versucht, Sie anzurufen.«

»Ich hatte mein Telefon im Hotel vergessen. Ich habe mich mit meiner Schwester getroffen«, sagte Ritter, als hätten diese beiden Fakten miteinander zu tun.

»Ach, Sie haben eine Schwester? Hier in Berlin?«

»Eine Halbschwester.«

»Interessant.«

»Sie ist Krankenschwester.«

»Ihre Schwester ist also Schwester.« Frohnberg schien das witzig zu finden.

»Halbschwester.«

»Natürlich. Halb Schwester, halb Krankenschwester.« Frohnberg war sehr zufrieden mit seinem Humor.

»Sie arbeitet Vollzeit«, antwortete Ritter und kam sich gleich blöd vor.

Frohnberg runzelte die Stirn. Bevor er etwas erwidern konnte, trat ein anderer Mitarbeiter an ihn heran und verwickelte ihn in ein Gespräch. Ritter rückte am Büfett weiter, nahm sich ein paar kalte Häppchen und setzte sich zu einigen Kollegen, die ihm im Gespräch die Zusage abrangen, heute auf jeden Fall noch in der Hotelbar vorbeizuschauen.

Auf seinem Zimmer zog er sich bis auf die Unterwäsche aus und fühlte sich plötzlich leicht und kühl und hautkrebsfrei. Er legte sich aufs Bett und schaltete sich durch alle Fernsehprogramme, bis es an der Zeit war, sich noch einmal mit seinem Vortrag zu beschäftigen.

Natürlich hatte er die Kombination für den Zimmersafe vergessen, also suchte er in seinem Anzug nach dem Zettel, auf dem er sich die vier Ziffern heute Morgen notiert hatte. Er stülpte die Taschen nach außen, konnte aber nichts finden. Auch nicht im Portemonnaie. Plötzlich fiel ihm ein, dass ihm heute Mittag, bei der zweiten Kontrolle, etwas zu Boden gefallen war, das er später hatte aufheben wollen, wozu es aber nicht gekommen war. Das musste der Zettel gewesen sein.

Ritter legte sich wieder aufs Bett und starrte an die Decke. Nach einer halben Stunde raffte er sich auf und zog seinen Anzug an. Sofort waren die Hitze und das Jucken wieder da. Er fuhr mit dem Fahrstuhl nach unten. Hinter dem Tresen der Rezeption standen zwei Männer.

Das ging gar nicht.

Einer Frau hätte er seine Blödheit vielleicht beichten können, nicht aber einem Mann.

Ritter warf einen Blick in die Hotelbar. Dort hieß es: *Hoch die Tassen*. Blumberg und Reif natürlich mittenmang. Glückskinder, immer auf der Sonnenseite unterwegs.

Frohnberg saß etwas abseits, ganz allein, und trank Rotwein.

Ich muss raus hier, dachte Ritter.

Draußen war es inzwischen dunkel geworden. Er ging zur Hauptstraße und sah sich um. Vor dem Café saßen immer noch die Männer und tranken Tee aus Gläsern oder Glastassen. Ritter blieb stehen und fixierte die Gefäße. Er musste diesem Rätsel auf die Spur kommen.

»Was ist das?«, fragte er einen der Männer, einen älteren Herrn, der mit einer Gebetskette spielte und einen grauen Anzug trug. »Ist das ein Glas oder eine Glastasse?«

»Ist Tee!«

»Ja, ja, das ist schon klar, aber die Gefäße, wie nennt man die?«

»Ist einfach Tee.«

Ritter zögerte. »Ach so. Ja, vielen Dank. Einen schönen Tag noch.«

Das wäre ein Leben, dachte er: den ganzen Tag vor einem Café sitzen, Tee trinken, und die Leute auf dem Bürgersteig betrachten, zwischendurch vielleicht über Politik und Fußball streiten und langsam wegnicken, um am nächsten Morgen wieder von vorne anzufangen.

Während er noch darüber nachdachte, dass sein eigenes Leben in einen kleinen Hotelsafe passte und er hier und jetzt auch eigentlich sterben könnte, sah er auf der anderen Straßenseite das Mädchen. Es kehrte an den Tatort zurück. Er sah ihre schwarzen Haare und den ganzen schwarzen Rest über die Straße und auf den Eingang der U-Bahn zugehen und folgte ihr die Treppe hinunter. Sie ging etwa bis zur Mitte des Bahnsteigs und stand einfach da. Sie starrte auf die Schienen wie Ritter vorhin auf den Tee. Sie sah ihn nicht und hätte ihn sicher auch nicht erkannt. Man konnte sich ja nicht jeden Idioten merken, dem man einen gefälschten Fahrschein verkaufte.

Der nächste Zug kam, die Türen öffneten sich, das Mädchen stieg ein. Bevor Ritter darüber nachdenken konnte, hatte er es ihr nachgetan. Das Mädchen betrachtete während der Fahrt ihre Stiefel, Ritter las die Werbung über den Köpfen der anderen Fahrgäste und kratzte sich da und dort. Er hatte den Eindruck, der Anzug sei etwas weiter als heute Morgen, als wollten sie, Anzug und Träger, sich voneinander lösen. Fragt sich nur, dachte Ritter, wer von wem. Wahrscheinlich er von mir. Auch dieser Anzug hält es mit mir nicht mehr aus.

Am *Kottbusser Tor* stieg das Mädchen aus und ging hoch zur U1. Auf dem Bahnsteig mussten sie ziemlich lange warten. Ritter hatte den Eindruck, früher habe das hier alles besser funktioniert, da hockte man nicht ständig auf Bahnsteigen und wartete. Seine Schwester schwärmte noch heute davon, wie toll Berlin, also der Westen, vor dem Mauerfall gewesen sei. Diese sehr eigene Atmosphäre. Eingemauert und doch auch wieder nicht. All die Leute, die hierherkamen, um sich neu zu erfinden, manche, ohne es vorher geplant zu haben. Ritter hatte das nie interessiert.

Die U-Bahn kam, das Mädchen stieg ganz vorne in den Wagen ein, Ritter zwei Türen weiter. Ihm fiel ein, dass er keine Fahrkarte hatte, aber es war zu spät, sich noch eine zu besorgen. Sollten sie ihn doch auf dem nächsten Bahnsteig erschießen und in den Tunnel werfen. Es würde eh niemand merken. Selbst Kathrin würde frühestens in sechs Monaten mal versuchen, ihn anzurufen. Und dann nur sauer sein, dass er nicht ranging.

Sie verließen die U-Bahn an der Haltestelle *Warschauer Straße*. Das Mädchen ging die Treppe nach oben, wandte sich, wie fast alle anderen auch, nach rechts, überquerte den Helsingforser Platz und bog in eine Nebenstraße ein. Ohne sich umzudrehen, ging sie etwa hundert Meter, bis sie in einer Kneipe verschwand.

Ritter blieb stehen. Unter seinem Businesshemd spürte er sein Herz schlagen. Er ging eine Weile auf und ab und dachte nach. Das Mädchen kam nicht wieder heraus. Warum auch? Sie saß da drin mit Freunden und erzählte ihnen, wie sie heute wieder soundsoviel Leuten gefälschte Fahrscheine verkauft hatte und lud alle zu einer Runde nach der nächsten ein, um auf die Blödheit der Auswärtigen zu trinken.

Zwei Frauen kamen die Straße herunter und betraten ebenfalls die Kneipe. Bevor die Tür wieder zufiel, war auch Ritter drin.

Das Mädchen stand am Zapfhahn. Sie hatte ihre Lederjacke ausgezogen und trug ein T-Shirt der Band *The Vaccines*. Ein junger Mann bediente an den Tischen, die alle besetzt waren. Ritter setzte sich auf einen Hocker ganz am Rand des Tresens. Er beobachtete das Mädchen, wie es mehrere große Biere hintereinander wegzapfte. Auch er bestellte eins. Sie ließ sich nicht anmerken, ob sie ihn erkannte. Erst als sie ihm das fertige Bier hinstellte, blieb sie bei ihm stehen und sagte: »Und?«

Ritter nahm einen Schluck und antwortete: »Ich bin kontrolliert worden.«

»Kann passieren.« Sie musterte ihn. »Der Anzug ist dir zu groß.«

»Heute Morgen hat er noch gepasst.«

»Heute Morgen warst du auch noch nicht straffällig.«

»Ich werde ein erhöhtes Beförderungsentgelt zahlen müssen.«

»Manchmal hängen sie den Leuten auch ein Betrugsverfahren an.«

»Aha.«

»Das wird aber niedergeschlagen, wenn man glaubhaft beschreibt, wie es wirklich gewesen ist.«

»Da bin ich aber beruhigt.«

»Das Bier geht auf mich. Ich bin Alex.«

»Ritter«, sagte Ritter. Er sah keinen Grund, ihr seinen Vornamen zu nennen.

Alex ging an den Zapfhahn zurück und arbeitete weiter. Sie nahm Bestellungen auf und füllte Gläser, reichte durch eine Öffnung Zettel in die Küche und nahm Speisen entgegen, wenn der Koch auf eine Klingel drückte.

Um drei Uhr morgens hatte sie Feierabend und nahm Ritter mit zu sich nach Hause. Das Taxi bezahlte Alex – was ja auch das Mindeste war, fand Ritter.

Sie wohnte in der Nähe des Hotels, in dem Ritter die letzten beiden Nächte verbracht hatte und wo in einem Safe gut abgeschlossen sein altes Leben aufbewahrt wurde.

Die Wohnung bestand aus nur einem Raum. Da war eine Küchenzeile mit Herd, Waschmaschine und einer unförmigen Duschkabine. Unter einem der Dachflächenfenster stand ein Bett mit einem Messingrahmen, der Küchenzeile gegenüber ein alter Schrank mit einem Spiegel in der Tür. In der Mitte ein Tisch mit zwei unterschiedlichen Stühlen. Unter dem anderen Fenster ein Sofa mit einem bunten Überwurf, und auf dem Boden davor ein winziger Fernseher. Eine Gitarre lehnte links an dem Sofa. In einem Regal fanden sich ein Plattenspieler und einige Platten. Auch ein CD-Spieler war da. Die meisten CDs, die danebenlagen, waren selbst gebrannt. Sie setzten sich an den Tisch und tranken Flaschenbier.

»Ich frage mich«, sagte Ritter, »wieso man so große Mühe darauf verwendet, einen Fahrschein zu fälschen, für den man gerade mal fünf Euro bekommt. Da kann man doch gleich arbeiten gehen!«

Alex nickte. »Guter Punkt! Ich mache das auch nicht selber, das macht ein Bekannter. Die Menge macht's, verstehst du? Industrielle Massenproduktion. Senkt die Kosten, erhöht den Gewinn. Dabei sind die Dinger gar nicht mal gut gemacht. Man muss schon fremd hier sein, oder ein totaler Vollidiot, um nicht zu erkennen, dass das kein richtiger Fahrschein sein kann.«

»Ich denke mal, ich bin beides.«

»Wenn ich ehrlich bin, geht es nur darum, einem Freund einen Gefallen zu tun. Es gefällt ihm, wenn ich ihm sage, dass seine Fahrkarten so gut sind, dass die Leute reihenweise darauf hereinfallen.«

Nach dem Bier zog Alex sich die Hose aus, legte sich ins Bett und schlief gleich ein. Ritter setzte sich auf das Sofa. Er hatte das Gefühl, er müsse nie wieder schlafen.

Schon gegen zehn war sie wieder wach.

»Hast du die ganze Zeit da gesessen?«, fragte sie.

»Ein schönes Sofa.«

Sie nickte und sagte: »Dreh dich mal zur Wand.«

Ritter gehorchte und hörte, wie sie sich auszog und in die Duschkabine stieg. Als das Wasser zu rauschen begann, rief sie: »Du kannst schon mal Teewasser aufsetzen!« Falls sie sonst noch etwas sagte, ging es im Lärm der Pumpe, die das Abwasser aus der Duschkabine wegschaffte, unter.

Ritter ging zur Küchenzeile, nahm einen Kessel, füllte ihn mit Wasser und stellte ihn auf eine der Herdplatten. Bald darauf hörten sowohl das Rauschen als auch das Pumpgeräusch auf.

»Im Regal unter der Spüle liegen Handtücher«, sagte Alex.

Ritter reichte ihr eins in die Duschkabine, ohne hinzusehen.

»Das alles erinnert mich an früher«, sagte er. »An meine erste eigene Wohnung.«

»Du bist schon so alt, dass es für dich ein echtes *Früher* gibt?«

»Genau jetzt müsste ich eigentlich im Konferenzraum *Potsdam* stehen und einen Vortrag halten. Für mich gibt es definitiv mehr Früher als Später.«

»Dreh dich um!«

Ritter tat wie befohlen. Er hörte sie hinter ihm umhergehen. Als er sich wieder umdrehen durfte, trug sie ein T-Shirt mit dem Konterfei von Bud Spencer.

»Du bist dran!«, sagte sie und machte eine Kopfbewegung Richtung Duschkabine.

Sie drehte sich um, und Ritter zog sich aus. Seine Haut schnappte nach Luft. Seine Sachen ließ er auf den Boden fallen wie Abfall. Er stieg in die enge Duschkabine und stellte das Wasser an. Es war kalt, aber das machte nichts. Die Pumpe begann zu pumpen.

»Ich lege dir frische Sachen hin«, rief Alex. »Die alten kannst du nicht mehr anziehen, die stinken wie die Pest. Soll ich die waschen?«

Ritter dachte kurz nach. »Du kannst sie entsorgen.«

»Gut, ich besorge auch was zum Frühstück.«

Ritter benutzte das auf einer kleinen Ablage stehende Duschgel, seifte sich ein, duschte sich ab und blieb so lange unter dem kalten Wasser stehen, wie er es aushalten konnte.

Als er aus der Dusche kam, lag auf dem Tisch ein Handtuch. Auf dem Stuhl fand er eine Jeans und ein T-Shirt. Auf dem T-Shirt war ein Cheeseburger mit Gesicht zu sehen, der Mund zu einem O geformt. Darüber der Name einer Imbisskette. Das Shirt passte, die Jeans war ein wenig zu lang. Auch ein paar Segeltuchschuhe hatte Alex ihm hingestellt. Ritter probierte sie an. Sie waren etwas zu groß, aber er würde hier in der Wohnung ohnehin erst mal barfuß bleiben.

Noch nie in seinem Leben hatte er sich so gut durchblutet gefühlt.

Die Sachen, die er trug, fühlten sich sauber und leicht an.

»Steht dir gut!«, sagte Alex, als sie mit einer Tüte Brötchen zurückkam.

»Wem gehören die Sachen?«

»Einem Freund, der mal in diesem Laden gearbeitet hat.«

Mehr wollte Ritter nicht wissen.

»Was jetzt?«, fragte er, als sie zu Ende gefrühstückt hatten. »Was machen wir?«

»Nichts«, sagte das Mädchen.

Ritter fand, das war eine gute Idee.

Die Rose von Hamburg

Kamerke versuchte ruhig zu bleiben. Wie aus dem Nichts war diese Frau aufgetaucht und hatte ihm eine Rose entgegengehalten. Völlig überrascht hatte Kamerke sie angenommen. Nun wollte die Frau eine kleine Spende.

»Das ist dreist!«, sagte Kamerke.

»Eine kleine Spende!«, wiederholte die Frau.

Kamerke dachte nach. »Ich weiß gar nicht, wem ich das Ding geben soll.«

»Eine kleine Spende!«

Kamerke gab der Frau fünfzig Cent, und sie wünschte ihm ein langes Leben.

Eigentlich sehr günstig für eine Rose, dachte Kamerke, als er die Mönckebergstraße hinunterging. Im Blumengeschäft zahlte man bestimmt das Dreifache. Andererseits war es auch nur eine Rose mit einem sehr kurzen Stiel. Und die Blütenblätter waren orange und nicht rot. Obwohl die Rose so klein war, konnte man sie nicht in die Jacken- oder Hosentasche stecken, sodass er sie in der Hand halten musste. Kamerke fragte sich, ob das andere Rosenverkäuferinnen davon abhielt, ihn anzusprechen oder ob es sie im Gegenteil ermutigte. Schließlich hatte er bewiesen, dass er sich überrumpeln ließ.

Wenn man ihn so unvermittelt auf der Straße ansprach, wurde er schnell nervös. Meistens waren es Menschen, die irgendetwas von ihm wollten. Menschen, denen es schlecht ging, die Schlimmes erlebt hatten. Kamerke hatte Mitleid mit ihnen. Gleichzeitig machten sie ihm Angst.

Er wusste nicht, was er mit der Rose machen sollte. Eine Rose warf man nicht in den Mülleimer. Man warf ja auch keine Bücher weg. Er fragte sich, wann er seiner Frau das letzte Mal eine Rose geschenkt hatte. Auf jeden Fall war es ziemlich lange her. Dabei hatte seine Frau es immer gemocht, wenn er ihr kleine Geschenke mitbrachte. Auch gegen Blumen hatte sie nie etwas gehabt. Es gab ja Frauen, die mochten keine Blumen, und auch Kamerke fand, es hatte was von einem gezeichneten Witz aus den Fünfzigerjahren, wenn Männer Blumen mit nach Hause brachten, weil es meistens darum ging, dass sie sich wegen irgendetwas entschuldigen mussten.

Das Wetter fing an, Zicken zu machen, es ging auf den Herbst zu. Selten hatte Kamerke den Wechsel als so abrupt empfunden wie in diesem Jahr. Letzte Woche hatte er noch bis in die Nacht hinein auf der Dachterrasse eines Berliner Hotels gesessen, heute hatten sie vor den Lokalen schon die Heizpilze aufgestellt. Kamerke setzte sich in ein Café unter den Arkaden am Jungfernstieg und wartete. Kein besonders origineller Treffpunkt, aber er kannte sich nicht so gut aus und hatte keine Lust, sich mit öffentlichen Verkehrsmitteln durchzuschlagen.

Eine Kellnerin kam und fragte ihn, ob sie den Heizpilz einschalten solle.

»Es ist warm genug«, sagte Kamerke.

»Manche Leute wollen jetzt schon, dass man den Heizpilz einschaltet.«

»Ich nicht.«

»Manche Menschen sind empfindlich.«

»Mir ist es warm genug.«

»Wenn Sie Ihre Meinung ändern, sagen Sie Bescheid.«

»Einen Kaffee hätte ich gerne.«

Im Weggehen warf die Kellnerin einen Blick auf die Rose, die Kamerke auf den Tisch gelegt hatte.

Heizpilze hielt Kamerke sowieso für Schwachsinn. Wenn es warm genug war, setzte man sich nach draußen, wenn nicht, setzte man sich nach drinnen. Hinter der Idee des Heizpilzes steckte doch immer die naive Hoffnung, das Unabwendbare, in diesem Fall das Ende des Sommers, noch hinausschieben zu können. Wer Heizpilze für eine gute Idee hielt, tendierte wahrscheinlich auch schneller zu kosmetischen Operationen. Und hatte eine übertriebene Angst vor dem Tod.

Die Kellnerin brachte den Kaffee. Natürlich im Kännchen. Das deprimierte Kamerke. Dinge, die sich einfach nicht änderten, deprimierten ihn.

Sein Bruder kam wie üblich zu spät. Nur eine Viertelstunde, aber das reichte. Kamerke war sauer. Die Rose, der Heizpilz, das vermutliche Ende seiner Ehe, die Unpünktlichkeit seines Bruders.

»Wartest du schon lange?«

»Nein, nein, gerade erst gekommen.«

»Ich bin spät dran. Bin aufgehalten worden.«

»Kein Problem.«

Kamerkes kleiner Bruder warf einen Blick auf die Rose. Kamerke machte eine wegwerfende Handbewegung. Er hatte keine Lust zu erzählen, was es mit dem Ding auf sich hatte.

Sein Bruder bestellte einen Pfefferminztee. »Es ist etwas frisch«, sagte er. »Vielleicht sollten wir die Bedienung bitten, den Heizpilz einzuschalten.«

»Du hast die Wahl«, sagte Kamerke. »Entweder der Heizpilz oder ich.«

»Was hast du gegen das Ding?«

»Es ist warm genug.«

»Ich finde es etwas frisch.«

»Du warst schon immer so empfindlich.«

Die Kellnerin brachte den Pfefferminztee. Der Beutel hing schon im heißen Wasser, was Kamerke ein Unding fand, aber sein Bruder musste wissen, was er tat. Der rieb sich die Hände, als hätte er einen Tagesmarsch über ein Eisplateau in der Arktis hinter sich. Die Kellnerin zeigte wortlos auf den Heizpilz. Kamerkes Bruder schüttelte den Kopf.

Und erzählte von seiner Frau und seinen Kindern. Kamerke fand seine Schwägerin sehr anstrengend. Ständig in Bewegung, immer nervös, weitgehend humorlos. Sie hatte Kamerke vor einigen Jahren zu verstehen gegeben, dass sie es nicht schätzte, wenn er bei ihnen auf dem Sofa übernachtete. Das bringe den ganzen familiären Ablauf durcheinander. Und das, obwohl er sich immer schon um sechs Uhr aus den Federn gequält hatte, damit alles aufgeräumt war, wenn seine Schwägerin aufstand, um den Kindern das Frühstück zu machen, bevor diese in die Schule gingen. Seine Schwägerin aber war der Meinung, dass Kamerke genug Geld habe, um sich ein Hotel leisten zu können. Wobei sie es so nicht ausdrückte. Sie sagte: »Ursula hat doch genug Geld. Du kannst dir ein Hotel leisten.«

Das hatte er diesmal getan. Aber das war auch etwas anderes, schließlich war er beruflich hier.

Sein Bruder fragte ihn, wie es ihm gehe, und Kamerke war sofort klar, dass der Bruder wusste, was los war.

»Hast du mit ihr gesprochen?«, fragte Kamerke.

»Gestern Abend.«

»Also weißt du, was los ist.«

»Sie sagt, sie habe einen Fehler gemacht.«

»Vielleicht nur einen. Den aber immer wieder.«

»Jetzt hast du sie verlassen.«

»Ich bin beruflich unterwegs«, stellte Kamerke klar.

»Sie ist kein schlechter Mensch.«

»Auch gute Menschen tun böse Dinge.«

»Meine Kinder lieben die Bücher ihrer Tante.«

»Was hat das damit zu tun?« Manchmal war sein Bruder mindestens so naiv wie die Leute, die einen Hang zu Heizpilzen und Schönheitsoperationen hatten.

»Fährst du morgen nach Hause?«

»Muss erst noch woandershin«, sagte Kamerke nach einer kurzen Pause.

»Habe gehört, das geht schon seit ein paar Wochen so.«

»Du hast gute Ohren.«

Irgendwann sah der kleine Bruder auf die Uhr. »Die Rechnung bitte!«, sagte er zur Kellnerin.

Beide Brüder griffen nach ihren Portemonnaies.

»Lass mal!«, sagte der Bruder und legte Kamerke eine Hand auf den Unterarm.

»Nein, nein«, sagte Kamerke. »Ich kann das absetzen. Ich bin beruflich hier.«

»Ist schon in Ordnung.«

Kamerke spürte, dass sein Bruder versuchte, es nicht herablassend klingen zu lassen. Der Versuch war misslungen. Sie machten sich auf den Weg zu der Frau, die vor fünfzig Jahren mit einem Beatle geschlafen hatte.

»Hallo!«, rief die Kellnerin, als sie schon ein paar Meter entfernt waren. »Sie haben Ihre Rose vergessen!«

Kamerke zögerte kurz, ging schließlich zurück und nahm das Ding wieder an sich.

Sie steuerten den nächsten Taxistand an, und Kamerke stieg vorne ein. Sein Bruder musste alleine hinten sitzen und konnte deshalb auch den Bezahlvorgang nicht unterbinden.

Sie stiegen direkt vor der *Blockhütte* aus. Hier würden sie ihren Kontaktmann treffen. Die Kneipe hatte keinen Freisitz, sodass niemand anbieten konnte, einen Heizpilz einzuschalten. Das Thema war für heute erledigt.

Kamerkes Bruder öffnete die Tür. Das Innere hielt, was der Name versprach. Aber nicht jedes eingelöste Versprechen ist auch eine Freude, dachte Kamerke. Die Wände sahen aus wie aus Baumstämmen zusammengefügt. Grobe Tische und Stühle. An der Theke Barhocker mit Sätteln drauf. Die Kneipe bestand nur aus einem Raum. Der Wirtin nach zu urteilen griff das Nichtraucherschutzgesetz hier nicht. Sie sah sehr alt aus, trug eine schwarze Fransenweste über einer weißen Bluse, die mit roten Sternchen bedruckt war.

Rechts hinten in der Ecke saß ein Mann mit einem großen Stetson. Er hatte den Kopf so gedreht, dass sein Gesicht nicht zu erkennen war. Als die Tür ins Schloss fiel, wandte er sich Kamerke und seinem Bruder zu und grinste.

»Überraschung!«, sagte der Mann mit dem Stetson.

Kamerke fühlte sich unwohl mit der Rose in der Hand. Er legte sie auf einen Stuhl am Nebentisch.

Der Mann mit dem Stetson verzichtete darauf, sich vorzustellen. Kamerkes Bruder kannte ihn, nannte ihn aber nicht beim Namen. Er machte eine Kopfbewegung in Richtung Tresen.

»Ist sie das?«

»Das ist ihre Mutter.«

Die Wirtin kam, die Zigarette im Mundwinkel, zu ihnen herüber und fragte, was es sein dürfe. Ihre Stimme hörte sich unheimlich an. Als müsste sie jeden Moment ganz schlimm husten. Sein Bruder bestellte, ohne nachzufragen, Bier für alle drei.

»Das ist dein Bruder?«, fragte der Mann mit dem Stetson. Kamerkes Bruder bejahte. »Interessant«, meinte der Mann. Kamerke fragte sich, wie er das meinte. Die Wirtin brachte Flaschenbier.

»Schönes Buckle!«, sagte der Mann mit Blick auf die Region, in der vorhin noch Kamerkes Gürtelschnalle zu sehen gewesen war. Im Sitzen spannte da nur ein Hemd.

»Danke für die Blumen«, sagte Kamerke und hätte beinahe eine Diskussion darüber angefangen, ob es *der* oder *das* Buckle hieß.

Die nächsten zwei Stunden waren zäh. Kamerkes Bruder und der Mann mit dem Stetson redeten über irgendwelche Dinge, die in den letzten Wochen in der Zeitung gestanden hatten, aber eben nur hier.

Kamerke kam sich vor, als wäre er nicht anwesend, und zwar nirgendwo. Er fühlte sich gefangen in einer prinzipiellen Abwesenheit von der Welt und von sich selbst. Anwesend war er nur gegenüber dieser Rose, die ihn vom Stuhl am Nebentisch ansah. An welchem Punkt deines Lebens bist du, fragte er sich, wenn du darauf wartest, eine Frau zu treffen, die vor fünfzig Jahren mal mit einem späteren Weltstar geschlafen haben soll? Auf jeden Fall an einem Punkt, an dem du dir die Geschichten, die du schreiben willst, noch immer nicht aussuchen kannst. In vier Jahren würde er sechzig werden. Wahrscheinlich. Bis dahin musste er es hinbekommen, dass er über sich selbst bestimmen konnte.

Sein Bruder und der Mann mit dem Stetson tranken Bier um Bier. Kamerke hielt sich zurück. Die Kneipe füllte sich mit Leuten. Die Männer trugen karierte Hemden und Lederwesten. Oder auch Hemden mit aufwendigen Ornamenten im Brust- und Schulterbereich. Einige trugen einen Staubschutz über ihren Jeans, fast alle einen Hut, ein paar wenige einen Colt im Holster. Auch unterschiedliche Buckles waren zu sehen. Es wurde viel geraucht. Zigaretten, Zigarillos, Zigarren. Eine Lüftung schien es nicht zu geben oder sie funktionierte nicht. Dicke bläuliche Schwaden reichten von Baumstammwand zu Baumstammwand. Die ganze Zeit lag die Rose auf dem Stuhl am Nebentisch. Niemand nahm Notiz von ihr.

Ein Mann in einem weißen Hemd, dessen Kragen von einer Bow-Tie geschlossen wurde, kam an ihren Tisch und unterhielt sich mit dem Mann mit dem Stetson. Kamerkes Bruder schien ihn nicht zu kennen, beteiligte sich aber trotzdem an dem Gespräch. Kamerke betrachtete den großen, silbernen Buckle des Mannes. Er oder es zeigte vier Spielkarten (Asse) und zwei Würfel. Darüber zog sich ein Spruchband: *Life's a Gamble.* Kamerke fühlte sich unwohl. Er wollte sich mit diesen Leuten nicht gemein machen.

Er fragte sich, wie lange es diese Kneipe schon gab und ob vielleicht auch Paul McCartney schon hier gewesen war. Unwahrscheinlich. Aber er musste zugeben, es hatte seinen Reiz, durch die Straßen zu gehen und sich zu fragen, ob sich da oder dort vielleicht ein Beatle an eine Hauswand gelehnt hatte.

Es wurde spät. Und irgendwann sagte der Mann mit dem Stetson, endlich sei es so weit. Sie drehten sich zum Tresen um. Auf dem einzigen Hocker ohne Sattel saß eine Frau mit schwarzen Jeans und einem Elvis-T-Shirt. Der Mann mit dem Stetson stand auf und ging hinüber. Kamerke und sein Bruder folgten ihm.

»Ingrid«, sagte der Mann mit dem Stetson, »darf ich dir zwei Freunde vorstellen?«

Ingrid musste Ende sechzig sein, wenn Paul McCartney sich damals nicht versündigt hatte. Sie sah allerdings auch so aus. Das beruhigte Kamerke.

Ingrid gab ihnen die Hand, sagte aber nichts.

»Die Jungs würden gerne mal hören, wie das damals gewesen ist.«

Ingrid schlug die Augen nieder und schwieg weiter. Dafür brüllte ihre Mutter vom anderen Ende des Tresens herüber: »Das hört nie auf! Aber umsonst ist nur der Tod!«

Ingrid blickte zwischen Kamerke und seinem Bruder hin und her. Sie war sich nicht sicher, wer hier das Sagen hatte. Der Bruder stieß Kamerke an, und der holte den Fünfzig-Euro-Schein hervor, den er eigens dafür in der Hosentasche aufbewahrt hatte, und reichte ihn an Ingrid weiter.

Ingrid fing an zu erzählen. Dass sie ja damals ganz dicke mit dem Paule gewesen sei, schon als sie das erste Mal hierhergekommen seien. Moment, wann war das noch gewesen? Sie tat so, als würde sie nachdenken, aber das spielte sie sehr schlecht. Dann ratterte sie ein paar Namen herunter. Von Menschen und Kneipen und Clubs. Erwähnte natürlich alle vier Beatles und vergaß auch den fünften nicht, Stuart Sutcliffe, und Astrid und Klaus. Kamerke hatte das alles schon oft gehört und gelesen.

Es ging auch noch darum, dass der Paule im Bett sehr lieb zu ihr gewesen sei. Der John sei da immer etwas ruppiger zu Werke gegangen. Den Vogel abgeschossen habe aber Little Richard, doch das sei eine andere Geschichte. Kamerke vermutete, dass diese andere Geschichte extra kostete.

»Und weißt du, wie man mich damals genannt hat?«

Kamerke schüttelte den Kopf.

»Die Rose von Hamburg! Schön, aber mit Dornen.«

Kamerke fand, es waren nur die Dornen übrig geblieben.

Der Mann mit dem Stetson sah Kamerke und seinen Bruder an, als wollte er sagen: Na, habe ich zu viel versprochen? Eindeutig, dachte Kamerke. Sein Bruder sah weg.

Während Ingrids Referat hatte sich die Kneipe weitgehend geleert. Hinter dem Tresen stand neben der Wirtin nun ein großer, dünner, ebenfalls sehr alter Mann, der mit niederländischem Akzent die Bestellungen der letzten Männer in ihren Sätteln wiederholte. Er trug eine viel zu kleine Weste und einen Cowboyhut aus Plastik. Die Wirtin mit der tiefen Stimme rief: »Willem, überlass die Getränke mir! Sorg mal lieber für Stimmung!«

Willem lachte, hängte sich eine Gitarre um, die er unter dem Tresen hervorgeholt hatte, und fing an zu singen. Er begann mit *Yellow Submarine*. Der Mann mit dem Stetson bestellte Korn. Kamerke musste mittrinken. Das war kein Problem mehr, er war jetzt außer Dienst.

Willem war als Sänger gar nicht so schlecht. Für einen alten Mann hatte er eine erstaunlich klare, hohe Stimme. *Love me do* und *Yesterday* nahm Ingrid ohne große Regungen hin, fing aber auch an, Korn zu trinken. Bei *I want to hold your hand* schaffte Willem tatsächlich auch den hohen Ton auf *hand*. Zu *Eight days a week* klatschten alle mit.

Bei *And I love her* weinte Ingrid. »Das hatta für mich geschriem«, meinte sie.

Die Ingrid und der Paul, dachte Kamerke. So knapp vorbei an der Jahrhundertliebe. Er ging vor die Tür, um Luft zu schnappen. Er rief zu Hause an, aber seine Frau nahm nicht ab. Kamerke zögerte kurz, bevor er Richtung Reeperbahn ging. Seinen Bruder würde er morgen noch mal anrufen, der war gut aufgehoben hier.

An der nächsten Ecke blieb er stehen und dachte nach. Dann wandte er sich um und ging zurück. Als er die *Blockhütte* wieder betrat, sah er, wie sein Bruder Richtung Herrentoilette verschwand. Niemand nahm Notiz von Kamerke.

Die Rose lag noch da, wo er sie abgelegt hatte. Das hier war kein Ort für eine Rose. Kamerke nahm sie und machte sich auf den Weg ins Hotel.

Frohnberg megabad

Frohnberg blickte zum Himmel. Da war ein Luftballon unterwegs in seinen Garten, und daran hing ein toter Maulwurf. Mit den Hinterbeinen hatte ihn jemand an einer Kordel befestigt, die mit einem roten Ballon verbunden war. Die Vorderbeine des Maulwurfs hingen nach unten. Ein wenig sah es so aus, als machte das Tier einen Kopfsprung aus großer Höhe, und das mit guten Haltungsnoten. Frohnberg sah zu, wie Ballon und Tier immer tiefer sanken, praktisch senkrecht, da gerade Windstille herrschte. Gleich neben dem verblühten Flieder setzte es auf, zumindest mit den Krallen. Das Helium in der Kunststoffhülle reichte gerade noch aus, um die Beine des Maulwurfs hochzuhalten, als machte er einen Handstand. Frohnberg ging über den Rasen, um sich die Sache näher anzusehen. Der Maulwurf hatte die Augen geschlossen, aber das hatten diese Tiere doch eigentlich immer, oder?

Erst als Frohnberg schon ganz dicht davor stand, erkannte er, dass an den Ballon ein Zettel geknotet war: *Vorsicht, ich stehe unter Naturschutz*. Genau darüber hatte sich offenbar jemand geärgert.

Am liebsten hätte Frohnberg dieses erbarmungswürdige Bild ignoriert, vielleicht seine Frau das Ganze entdecken lassen, die war da weniger zart besaitet, aber heute war er allein hier, seine Frau übers Wochenende mit einer Freundin verreist, und gleich kamen die Kinder aus der Schule. Die würden mit der Leiche am Ballon noch viel weniger zurechtkommen. Frohnberg musste sich überwinden.

Er griff nach der Schnur und hob das Tier hoch. Der Maulwurf drehte sich um die eigene Achse, ganz langsam. Frohnberg fragte sich, ob das Tier schon tot gewesen war, als der Mensch, der das hier zu verantworten hatte, es an den Ballon gebunden hatte.

Er trug den Maulwurf zum Haus, hielt aber inne, bevor er die Küche betrat. Er konnte das Tier schlecht in den Mülleimer werfen. Und trug er es bis zur Mülltonne vor dem Haus, bestand die Gefahr, dass jemand ihn sah. Das würde nur Gerede geben. Die Vorstellung, das arme Vieh im Müll zu entsorgen, war ihm insgesamt zuwider. Er hatte keine Wahl, er musste es begraben.

Er parkte Ballon und Maulwurf auf der Terrasse, ging hinüber zu dem Schuppen, in dem die Gartengeräte aufbewahrt wurden, und nahm eine Schaufel. Als er wieder nach dem Ballon greifen wollte, klingelte das Telefon. Der individuelle Klingelton verriet ihm, dass seine Frau anrief. Die wollte sicher wissen, ob er rechtzeitig von seiner Tagung zurückgekehrt sei, um die Kinder am Mittag nicht nur in Empfang zu nehmen, sondern auch zu bekochen. Da musste er rangehen, sonst rief sie die Nachbarin an, die einen Schlüssel für Notfälle besaß, damit sie die Kinder hereinließ.

»Ah!«, sagte seine Frau. »Du bist zu Hause! Das ist gut.«

»Ja«, antwortete Frohnberg und betrachtete dabei den Maulwurf, der jetzt wieder Handstand machte.

»Hattest du Verspätung oder war alles in Ordnung?«

»Nein, alles in Ordnung.«

»Du bist nicht sehr gesprächig.«

In diesem Moment fuhr ein leichter Windstoß über die Terrasse. Die Krallen des Maulwurfs kratzten über den Granit.

»Ich muss noch mal los, was einkaufen, für das Mittagessen.«

»Aber es ist doch alles da! Ich habe es schon rausgelegt. Spaghetti, Tomatensauce, Parmesan.«

»Ja, ja, stimmt. Ich …«

Der nächste Windstoß fiel kräftiger aus. Der Maulwurf überquerte fast die ganze Terrasse.

»Was ich?«

»Hackfleisch. Ich wollte eine Bolognese-Sauce machen.«

»Ach so. Na gut, ich will dich nicht aufhalten.«

Frohnberg beendete das Gespräch etwas abrupt, da der Maulwurf drauf und dran war, aus seinem Gesichtsfeld zu verschwinden. Er wollte nicht riskieren, dass das Tier durch den Gang neben dem Haus bis zur Straße getrieben wurde. Er erwischte es, als es sanft gegen den Holzzaun zum Nachbargrundstück schlug.

Frohnberg musste sich beeilen. Er brauchte Hackfleisch. Seine Frau würde die Kinder ganz sicher fragen, wie das Essen, das der Papa gekocht hatte, denn gewesen sei. Und wenn dann nicht von Bolognese die Rede wäre, würde das nur zu unnötigen Fragen führen.

Er nahm die Schaufel, ging bis zum hinteren Zaun, hob neben dem verblühten Flieder schnell ein Loch aus und legte den Maulwurf hinein. Beziehungsweise: stellte ihn hinein. Der Ballon hielt immer noch die Hinterbeine des Tieres hoch. Frohnberg eilte ins Haus, um eine Schere zu holen, schnitt damit die Kordel durch und hielt sie fest. Das Tier, nun ja, plumpste in das Loch. *Plumpsen* war tatsächlich das Wort, das Frohnberg dazu einfiel, ein Kinderwort. Wie *brausen*, wenn etwas oder jemand schnell unterwegs war.

Mit einer Hand schaufelte er Erde auf den Maulwurf, ohne ihn noch einmal anzusehen, mit der anderen hielt er den Ballon fest, der über seinem Kopf schwebte wie ein stummer Zeuge, ein Trauergast. Als Frohnberg fertig war, verharrte er ein paar Sekunden, allerdings ohne zu beten. Das wäre ihm doch übertrieben erschienen. Er zog den Ballon hinter sich her ins Haus, zerstach ihn mit der Schere, warf die Reste in den Müll, setzte sich ins Auto und fuhr zum Supermarkt.

Auf dem Rückweg nach Hause, die Tüte mit dem Hackfleisch auf dem Beifahrersitz, musste er einen Umweg fahren, da die direkte Verbindung durch eine Baustelle blockiert war, die das Befahren der Straße nur in eine Richtung erlaubte. Er kam durch ein Gewerbegebiet, in das er sich schon lange nicht mehr verirrt hatte, und plötzlich fesselten mannshohe, blaue Großbuchstaben auf weißem Grund seine Aufmerksamkeit: *Megabad* stand da an einer Fassade. Megabad? Was war hier besonders schlecht? War das wieder so ein alberner Anglizismus aus dem Bereich der Jugendsprache?

Schließlich erkannte er, dass neben *Megabad* noch etwas geschrieben stand: *Der Sanitärfachmarkt*. Bad also von Badezimmer und nicht vom englischen Wort für schlecht. Aber das machte die Sache auch nicht besser.

Zu Hause setzte er Wasser auf, stellte eine Pfanne auf den Herd und gab Fett hinein. Als beides heiß genug war, gab er die Spaghetti in das kochende Wasser und das Hackfleisch in das brutzelnde Fett.

Um kurz vor eins kam sein jüngerer Sohn aus der Grundschule, um zwanzig nach eins der ältere aus dem Gymnasium. Sie begrüßten ihren Vater, als hätten sie ihn wochenlang nicht gesehen. Das rührte Frohnberg.

Die Pfanne mit der Bolognese stand schon auf dem Esstisch, als Frohnberg die abgegossenen Nudeln aus dem Durchschlag zurück in den Topf kippte und ein Stück Butter hinzufügte. Er setzte den Deckel auf den Topf und schwenkte ihn, damit die Butter schmolz und die Spaghetti später nicht aneinander pappten. Er wollte den Deckel abnehmen – doch das funktionierte nicht.

»Ups, da hält jemand von innen den Deckel fest«, sagte er, und die Kinder glucksten.

Frohnberg probierte es noch einmal. Der Deckel saß fest. So fest, dass Frohnberg da schon ahnte, dass hier ein Problem heraufzog.

In der nächsten halben Stunde gab er sich wirklich Mühe: Er versuchte, mit einem Messer zwischen Topf und Deckel zu kommen; er schlug den Topf erst seitlich und relativ zurückhaltend gegen die Arbeitsplatte in der Küche; er setzte ihn hart auf; er schlug ihn mit aller Kraft auf die Arbeitsplatte. Die Kinder, welche die Unfähigkeit ihres Vaters einen Nudeltopf aufzubekommen, zunächst lustig gefunden hatten, zeigten sich nun irritiert. Um sie aufzuheitern erzählte er ihnen die *Megabad*-Geschichte. Die fanden sie tatsächlich sehr lustig.

Bald wusste Frohnberg nicht mehr weiter. Das war Physik, das war ihm zu hoch. Schon in der Schule hatte er hier versagt. Er musste zum letzten Mittel greifen: Er rief seine Mutter an. Die war achtundsechzig Jahre alt und seit neunundsechzig Jahren Hausfrau.

»Du kriegst den Deckel nicht vom Topf?«

»Der sitzt bombenfest. Das muss ein Vakuum sein oder Unterdruck oder was weiß ich.«

»Ja, ja, das ist mir auch schon passiert. Kaltes Wasser hilft!« Seine Mutter hatte große Mühe, zu verbergen, wie sehr sie sich amüsierte.

»Du findest das witzig?«

»Ist es das nicht?«

»Die Kinder gucken schon ganz komisch.«

»Der große Manager kriegt den Nudeltopf nicht auf. Wenn das nicht witzig ist, weiß ich auch nicht.«

Frohnberg fertigte seine Mutter etwas unhöflich ab. Was sie aber wahrscheinlich gar nicht störte. Sie würde heute den ganzen restlichen Tag gute Laune haben. Trotzdem spürte er den Anflug eines schlechten Gewissens. Er stellte den Topf in die Spüle und ließ kaltes Wasser darüberlaufen. Er verschloss den Abfluss mit dem Gummistopfen, sodass der Topf bald bis zum Rand in einem Wasserbad stand. Seine Söhne kamen herein und wollten wissen, wann es endlich was zu essen gebe. Ihr Ton war weinerlich. Frohnberg wurde nervös.

»Dauert nicht mehr lange.«

»Wir haben Hunger!«

Frohnberg zerrte an dem Topfdeckel, aber nichts passierte.

»Wir haben immer noch Hunger.«

Frohnberg nahm eine Tüte Kartoffelchips aus dem Küchenschrank.

»Esst schon mal das hier.«

Die Kinder strahlten. Der Ältere sagte: »Lass dir Zeit mit dem Topf!«

Frohnberg nahm den Topf aus dem Wasser und schlug ihn noch ein paar Mal auf die Arbeitsplatte. Nichts. Er hatte die Nase voll. Er ging an den Computer im Arbeitszimmer und googelte das Problem. In Sekundenschnelle hatte er eine Antwort: Kaltes Wasser war natürlich Unsinn. Bei Kälte zieht Materie sich zusammen. Unter Hitzeeinwirkung dehnt sie sich aus. Also stellte er den Topf wieder auf den Herd und schaltete auf die höchste Stufe. Während er wartete, rief er noch mal seine Mutter an.

»Kaltes Wasser, ja?«

»Ach, gönn' mir doch den kleinen Spaß!«

»Die Kinder halten mich für einen Vollidioten.«

»Du kannst ihnen ja sagen, dass so etwas passiert, wenn man in der Schule nicht aufpasst.«

Als er diesmal einfach auflegte, hatte er ganz und gar kein schlechtes Gewissen. Er ging zu seinen Kindern und nahm ihnen die Chipstüte wieder weg. Natürlich hatten sie es geschafft, in der kurzen Zeit mehr als die Hälfte zu vertilgen. Brühwarm würden sie das ihrer Mutter erzählen, wenn die am Sonntagabend nach Hause kam.

Frohnberg fühlte sich wie ein toter Maulwurf an einem Luftballon.

Die Leichtigkeit, mit der sich irgendwann der Deckel vom Topf lösen ließ, war grotesk. Die Spaghetti obenauf waren völlig in Ordnung, aber die gut drei Zentimeter dicke Basis war am Boden des Topfes festgebacken.

Er servierte den Kindern das Essen und zupfte mit der Hand so viele Spaghetti wie möglich aus dem Topf. Dennoch blieb eine braune Schicht aus angebrannten italienischen Teigwaren zurück.

Seine Kinder fragten, ob er nicht auch etwas essen wolle.

»Keinen Hunger«, brummte Frohnberg, als es klingelte.

Vor der Tür stand Frau Lüdke, die Nachbarin mit dem Schlüssel. Sie war in Begleitung von Timmy, ihrem dreckfarbenen Mischlingsrüden, der so gerne in die Vorgärten der ganzen Straße urinierte, mit dem Frohnbergs Kinder aber auch sehr gern spielten. Ob alles in Ordnung sei. Na sicher, gab Frohnberg etwas unwirsch zurück. Prima, meinte Frau Lüdke, wandte sich schon zum Gehen, aber da hörte der Hund im Haus offenbar die Stimmen der Kinder und rannte los. Die Kinder freuten sich. Frohnberg nicht so sehr. Um nicht völlig in seiner schlechten Laune zu versinken, tat er genau das Gegenteil von dem, was er am liebsten getan hätte: Er lud Frau Lüdke ein, auf einen Espresso hereinzukommen, anstatt ihr die Tür vor der Nase zuzuwerfen.

»Ach ja, warum nicht«, sagte sie. »Sehr freundlich.«

Die Kinder hatten ihr Essen beendet und brachten die schmutzigen Teller in die Küche. Frohnberg schaufelte das Espressopulver in den Siebträger.

»Wo ist denn der Timmy?«, fragte Frau Lüdke.

Frohnberg hängte den Siebträger in die Halterung an der Maschine und drückte auf den Knopf an der Oberseite.

»Der ist im Garten«, antwortete der Jüngere.

Frohnberg brauchte etwa zwei Sekunden, um die Information zu verarbeiten. Dann *brauste* er durch den Spalt in der Terrassentür, den er offenbar vorhin hinterlassen hatte, und erwischte Timmy, wie er im hinteren Teil des Gartens, beim verblühten Flieder herumbuddelte. Als Frohnberg bei dem Hund ankam, war der Maulwurf schon deutlich zu erkennen. Frohnberg zerrte Timmy am Halsband vom Maulwurfsgrab weg und versuchte gleichzeitig, mit dem Fuß die Erde zurückzuschieben. Mit dem Espresso in der Hand kam Frau Lüdke von der Terrasse herüber.

»Ich dachte, ich stelle mal eine Tasse unter den Auslauf«, sagte sie und fügte hinzu: »Was machen Sie denn da?«

»Der Hund hat hier herumgebuddelt.«

»Das tut mir leid. Aber haben Sie da was vergraben? Ohne Grund buddelt so ein Hund ja nicht!« Frau Lüdke grinste.

»Heute Morgen kam ein toter Maulwurf an einem Ballon in den Garten geschwebt«, sagte Frohnberg.

»Ach so«, sagte Frau Lüdke. »Und ich wollte schon fragen, ob Ihre Frau wirklich verreist ist!«

»Sehr witzig, Frau Lüdke!«

Sie lachte. »Ich habe *Das Fenster zum Hof* bestimmt zwanzig Mal gesehen, ich kenne mich aus!«

Frohnberg ließ sie in dem Glauben. Zum Glück verabschiedete sie sich endlich, drückte ihm die Tasse in die Hand und nahm mit dem Hund den Durchgang zwischen ihren beiden Häusern. Frohnberg zog seine Schuhe auf der Terrasse aus und ging auf Strümpfen in die Küche. Seine Söhne standen mit den leeren Plastikbechern ihrer Nachtischpuddings vor dem Mülleimer und fragten ihn, wieso da die Reste eines Luftballons drin lägen.

Frohnberg sagte: »Die Plastikbecher gehören in den Gelben Sack!«

»Der Luftballon aber auch!«, gab der Ältere zurück.

»Echt megabad, Dad!«, fügte der Jüngere hinzu.

Frohnberg sah die beiden nur an und ging wortlos in sein Arbeitszimmer.

Turbo Krupke

Krupke schreckte hoch. Es war das Telefon, nicht die Türklingel. Er war wieder auf dem Sofa eingeschlafen, der Fernseher lief noch. Es wurde geredet, so wie heute fast nur noch geredet wurde im Fernsehen.

Wer zum Teufel rief ihn kurz nach Mitternacht an? Und ließ es endlos klingeln? Krupke raffte sich auf und schlurfte in die Diele hinüber.

Vom Sofa aufstehen ist auch nicht mehr das, was es früher mal war, ging ihm durch den Kopf. Seine Gelenke wären gern sitzen geblieben.

Er riss das Mobilteil aus der Basisstation und sagte: »Ja?« Er hatte es böse klingen lassen wollen, aber es klang nur verschlafen.

»Du wirst sterben!«, sagte jemand mit verstellter Stimme. »Wir werden alle sterben, du Clown!«

Krupke drückte auf das rote Hörer-Symbol und bedauerte nicht zum ersten Mal, dass man heutzutage Telefonhörer nicht mehr wütend auf eine Gabel knallen konnte. Da er nun schon mal stand, konnte er auch aufs Klo gehen und anschließend sehen, was die Nacht noch bringen würde.

Er hatte gerade die halbe Strecke bis zum Bad zurückgelegt, als sich das Telefon wieder meldete. Krupke seufzte, drehte um, nahm ab und rief: »Was willst du?«

»Du wirst *heute* sterben!«, sagte die Stimme.

»Bist du sicher?«

»Absolut!«

»Heute ist eigentlich schon vorbei, es ist nach Mitternacht!«

»Das weiß ich! Ich habe extra gewartet, damit die Botschaft eindeutig ist: Du wirst heute sterben! Es wird an deiner Tür klopfen!«

»Wann genau?«, wollte Krupke wissen. »Vielleicht muss ich Vorbereitungen treffen.«

Am anderen Ende wurde aufgelegt. Krupke schüttelte den Kopf. Es gab eine Menge Elend da draußen. Damit das Elend ihn nicht noch mal anrufen konnte, zog er den Stecker aus der Wand.

Auf jeden Fall war er nun hellwach. Er ging zum Fenster und sah auf die Straße. In der Dönerbude gegenüber brannte noch Licht. Wahrscheinlich saßen sie wieder im Hinterzimmer und spielten Karten, das Geld in einem unordentlichen, protzigen Haufen in der Mitte. Es juckte Krupke in den Fingern, mal wieder mitzumischen. Er ballte ein paar Mal die Faust, um das Jucken zu vertreiben.

Ein paar Meter weiter sprühten drei Jungs in schwarzen Klamotten irgendwas an die seit Monaten heruntergelassene Rolllade der aufgegebenen Trinkhalle. Bente hatte ihm erklärt, dass das Erkennungszeichen seien. Die erkannten aber nur andere Sprüher, nicht etwa die Polizei.

Als die Jungs mit dem Sprühen fertig waren, packten sie ihre Sachen zusammen und machten Feierabend, wie ein Trupp Handwerker.

Dem Anruf maß Krupke nicht viel Bedeutung bei. Es kam immer mal vor, dass sich einer einen Scherz erlaubte. Kinder vor allem. Auch wenn die nicht um diese Zeit anriefen. Das Einzige, was ihn stutzig machte, war die Formulierung: *Es wird an deiner Tür klopfen*. Krupkes Klingel war seit ein paar Wochen kaputt. Das war kein Staatsgeheimnis, aber es stand auch nicht gerade in der Zeitung. Der Scherz musste also von jemandem kommen, den er kannte.

Wenn es denn ein Scherz war.

Aber was sollte es sonst sein?

In diesem Moment klopfte es an der Tür. Das Blut verließ Krupkes Kopf und sammelte sich in seinen Füßen. Ohne Probleme hätte man ein messerscharfes Ganzkörper-CT von ihm machen können, er stand absolut still. Und hielt die Luft an. Es klopfte noch mal. Dann war eine Stimme zu hören. Krupke atmete aus und ging zur Tür. Draußen stand der alte Janowitz, nach dem sie in Berlin eine Brücke benannt hatten. Jedenfalls behauptete er das, seitdem er mal von der U-Bahn-Station *Jannowitzbrücke* gehört hatte. Dass die einen Buchstaben mehr im Namen hatte, störte Krupkes Nachbarn nicht. Fehler der Behörde.

»Hallo junger Mann«, sagte der alte Janowitz, der auch nur fünf Jahre älter war als Krupke, »mir haben sie mal wieder den Schlüssel geklaut.«

Das war Janowitzens Umschreibung seiner Angewohnheit, das Ding ständig zu Hause zu vergessen. Krupke hatte deswegen ein zweites Exemplar anfertigen lassen und bei sich deponiert.

»Alles Verbrecher«, sagte Krupke, nahm den Schlüssel vom Haken, begleitete Janowitz eine Treppe nach unten und schloss ihm auf. Janowitz bedankte sich, und als Krupke wieder nach oben ging, hörte er, wie hinter ihm zweimal abgeschlossen wurde.

In seiner Wohnung nahm er sich ein Bier aus dem Kühlschrank und setzte sich wieder vor den Fernseher. Natürlich war der Anruf ein Witz gewesen. Es wäre albern, etwas anderes zu vermuten. Das war hier kein Krimi. Und einundsiebzig war doch heute kein Alter mehr.

Trotzdem brachte ihn die Sache zum Nachdenken.

Wäre er bereit abzutreten? Natürlich nicht. Er hatte viel falsch gemacht. Daran war er erst vor ein paar Tagen wieder erinnert worden, als dieser Reporter ihn angerufen hatte. Der schrieb an einem Artikel über die Sache damals. Krupke hatte noch nie darüber gesprochen, jedenfalls nicht öffentlich. Er wusste selbst nicht, warum er eingewilligt hatte, sich heute Nachmittag mit dem Mann zu treffen. Irgendwie hofft man ja doch immer, dachte er, dass man noch ein paar Punkte gutmachen kann, dass unterm Strich am Ende eine schwarze Null steht, wenigstens ein Unentschieden, ein Punkt im Kampf gegen den Abstieg.

Er war gerade wieder weggedämmert, die Flasche in der Hand, da weckte ihn hektisches Gestöhne. Das aber sofort verstummte, als er den Fernseher ausschaltete. Krupke wünschte sich das Testbild und das darauf folgende Rauschen zurück. Irgendwann musste auch mal Schluss sein. Er kippte das restliche Bier weg und ging schlafen.

Als es an der Tür klopfte, saß er augenblicklich senkrecht im Bett, kalten Schweiß auf der Stirn. Er hatte von seiner zweiten Frau geträumt, die dreimal auf einen Holztisch geklopft hatte und dann mit einem Fleischermesser auf ihn losgegangen war.

Es war fünf nach neun. Krupke zog seinen Bademantel an und öffnete nach kurzem Zögern die Tür. Um fünf nach neun wurde man nicht getötet. Draußen stand der Briefträger, den er seit Jahren kannte, ohne dass er ihn beim Namen hätte nennen können. Er reichte Krupke einen Stapel Werbung. Der Mann war in Ordnung, er brachte den

Leuten die Post an die Tür, weil die metallenen Briefkästen unten allesamt aufgebogen oder abgerissen worden waren und die Hausverwaltung keine neuen anbrachte.

»Schlechte Nacht gehabt?«, wollte der Mann wissen.

»Nicht schlechter als sonst.«

»Du siehst nicht gut aus.«

»Ich werde heute sterben«, sagte Krupke, und der Briefträger lachte.

Krupke legte die Prospekte auf den Wohnzimmertisch und stellte sich ans Fenster. Die Dönerbude hatte schon wieder geöffnet. Oder immer noch. Wer haut sich um diese Zeit einen Döner rein?, dachte Krupke. Er ging hinüber zu seiner Küchenzeile, setzte Kaffee auf und ging duschen. Anschließend machte er sich ein Spiegelei auf Brot. Das hatte er schon lange nicht mehr getan. Aber wenn es heute wirklich zu Ende ging, musste man sich vorher noch mal was gönnen.

Nach dem Frühstück ging er für die alte Beierle einkaufen. Er nannte sie bei sich immer *die alte Beierle*, obwohl sie genauso alt war wie er. Die Zeit hatte es mit ihr aber nicht so gut gemeint. Die Zeit oder chemische Abläufe im Gehirn. Bente hatte ihm das mal erklären wollen, aber Krupke hatte nicht richtig hingehört. Wenn man auf dem Weg in den Nebel war, brachte es einem nichts, wenn man wusste, wie der Nebel entstand. Die alte Beierle hatte keine Verwandten. Wenn sie selbst einkaufen ging, war die Gefahr groß, dass sie es im Nachthemd tat, statt Bananen Glühbirnen kaufte und sich zu Hause aufregte, dass die Schale nicht abging. Krupke wusste mittlerweile, was seine Nachbarin brauchte und was sie mochte. Bananen standen ganz oben auf der Liste. Süßer Stuten für das Frühstück und Doppelback für den Abend.

Als er mit den Einkäufen bei ihr klingelte, hörte er schon durch die Tür den Fernseher.

»Ach, der Herr Krupke, das ist ja schön!« Heute erkannte sie ihn, sie hatte also einen ihrer besseren Tage. »Ich habe zwar schon Besuch, aber kommen Sie doch herein.«

Der Besuch hatte etwa achtzig Zentimeter Bildschirmdiagonale und war eigentlich immer da. Es lief irgendein Privatsender, auf dem gerade ein Mann auf einer Leiter stand, um eine Glühbirne zu wechseln, während er seiner Frau, die mit vor dem Oberkörper verschränkten Armen zu ihm aufsah, mitteilte, sie müsse ihm mehr zeigen, dass sie ihn liebe, sonst gebe er ihrer Ehe keine Chance mehr. Die Frau sah das ein. Der Mann kletterte von der Leiter, und die Frau schaltete das Licht an.

Krupke räumte die Einkäufe ein. Er schnitt eine Scheibe von dem frischen Stuten herunter, bestrich sie mit Butter und Marmelade und stellte sie der alten Beierle auf den Couchtisch, direkt neben die Fernbedienung. Er kochte ihr einen Hagebuttentee, setzte sich aufs Sofa und fragte seine Gastgeberin, wie es ihr gehe. Sie antwortete nur »Ja, ja« und griff nach der Scheibe Stuten. Im Fernseher saß das Ehepaar mittlerweile bei einem Anwalt. Das erkannte man daran, dass dicke rote Gesetzbücher auf seinem Schreibtisch standen. Eine Stimme sagte, es werde ernst. Kurz darauf sah man die Frau vor einer Schrankwand im Interview. Sie sagte, es gehe hier schließlich um eine Straftat, der Carsten müsse vielleicht sogar ins Gefängnis, und das habe sie doch sehr geschockt. Dann sah man den Mann in der Küche sitzen und beteuern, er habe nie gedacht, dass es so weit kommen würde.

Krupke wartete, bis die alte Beierle aufgegessen und den Tee wenigstens zur Hälfte ausgetrunken hatte.

»Die jungen Leute, die machen Sachen, was, Herr Krupke?«

»Das können Sie laut sagen, Frau Beierle!«

Die alte Beierle holte Luft und sagte, so laut sie konnte: »Die jungen Leute machen Sachen, was, Herr Krupke?«

Mittags machte Krupke sich Ravioli. Nach Essen und Abwasch sah er die Werbung durch, die der Briefträger am Morgen gebracht hatte. Bei einem Lebensmitteldiscounter gab es in dieser Woche sehr günstige Winterjacken. Krupke konnte eine brauchen. Andererseits wollte er erst mal abwarten, was der Tag brachte. Vielleicht war das rausgeschmissenes Geld.

Er döste gerade so vor sich hin, immer auf dem schmalen Grat zwischen Schlaf und Wachzustand, als es wieder an der Tür klopfte. Mit einem Schrei, der ihm gleich darauf peinlich war, fuhr Krupke hoch.

Er atmete durch.

Hätte er es sich aussuchen können, hätte er es vorgezogen, von einem eleganten Killer in Trenchcoat mit Hut und Sonnenbrille umgelegt zu werden. Von einem, der aussah, als hätte er mehr als einen Alain-Delon-Film gesehen. Aber wenn er so auf sein Leben zurückblickte, würde er wahrscheinlich von zwei drogensüchtigen Albanern in Trainingsanzügen totgeprügelt.

Vor der Tür stand aber weder ein Trenchcoat noch ein Trainingsanzug, sondern eine von Bentes Sprechstundenhilfen.

»Guten Tag Herr Krupke. Herr Doktor Bente schickt mich. Sie hatten heute einen Termin bei uns.«

Stimmt, den Termin hatte er verschwitzt.

»Wir haben versucht, Sie anzurufen.«

Krupke blickte zum Stecker des Telefonkabels, der noch immer auf dem Boden lag.

»Wenn Sie direkt mitkommen, können wir Sie noch dazwischenschieben.«

»Geht nicht«, sagte Krupke. »Ich muss auf den Platz.«

»Das hat Herr Doktor Bente schon vermutet. Wie wäre es morgen früh um zehn?«

»Gut.« Krupke nickte. »Wenn es dann noch nicht zu spät ist.« Die Frau runzelte die Stirn. »Vielen Dank für Ihre Mühe«, sagte Krupke. »Grüßen Sie Bente.«

Krupke sah auf die Uhr. Es war Zeit, sich umzuziehen. Er ging ins Schlafzimmer und zog den alten Trainingsanzug an. Das war immer wieder ein gutes Gefühl.

Es war nicht weit bis zum Platz. Bente hatte mal gesagt, er habe einen ganz anderen Gang, sobald er den Trainingsanzug trage. Viel aufrechter. Seit der Quacksalber das angesprochen hatte, musste Krupke immer wieder daran denken.

Der Platz lag neben einer Schule und wurde vormittags für den Sportunterricht genutzt. Zum Glück hatten die Lehrer heute nach dem Unterricht das Tor abgeschlossen. Krupke hatte sich schon ein paar Mal beschweren müssen und war von denen behandelt worden wie der letzte Idiot. Er regte sich nicht gerne auf, aber manchmal musste es sein.

Er schloss die Kabinen und die Toiletten auf und anschließend sein kleines Kabuff hinter dem Ballraum. Sie hatten ihm keine Nachricht unter der Tür durchgeschoben, also würde heute trainiert wie vorgesehen. Er sah auf den Plan, der über seinem Schreibtisch hing, obwohl er ihn auswendig kannte. Er liebte es, wenn etwas gut geplant war. Heute würden von 16:30 Uhr bis 18:00 Uhr die F2 und die E1 parallel trainieren, danach die D. Ab 19:30 Uhr gehörte der Platz der Zweiten Mannschaft. Auf dem

Schreibtisch lag eine Trainingsjacke in Vereinsfarben, die ein Spieler der E-Jugend in der Kabine vergessen hatte. Die Blagen ließen ständig ihre Sachen herumliegen.

Er ging wieder nach draußen, um die Bude mit den Trainingsgeräten aufzuschließen. In einem kleinen Anbau, den Krupke und Lortzig selbst gebaut hatten, stand der Rasentraktor, den der Verein vor einigen Jahren angeschafft hatte. Heute musste der Platz nicht gemäht werden, aber Krupke würde sich für den Reporter auf das Ding setzen müssen, dazu hatte er sich am Telefon breitschlagen lassen.

Als er den kleinen Traktor rausfuhr, stand ein Mann vor den Kabinen. Harter Bauch über dem Bund einer ausgebeulten Jeans. Dicke Gürtelschnalle. Dazu ein Cordjackett, das schon bessere Zeiten gesehen hatte, sowie ein weißes Hemd, das im Bauchbereich spannte. Der Mann kam auf Krupke zu und streckte ihm die Hand entgegen.

»Kamerke«, sagte er. »Wir haben telefoniert.«

»Krupke.«

»Schöne Anlage«, sagte Kamerke, während er seinen Blick schweifen ließ.

»Selber gespielt?«

»Lange her.«

Lortzig bog mit seinem alten Volvo auf die Anlage ein.

»Der Jugendleiter«, sagte Krupke.

Lortzig stieg aus und kam zu ihnen herüber. Man stellte sich vor. Lortzig sagte, er schließe mal das Vereinsheim auf und mache frischen Kaffee. Kamerke antwortete, das sei eine gute Idee.

Krupke hatte den Eindruck, der Reporter sei in Ordnung. Der Blick, den er über den Platz hatte schweifen lassen, sagte fast alles. Bevor er so eine Plauze gekriegt hatte, war dieser Kamerke sicher ein beinharter Verteidiger gewesen. Er wirkte nicht wie ein Schönspieler.

Im Vereinsheim roch es wie immer etwas muffig. Aber da die Stühle noch auf den Tischen standen, war davon auszugehen, dass heute Morgen die Putzfrau durchgewischt hatte. Ohne dass man es ihm hätte sagen müssen, half der Reporter mit, die Stühle von den Tischen zu nehmen. Dabei fragte er Krupke, wie lange er *das hier* schon mache.

»Keine Ahnung. Ewig.«

»Der Krupke«, rief Lortzig aus der Küche, »war eher hier als wir alle. Die haben den Verein um ihn herum gebaut.«

Krupke schüttelte nur den Kopf.

Ob er jeden Tag hier sei, wollte Kamerke wissen.

Krupke sagte, normalerweise schließe er um vier auf. Also den Platz, die Kabinen, die Duschen und die Toiletten. Ab halb fünf werde trainiert. Bis halb acht die Jugend, danach die Senioren. Wenn gemäht werden müsse, sei er natürlich früher vor Ort.

»Herr Krupke!«

Krupke drehte sich um. In der Tür stand Mustafa aus der E1 und wollte wissen, ob letzte Woche hier eine Trainingsjacke abgegeben worden sei.

»Du meinst, eine mit deinem Namen drin?«

Der Junge nickte.

»Komm mal mit.« Sie gingen rüber zum Kabuff des Platzwarts, Kamerke hinterher.

Krupke gab dem Jungen die Jacke. »Ihr müsst mal ein bisschen besser auf eure Klamotten aufpassen. Der Verein kann kein Geld kacken!«

Der Junge riss Krupke die Jacke aus den Händen und rannte weg. Krupke musste grinsen.

»Kommen Sie klar mit den Kindern?«, fragte Kamerke.

Krupke sah ihn an. »Ohne die Kinder würde ich das hier nicht machen. Die Erwachsenen, die haben doch fast alle 'n Rad ab. Ab der C-Jugend haben die 'nen Nagel im Kopp. Aber in dem Alter ...« Krupke machte eine Kopfbewegung hinter Mustafa her. »... in dem Alter, da kannst du noch was bewegen, aber nur mit 'ner klaren Ansage.«

Schweigend gingen sie wieder rüber ins Vereinsheim, wo der Kaffee inzwischen fertig war. Krupke fand es gut, dass dieser Kamerke auch mal die Klappe halten konnte.

»Kennt hier jemand Ihren alten Spitznamen?«

»Turbo Krupke«, rief Lortzig aus dem Vorraum herein. »Aber da ist nicht mehr viel von zu merken, was?«

»Wieso suchst du dir nicht 'ne Zahnbürste und machst die Klos sauber?«, gab Krupke zurück.

»Haben Sie noch Kontakt zu ehemaligen Mitspielern?«, fragte Kamerke, nachdem sie beide von ihrem Kaffee genippt hatten.

»Der Bröker ruft ab und zu mal an. Sonst habe ich von denen seit tausend Jahren nichts gehört. Zu den Treffen werde ich ja nicht eingeladen.«

»Bröker gehört zu denen, die das Geld nicht angenommen haben.«

»Der war immer schlauer als wir alle zusammen. Deshalb ist der auch ständig Deutscher Meister geworden. Als Spieler, als Trainer, als Präsident.« Krupke wollte eigentlich gar nicht darüber reden. Es stimmte auch nicht, dass der Bröker ihn angerufen hatte. Aber er wollte hier nicht den kompletten Vollidioten geben. Bisschen Kontakt zur Spitze musste sein.

Nach ein paar Sekunden sagte Kamerke: »Wegen dieser Angelegenheit ist damals Ihr Transfer zu den Bayern geplatzt. Sie wären Deutscher Meister geworden. Dreimal

Europapokal der Landesmeister hintereinander. Die große Zeit.«

Stattdessen das Saufen und das Zocken, das meinst du doch, dachte Krupke. Er sagte: »Vielleicht hätte ich mir auch beim Aussteigen aus dem Bus das Bein gebrochen. Man weiß es nicht.«

Kamerke nickte und trank Kaffee.

»Sie wollen wissen, ob ich was bereue?«, fragte Krupke.

Kamerke sah ihn an.

»Scheiße«, sagte Krupke und sah weg. »Jeden einzelnen beschissenen Tag, den die Nummer eins da oben mir aufdrückt«, sagte er leise. »Jeden einzelnen beschissenen Tag.«

»Man sagt, Ihre Ehe sei daran kaputtgegangen.«

»Meine Ehe ist aus dem gleichen Grund kaputtgegangen, aus dem ich das Geld angenommen habe: Ich war ein Arschloch.«

»Und heute?«

»Heute bin ich Platzwart.«

Aus dem Vorraum lachte Lortzig.

»Halb fünf«, sagte Krupke mit einem Blick auf die Uhr. »Sehen wir uns mal an, wie die trainieren.«

Krupke ging vor, der Reporter folgte.

»Wann erscheint die Geschichte eigentlich?«

»Nächste Woche«, sagte Kamerke. »Wir schicken Ihnen gerne Belegexemplare. Außerdem kommt ja morgen noch der Fotograf.«

Stimmt, dachte Krupke. Dieser Kamerke macht ja gar keine Fotos. Da werde noch ein Fotograf kommen, hatte er am Telefon gesagt.

»Morgen? Wenn das mal nicht zu spät ist.«

Kamerke sah ihn fragend an, aber Krupke grinste bloß.

Krupke war froh, dass heute der Stauff mit seiner E1 auf dem Platz war. Den Sydlowski, der die D trainierte, bekam besser kein Journalist zu sehen und zu hören. Der schrie mit seinen Spielern rum wie der Spieß auf dem Kasernenhof. Ließ noch stumpf mit Libero spielen. Behauptete, Viererkette bringe nichts, weil die Schiris zu schlecht seien und ständig das Abseits der Gegner übersähen. Krupke war sicher, dass Sydlowski einfach keine Ahnung hatte, wie er das trainieren sollte. In den letzten Monaten hatten fünf Spieler den Verein verlassen, und zwar nicht die schlechtesten.

Stauff hatte mit seinen zwölf Spielern zwei Kreise gebildet, mit je einem Jungen in der Mitte, dem *Schweinchen*. Die Äußeren passten sich den Ball mit maximal zwei Ballkontakten zu, das Schweinchen musste ihn kriegen. Die Jungs in der Mitte kamen gut ins Laufen.

Sie sahen eine Weile zu, wobei Kamerke noch ein paar harmlose Fragen stellte. Krupke haute einige Anekdoten raus. Außerdem wollte Kamerke wissen, wie er den modernen Fußball finde und dass die Spieler so irrsinnig viel Geld verdienten.

Krupke lachte kurz auf. »Wir hätten das Geld auch genommen! Und für ein Taschengeld haben die Großen damals auch nicht gespielt. Ich kann dieses Gejammer nicht hören, früher wär alles besser gewesen. Hör doch auf!« Krupke schüttelte den Kopf. »Wohnst du hier in der Nähe?«

Kamerke hob die Augenbrauen. »Nein«, sagte er.

»Wir könnten hier noch Hilfe gebrauchen.«

Kamerke wandte den Blick zum Platz. Stauff erklärte den Kindern gerade eine anspruchsvolle Passübung.

Sie sahen sich das komplette Training an. Als Stauff seine Jungs zum Umziehen in die Kabinen scheuchte, lotste

Krupke Kamerke wieder ins Vereinsheim. Lortzig stand hinterm Tresen und stellte ihnen ungefragt zwei Bier hin. Etwas zu laut fing Lortzig an, wie er es nannte, die *Abenteuer eines Platzwartes* zum Besten zu geben. Wie sie den Anbau für den Rasentraktor gebaut hatten. Wie sich einmal vier Spieler Freitagnacht im Kabinentrakt hatten einschließen lassen, um sich hemmungslos zu besaufen. Und wie Krupke am nächsten Morgen – Samstag, um elf spielten die Minikicker – die Dusche angestellt hatte, um das Pack zu wecken. Und wie er sie ihr Erbrochenes mit den Händen hatte wegschaffen lassen, um ihnen zu zeigen, wo der Hammer hängt.

»Und weißt du noch«, fuhr Lortzig grinsend fort, »wie dieser ehemalige Bundesligatrainer eine Einheit mit der Ersten Mannschaft gemacht hat? Und da wurde klar, dass der Typ nicht die geringste Ahnung von Fußball hatte. Peinlich war das!«

Krupke und Kamerke wechselten einen schnellen Blick. Diese Geschichte hatte mit Krupke zwar nichts zu tun, aber Hauptsache Lortzig bewegte die Luft. Im Prinzip war er in Ordnung, aber manchmal fand er kein Ende.

Drei aus den Alten Herren kamen, um an einem der Tische Skat zu spielen. So musste Lortzig ab und zu rüber, um frisches Bier hinzustellen.

Unaufgefordert erzählte Krupke schließlich, wie es damals wirklich gewesen ist. Dass noch andere mit dringehangen hatten, die nie aufgeflogen waren. Die hatten das nach ein paar Jahren abgeschüttelt und später noch richtig Karriere gemacht. Er, Krupke, war nie wieder in die Spur gekommen. Er hatte zu Hause den Spiegel im Badezimmer abgenommen, weil er sich nicht mehr hatte sehen können. Er war auch nicht mehr so schnell gewesen. Bye, bye

Turbo!, hatte ihm einer hinterhergerufen. Am schlimmsten war, dass er das seiner Tochter nie hatte erklären können.

Eigentlich müsse er gehen, sagte Kamerke irgendwann, blieb aber sitzen. Lortzig stellte Bier hin.

Als Kamerke ging, war es dunkel. Sie gaben sich vor den Kabinen die Hand. Unter dem mittelprächtigen Flutlicht trainierte die Zweite. Gelächter und Gemecker flogen über den Platz, dazwischen die Kommandos des Trainers. Das ist mein Leben, dachte Krupke. Fünfzig Meter hinter der Tartanbahn. Aber Inhaber der Schlüsselgewalt. Krupke fuhr den Rasentraktor zurück in den Anbau. Er setzte sich wieder im Vereinsheim an den Tresen, ließ es mit dem Bier aber langsamer angehen. Als die Zweite mit dem Training fertig war und sich umgezogen hatte, machte er das Flutlicht aus und schloss Kabinen und Duschen ab. Um das Vereinsheim kümmerte sich Lortzig.

Auf dem Heimweg kam Krupke an dem Supermarkt vorbei, in dem er immer für die alte Beierle einkaufte. Er war noch geöffnet.

Die wissen alle nicht, wann Schluss ist, dachte Krupke.

Zu Hause zog er sich um und ließ den Fernseher ohne Ton laufen. So viel wie heute hatte er seit Jahren nicht am Stück geredet.

Kurz vor halb zwölf klopfte es an der Tür.

Krupke rief: »Komm rein, ist offen!«

Die endlosen Weiten der Prärie

Wenzel regte sich auf.

»Wieso spielen die Kinder heutzutage eigentlich nicht mehr Cowboy und Indianer?«

Sein Sohn war ihm schon entglitten. Nun auch noch seine Neffen.

Seine Schwester legte ihm ein Stück Frankfurter Kranz auf den Teller. »Es geht schon mal damit los«, antwortete sie, »dass man nicht mehr Indianer sagt.«

»Dann sollen sie eben Cowboy und Amerikanische Ureinwohner spielen.«

»Und die Indianer sind wieder die Bösen, was?«

»Muss ja nicht so sein. Außerdem: Natürlich gibt es auch böse Indianer. Das ist doch alles lächerlich!«

»Ich möchte nicht, dass meine Kinder mit Schusswaffen spielen.«

»Aber sie hocken doch den halben Tag an der Spielkonsole und ballern!«

»Das sind Geschicklichkeitsspiele.«

»Ich lach mich tot.«

»Wie ist der Kuchen?«

»Super, wie immer.«

Seine Schwester nahm ein Stück, während Wenzel den Blick durch den gepflegten Garten schweifen ließ, über die Rasenfläche, die Rosen und die Rhododendren, den Teich mit den weißbäuchigen Koi und dem Apfelbaum am anderen Ende. Er blickte durch das Panoramafenster nach drinnen, wo die Zwillinge mit ihrer Spielkonsole beschäftigt waren. Wenzel hatte ihnen zum letzten Geburtstag endlich den lang ersehnten zweiten Controller geschenkt, damit sie gegeneinander spielen konnten. Das hatte ein paar Sekunden erstaunlicher Nähe zwischen den beiden und ihrem Onkel erzeugt, die vorbei gewesen waren, sobald sie das Gerät angeschlossen hatten.

Wenzel nahm einen Schluck Kaffee, als sein ältester Neffe aus dem Haus kam. Darren war acht Jahre älter als die Zwillinge.

»Die kleinen Schwachköpfe hocken wieder vor der Idiotenmaschine«, brummte er.

»Er ist gestern mit seinem Vater um die Häuser gezogen«, sagte Cordula.

»Man hört dir an, dass es dir nicht passt«, sagte Wenzel.

»Ist mir egal.«

Darren lachte, schenkte sich einen Kaffee ein und verschwand wieder.

»Er ist alt genug«, sagte Wenzel, »und wenn sein Vater sich schon mal auf demselben Kontinent aufhält.«

»Noch ein paar Tipps von dem Mann, der so ein ausgezeichnetes Verhältnis zu seinem einzigen Sohn hat?«

»Ja, ja, ist gut.«

Cordula schob den Teller mit dem Kuchen von sich weg, ohne davon probiert zu haben. »Warum sind wir solche Versager, du und ich?«, fragte sie.

»Du kannst wenigstens backen.«

»Und bin trotzdem zweimal geschieden.«

»Vielleicht weil wir uns früher immer für unsere Eltern geschämt haben.«

»Du bist nicht geschieden.«

»Aber immerhin arbeitslos.«

»Du findest eher einen Job als ich einen Mann.«

»Gedrucktes ist tot. Unter dreißig liest niemand mehr Zeitung.«

»Du könntest Filmkritiken fürs Internet schreiben.«

»Und im Supermarkt bezahle ich mit meinen Klicks?«

»Mit deiner Einstellung findest du nie mehr einen Job.«

»Und du mit deiner nie mehr einen Mann.«

»Vielleicht suche ich mir eine Frau.«

»Die sind auch nicht besser.«

»Ich dachte, eure Ehe läuft.«

»Sie läuft und läuft und läuft.«

»Ist das nicht das Glück?«

»Sie versucht mich umzubringen, indem sie mich zu Tode langweilt.«

»Ich weiß«, sagte Cordula und warf einen Blick nach drinnen auf die Zwillinge. »Manchmal stehe ich am Karpfenteich und sehe mir die Viecher an, wie sie da debil herumschwimmen. Dieser Stumpfsinn ist doch nicht zu fassen! Ich denke: Die sind zufrieden, solange sie fressen und schwimmen können. Und dann werde ich neidisch. Ich habe schon daran gedacht, einen Toaster da hineinzuschmeißen, nur um ihnen zu zeigen, dass ich *sie* umbringen kann, sie *mir* aber gar nichts können.«

»Und was hat dich davon abgehalten?«

»Ich habe kein Verlängerungskabel, das lang genug ist.«

»Zu deinem Geburtstag schenke ich dir eine Kabeltrommel.«

»Hauptsache kein Parfüm.«

»Du weißt doch, was Papa immer gesagt hat: *Wenn es dir schlecht geht, musst du die Stiefel in die Steigbügel stem-*

men, dich im Sattel aufrichten und den Blick über die endlosen Weiten der Prärie schweifen lassen!«

»Und wir haben gesagt: *Aber wir haben hier doch gar keine Prärie!*«

»Und Papa meinte: *Es geht um die Prärie in dir drin!*«

Wenzel musste lächeln und sah zu dem Karpfenteich hinüber. Auch er hatte Fische nie leiden können. Cordulas zweiter Mann, der Vater der Zwillinge, hatte die Tiere angeschafft, und jetzt hatte Cordula sie am Hals. Wenzel durfte das mit der Kabeltrommel nicht vergessen. Und wenn es auch nur ein guter Gag war.

»Du hast dich für Papa nie geschämt«, sagte Cordula.

»Das stimmt nicht. Im Kino war es okay, aber wenn Freunde zu uns nach Hause kamen und er und Mama in diesen Klamotten herumliefen ...«

»Sie hat das nur ihm zuliebe gemacht.«

»Und uns zuliebe hätte sie es sein lassen sollen.«

»Sie waren glücklich.«

Darauf konnte Wenzel nichts mehr sagen. Die Sonne brannte durch die helle Markise. Wenzel sah die Schatten von Schmetterlingen und Käfern über sich flattern und krabbeln.

»Ich muss los«, sagte er nach einer Weile. »Bevor ich zu Papa gehe, will ich noch im Laden vorbei.«

Sie gingen durch das Wohnzimmer. Wenzel verabschiedete sich von seinen Neffen, die nur müde die Hand hoben.

»Grüß Papa von mir«, sagte Cordula, als sie sich an der Haustür verabschiedeten. »Und natürlich deinen Sohn, den Kleinunternehmer.«

Wenzel ging zu Fuß, um das Geld für die Straßenbahn zu sparen. Es wurde Zeit, dass er einen Käufer für das Haus fand, aber der Makler sagte, derzeit habe man einen *Käu-*

fermarkt, also ungünstig für Leute, die ein Haus loswerden wollten, jedenfalls im unteren Mittelklassebereich, wie er sich ausdrückte.

Der Laden seines Sohnes lag etwas abseits der Fußgängerzone. Was schon mal das erste Problem war. Zufällig verirrte sich hier niemand hin, Laufkundschaft konnte man vergessen. Über dem Eingang stand einfach *Schallplatten*. Na gut, das hatte was, aber das waren doch zwei Schritte zurück, noch hinter die eigene Kindheit, schließlich war sein Sohn schon mit CDs aufgewachsen. Im Schaufenster lagen Platten von Bands, die Wenzel völlig unbekannt waren.

Als Wenzel die Tür aufstieß, ertönte ein elektronischer Gong. Sein Sohn, der hinter der Kasse am Ende des Ladens saß, hob den Kopf. Als Wenzel auf ihn zuging, kam ihm das vor wie ein Duell auf der Mainstreet. Irgendeiner musste als Erster ziehen. Sein Sohn tippte sich mit dem Zeigefinger an die Stirn.

»CDs sind im Keller«, sagte er.

Außer Vater und Sohn war niemand im Laden.

»Ich bin auf dem Weg zu Opa«, sagte Wenzel.

»Ich war heute Morgen bei ihm.«

Wenzel war am Verkaufstresen angekommen. »Wie ging es ihm?«

»Super. Er war voll da, hat mich erkannt, wir haben uns richtig gut unterhalten.«

»Toll!«, sagte Wenzel und wusste nicht weiter. Sein Sohn stand auf, ging ein paar Meter nach links, machte kehrt, ging zurück und setzte sich wieder. Das war, neben dem Stirntippen, der zweite Tic, den sein Sohn nicht unter Kontrolle bekam. Wenzel spürte, wie sich ein unangenehmes Schweigen zwischen ihnen ausbreitete.

Ein Pärchen kam herein, beide vielleicht fünfzehn Jahre

alt. Sie hielten sich an den Händen und flüsterten sich irgendetwas zu.

»CDs sind im Keller«, sagte der junge Wenzel.

»Ah ja«, gab das Mädchen zurück und zog ihren Freund zu der Treppe, die links neben dem Kassentresen nach unten führte.

»Die kaufen doch keine CDs!«, sagte Wenzel.

»Nein«, antwortete sein Sohn, »die knutschen auf dem Sofa ein bisschen herum. Die kommen fast jeden Tag.«

Paare, die sich einen geheimen Ort zum Knutschen suchen. Wenzel hatte den Eindruck, er stürze zurück in die Fünfziger.

»Und?«, fragte Wenzel. »Läuft der Laden?«

»Es geht.«

Wenzel beneidete seinen Sohn. Der konnte hier sitzen und darauf warten, dass die Zukunft anfing, und das in einer Umgebung, die aussah wie die Jugend seines Vaters. Dem Sohn fiel es in den Schoß, und er selbst musste zu Fuß gehen. Sein Sohn hatte noch nie etwas allein auf die Beine gestellt, durfte aber seinen Traum leben, mit dem Geld des Großvaters. Und in der Mitte er, Wenzel, der sehen konnte, wo er blieb. Schuldlos in Not geraten, und die ganze Familie pleite. Sah er seinem Sohn in die Augen, erkannte er, dass der sich reich fühlte, aber der sollte erst mal versuchen, mit seinen Augen die Miete zu bezahlen. Wenzel wusste, er sollte sich für seinen Sohn freuen, aber es gelang ihm nicht.

»Ich muss los«, sagte er

»Mach's gut!«

Während Wenzel zur Tür ging, fühlte er den Blick seines Sohnes im Rücken. Aus dem Keller meinte er das Kichern der Knutschenden zu hören.

»Papa!«

Wenzel, der den Türgriff schon in der Hand hatte, drehte sich noch einmal um. »Ja?«

»Schön, dass du da warst!«

»Ja«, sagte Wenzel. »Viel Glück.«

Auf der Straße wusste er ein paar Sekunden nicht, wohin er jetzt musste, durfte, konnte. Dann fiel ihm ein, dass er auf dem Weg zu seinem Vater war. Der seine Ersparnisse dem Enkel geschenkt hatte, damit der einen Plattenladen aufmachen konnte, in dem Teenager sich zum Küssen trafen.

Als Wenzel in die Straße einbog, in der er aufgewachsen war, war er froh, dass er niemanden traf, der ihn von früher kannte.

Der Vorgarten seines Vaters war in den letzten Monaten ziemlich heruntergekommen. Wenzels Zorn ging in einem schlechten Gewissen auf. Er hatte Zeit genug und nahm sich vor, nächste Woche hier mal selbst Hand anzulegen.

Es dauerte einen Moment, bis Schwester Bärbel die Tür öffnete. Sie war eine freundliche, gewissenhafte Person Mitte fünfzig, die seinen Vater nicht nur versorgte, wusch und wendete. Sie saß auch an seinem Bett und redete mit ihm, wenn er wach war. Manchmal las sie ihm vor.

Schwester Bärbel sagte, heute habe sein Vater einen relativ guten Tag. Zwar dämmere er immer wieder weg und verliere die Orientierung, sei aber manchmal auch wieder überraschend klar, und man könne sich ausgezeichnet mit ihm unterhalten.

Wenzel ging nach oben in den ersten Stock, Schwester Bärbel setzte sich in die Küche. Die Tür zum Schlafzimmer seines Vaters stand offen, Wenzel sah das Fußende des Bettes. Als er das Zimmer betrat, knarrte der Boden, und sein Vater öffnete die Augen, schaute ihn an, lächelte und streckte die Hand aus. Wenzel ergriff die Hand seines Vaters und hielt sie fest, während er ihn fragte, wie es ihm gehe. Aus den Antworten des Vaters schloss Wenzel, dass es ihm besser ging als vor zwei Tagen. Da hatte er nur ohne Zusammenhang vor sich hin geredet und wissen wollen, wann Wenzels längst verstorbene Mutter denn endlich wieder nach oben komme.

Heute erkundigte er sich nach seinem Enkel.

»War er nicht heute Morgen noch hier?«, fragte Wenzel.

Der Blick seines Vaters wurde dunkel. »Mag sein.«

»Der Laden läuft«, sagte Wenzel, um seinen Vater aufzuheitern.

»Mir hat er was anderes erzählt«, sagte der Vater.

Nicht mal auf die Gedächtnisausfälle seines Vaters konnte man sich verlassen.

»Anfangsschwierigkeiten«, sagte Wenzel.

»Du glaubst doch, dass das alles Unsinn ist.«

»Soll ich dir einen Tee machen?«

»Das hat deine Mutter schon gemacht.«

Wenzel nickte.

»Ich wollte nicht«, sagte der Vater, »dass du sie in dieser Schwesterntracht siehst. Das ist was zwischen mir und deiner Mutter.«

»Die steht ihr gut.«

»Ich möchte nicht, dass du darüber redest. Ruf demnächst vorher an. Ich bin müde.«

Der Vater schloss die Augen und war kurz darauf eingeschlafen. Wenzel blieb noch ein paar Minuten sitzen und dachte daran, wie sein Vater früher gewesen war. Ein Kind. Ein Teil seines Vaters war nie richtig erwachsen geworden. Ohne unsere strenge, gut organisierte Mutter wäre unser Leben ein Chaos gewesen, dachte Wenzel.

Plötzlich stand Schwester Bärbel in der Tür und wollte wissen, ob alles in Ordnung sei.

»Er schläft«, sagte Wenzel. Und, nach einer Pause: »Hat er Ihnen je von meiner Mutter erzählt?«

»Nicht nur einmal.«

»Ohne sie wären wir verloren gewesen.«

»Das hat er auch gesagt.«

»Mein Vater ist wohl in seinem Leben zu keiner Verabredung, zu keinem Termin pünktlich gekommen. Er war in Gedanken immer woanders, immer unterwegs.«

»Nur bei der Arbeit war er immer pünktlich.«

»Weil er vor allem da immer woanders sein konnte.«

»Ich war früher auch oft in seinem Kino.«

Wenzel nickte. Ein paar Sekunden sagten sie nichts. Schließlich stand Wenzel auf und bat Schwester Bärbel, bei seinem Vater zu bleiben. Sie nickte und berührte ihn kurz am Arm. Eigentlich hatte er in der Küche einen Kaffee trinken wollen, aber auf der Treppe entschied er sich anders und ging hinunter in den Keller, wo es etwas muffig roch. Sein Vater war seit Wochen nicht hier unten gewesen.

Im Vorraum hing ein alter Spielautomat, der noch funktionierte, aber ausgeschaltet war. Sein Vater hatte irgendwo einen Vorrat alter Zehn-Pfennig-Stücke, mit denen man das Ding füttern konnte. An der Wand gegenüber prangte ein gerahmtes Plakat von *Höllenfahrt nach Santa Fe*. Mit fünfzehn oder sechzehn hatte Wenzel mit seinem Vater darüber gestritten, wie hirnrissig der Titel sei. Im Original hieß der Film *Stagecoach*, also *Postkutsche*, und die Fahrt ging nicht nach Santa Fe, sondern nach Lordsburg. Außerdem hieß der Film ab 1963 in Deutschland *Ringo*. Da hatte sich Wenzel extra schlaugemacht, um dem Vater einen Fehler nachzuweisen. Sein Vater hatte nur gesagt: »Aber es ist ein schöner Film!« Und *Ringo* sei als Titel so langweilig wie der gleichnamige Beatle, worauf Wenzel geantwortet hatte, sein Vater habe eben auch von Musik keine Ahnung, und überhaupt müsse man im Leben schon genau sein, gerade bei Meisterwerken. Bald darauf wurde er erwachsen und fand sich selbst in der Rückschau unerträglich altklug und das *Höllenfahrt*-Plakat hinreißend.

Am Ende des Ganges stand ein faltbarer Kleiderschrank aus Kunststoff, mit aufgedrucktem Blumenmuster. Wenzel öffnete den Reißverschluss und ging die Sachen seines Vaters durch: die reich paspelierten Hemden, die braune Lederweste mit den Fransen-Conchas und den hellen Ziernähten, die rot-schwarz ornamentierte Weste, die hinten einfach schwarz war und eine Schnalle zum Verstellen der Weite hatte, die braunen, *Chaps* genannten, Staubfänger für die Hosen, damit man tagsüber auf der Weide mit den Rindern arbeiten und abends trotzdem zum Square-Dance in den Saloon gehen konnte, der Gehrock, der Staub- und der Kutschermantel (mit Stulpen über der Schulter), der dunkelrote Longjohn. Daneben hingen die Sachen von Wenzels Mutter, etwas weniger reichlich: nur eine schwarze Korsage mit rotem Schößchen und eine schwarze Bluse mit weißer Zierstickerei und Perlmuttknöpfen. Auf dem Boden des Faltschrankes Vaters Schlangenlederstiefel und Mutters Schnürstiefeletten. Und die Hutschachtel, in dem der Vater seinen ganzen Stolz aufbewahrte: den schwarzen Stetson. Wenzel setzte ihn auf und stellte fest, dass er passte.

Er öffnete die Tür zur Kellerbar. Hier hatte sich seit Jahrzehnten nichts verändert. Hinter dem Tresen standen in einem Regal staubige Whiskyflaschen. An den Wänden klebten Holz-Imitat-Tapeten. In der Ecke hing die Ehrenurkunde für fünfundzwanzig Jahre Mitgliedschaft bei den *Westernfreunden Westdeutschland*. Vor dem Tresen standen vier Hocker mit Sätteln drauf, so wie der Vater es vor Ewigkeiten in einer Hamburger Kneipe gesehen hatte. Einer der Hocker war kleiner als die anderen. Das war Wenzels Hocker, sein Platz, von dem aus er das Treiben der Cowboys und Saloonfrauen hatte beobachten können. Hier hatte er gesessen, mit seiner Kunststoffweste und seinem Spielzeugrevolver und den Plastiksporen an den Turnschuhen, wenn die Männer Whisky aus kleinen Gläsern tranken und ihre Colts um den Zeigefinger wirbeln ließen, die Frauen ihre Röcke rafften und in dem engen Raum zu tanzen versuchten. Sie alle hatten so aussehen wollen wie die Cowboys und die Frauen in den Filmen, die Wenzels Vater im Kino in der Innenstadt vorführte, aber als er älter wurde, war Wenzel aufgefallen, dass sie hier unten alle etwas dicker, etwas müder und etwas weniger wagemutig aussahen als ihre Vorbilder auf der großen Leinwand.

Seine halbe Kindheit hatte er in dem alten Kino verbracht. Nicht wenige Stunden in dem erstaunlich niedrigen Vorführraum, wo der Vater die Filmrollen in die beiden Projektoren legte und auf den Moment wartete, in dem überblendet werden musste, da die Filme in einzelnen Akten geliefert wurden. Wenzel und sein Vater blickten durch die Projektionslöcher und warteten auf die Überblendzeichen im Film. Erschien das erste Zeichen, musste Wenzel den Motor des zweiten Projektors starten. Beim zweiten Zeichen hatte der Vater noch eine Sekunde Zeit, die Lichtklappe mit der Tonumschaltung zu öffnen. Wenn alles glattging, bekamen die Zuschauer gar nicht mit, dass auf einen anderen Projektor umgeschaltet worden war.

Und Wenzel konnte sich nicht daran erinnern, dass sein Vater und er jemals einen Fehler gemacht hätten. Sie waren Männer, die Männerarbeit verrichteten, und das machten sie verdammt gut.

Manchmal nahm er Freunde mit ins Kino. Sie sahen sich Western an, immer wieder Western. Der Vater zeigte auch andere Filme, aber für die interessierte sich Wenzel als Kind nicht. Das war etwas für seine Schwester und ihre Freundinnen. Ein Mann, ein Pferd, ein Colt, das war Wenzels Welt.

Für die technischen Aspekte wiederum interessierte sich seine Schwester nicht. Anfangs hatte sie es noch spannend gefunden, den Vater bei der Arbeit zu beobachten und den anderen Mädchen den Vorführraum zu zeigen, später aber hatte sie sich »lieber auf die Filme konzentrieren« wollen. Als sie schon erwachsen war, hatte sie mal gesagt, am liebsten hätte sie völlig vergessen, dass hinter einem Film Technik steckte und der Streifen auch beliebig oft wiederholt werden konnte. Für sie hatte das alles genau in diesen anderthalb Stunden stattgefunden, in denen es ihr so wahr wie möglich erschien.

Die nächsten zwei Stunden saß er am Bett seines Vaters und sah ihm beim Schlafen zu. Sein Vater würde nie wieder eine Herde von hier nach da treiben. Zwischendurch wachte der ganz alte Wenzel immer wieder kurz auf, fragte nach seiner Frau oder hielt seinen Sohn mal für seinen Bruder, mal für den Enkel.

Als der Abend anbrach, machte Wenzel sich auf den Weg nach Hause. Er ging durch die Fußgängerzone, wo er an dem Kinocenter vorbeikam, in dem er in der letzten Woche einen Film mit Tom Hanks gesehen und sich zu Tode gelangweilt hatte. Er konnte sich Tom Hanks nicht auf einem Pferd vorstellen, und ein Schauspieler, den man sich nicht auf einem Pferd vorstellen konnte, war kein richtiger Schauspieler.

Wenzel war schon an dem Kino vorbei, kehrte aber doch noch einmal um und ging zu der Frau, die in einem dunklen Polohemd, auf das der Name der Kinokette gestickt war, an der Kasse hinter einer dicken Glasscheibe saß, sodass Wenzel in ein Mikrofon sprechen musste. Sie schien sich mindestens so zu langweilen wie Wenzel letzte Woche in dem Film mit Tom Hanks.

»Guten Abend«, sagte Wenzel.

»Hallo«, antwortete die Frau und versuchte erfolglos zu lächeln.

»Ich habe da mal eine Frage.«

»Ja?«

»Wann zeigen Sie mal wieder einen Western?«

»Einen Western?«

»Männer, Pferde, Schießeisen.«

»*Django unchained* läuft nicht mehr.«

»Ich meine einen richtigen Western. Einen, in dem die Männer nicht bluten, wenn sie getroffen werden, und die Indianer die Beine anheben, um ordentlich aus dem Sattel fallen zu können.«

Die Frau runzelte die Stirn.

»Cinemascope«, fuhr Wenzel vor, »Breitwand mit Überblendzeichen, auf fünf Spulen verteilt.«

»Wir zeigen auch 3D. Eine Brille können Sie sich leihen.«

»Kennen Sie *Höllenfahrt nach Santa Fe*?«

Die Frau legte ihre Hand auf das Telefon, das neben ihr stand.

»Hat sich erledigt«, sagte Wenzel.

Er ging zurück zum Haus seines Vaters. Inzwischen hatte die Nachtschwester ihren Dienst angetreten. Er grüßte sie nur kurz, ging an ihr vorbei und hinunter in den Keller. Er nahm den Stetson seines Vaters aus der Hutschachtel und setzte ihn auf. In der Kellerbar stieg er auf diesen mittlerweile viel zu kleinen Hocker und fragte sich, wie weit es bis Santa Fe sein mochte. Er stemmte sich in den Steigbügeln hoch, richtete sich im Sattel auf und ließ seinen Blick über die endlosen Weiten der Prärie schweifen.

C 90

Sabolewski war kurz davor, sich zu übergeben.

»Sie haben Glück«, sagte sein Gegenüber, »bei uns kommt es nicht so auf das Alter an. Viele unserer Kunden sind nicht mehr die Jüngsten. Die finden es nicht schlecht, wenn am anderen Ende jemand sitzt, der auch schon ein paar Runden gedreht hat.«

Der Bengel zwinkerte Sabolewski tatsächlich zu.

»Das heißt natürlich nicht«, fuhr er fort und kippte mit seinem bequemen Drehstuhl so weit nach hinten wie möglich, »dass Sie in den Gesprächen darüber plaudern dürfen, wie es damals war, im Barrikadenkampf. Oder im Schützengraben vor Stalingrad!«

Das fand der Bengel richtig lustig.

»Es geht mehr darum, unterschwellig eine Atmosphäre des Vertrauens aufzubauen, Sie verstehen, Herr …« Der Bengel kippte ruckartig nach vorn und suchte in den Papieren auf seinem Schreibtisch herum. »Herr Sabolinski.«

»Sabolewski«, sagte Sabolewski.

»Aha, Sabolewski, auch gut. Na ja, das Nötigste habe ich Ihnen erklärt, eingearbeitet werden Sie von der Janine, die stelle ich Ihnen noch vor, dann ist erst mal Schluss für heute. Aber ich sage Ihnen gleich, die Janine, die ist ein, nun ja, Feger, sage ich mal, weil ich davon ausgehe, dass Sie das nicht als sexuelle Belästigung bewerten. Man kann heute einer Frau kaum noch ein Kompliment machen ohne als Vergewaltiger dazustehen.«

»Ist das so?«

Der Bengel lachte auf. »Ich sage Ihnen, da könnte ich Sachen erzählen … Aber lassen wir das.«

Er erhob sich und ging zur Tür. Sabolewski folgte ihm.

Als der Bengel die Tür öffnete, liefen sie wieder gegen diese akustische Wand aus menschlichem Gerede und dem Klappern von Computertastaturen, die Sabolewski schon empfangen hatte, als er vorhin angekommen war.

Der Raum war riesig. Männer und Frauen saßen mit Sprechgarnituren, bestehend aus Kopfhörern und direkt vor dem Mund hängenden Mikrofonen, an abgeteilten Arbeitsplätzen, die mit halb hohen Wänden abgeschirmt waren. Sie redeten, sie lachten, rieben sich die Augen, streckten sich aus, aber die meisten hackten auf ihre Tastaturen ein. Wer sich jemals gewünscht hat, Teil von etwas Großem zu sein, dachte Sabolewski, wäre hier genau richtig. Fußballfans müssten sich hier wohlfühlen.

Der Bengel führte ihn zu einem Pausenraum, wo sich eine Frau in T-Shirt und Jeans gerade einen Kaffee aus einem Automaten zog. Die Jeans hatte sie in rote Stiefel gesteckt.

»Das ist die Janine«, sagte der Bengel, »die hilft Ihnen weiter.« Von Janine unbemerkt, zwinkerte der Bengel Sabolewski zu und verließ den Raum. Sabolewski vermutete, dass Janine und der Bengel zusammen nicht so alt waren wie er selbst.

»Ich bin die Janine«, sagte Janine. Von ihrem Gesicht könnte man einen Gipsabdruck machen, um das Adjektiv »gelangweilt« zu illustrieren, dachte Sabolewski.

»Ich bin Sabolewski.«

Janine nippte an ihrem Kaffee. »Wir reden uns hier mit Vornamen an.«

»Das ist mein Vorname.« Sabolewski sah Janine an. Sie lachte nicht über seinen Scherz. Er hatte schon Raufasertapeten gesehen, die mehr Reaktion zeigten.

Nicht mal halbherzig und in einem Ton, als könnte sie die Beschränktheit ihres Gegenübers nicht fassen, erklärte sie ihm ein bisschen was zu den Abläufen, und dass er am Montag erst mal nur neben ihr sitzen würde, damit er sich anhören könne, wie das alles funktioniere. Dann murmelte sie: »Pause ist zu Ende« und ließ ihn einfach stehen.

Auch gut, dachte Sabolewski und machte sich auf den Weg.

Als er von der U-Bahn-Haltestelle nach Hause ging, kam er an einem Haus vorbei, in dem eine Wohnung ausgeräumt wurde. Männer in Arbeitsklamotten warfen Dinge aus einem Fenster im zweiten Stock in einen Müllcontainer auf dem Gehweg. Auf der anderen Straßenseite saßen drei Männer vor einer Dönerbude und sahen dem Spektakel zu. Eine alte Frau kam aus dem Haus, mit einer Einkaufstasche in der Hand. Sie blieb stehen, blickte nach rechts und links und konnte sich offenbar nicht entscheiden, wo sie langgehen sollte. Sabolewski fragte, ob er helfen könne.

»Der Laden«, sagte sie. »Wo ist der Laden?«

»Ich kann Sie hinbringen, das liegt auf meinem Weg«, sagte Sabolewski.

Wortlos hakte sich die Frau bei ihm ein. Sie kamen nur sehr langsam voran.

»Der Herr Krupke hat das immer für mich gemacht«, sagte sie plötzlich. »Aber ich glaube, er ist ausgezogen. Deshalb werfen sie seine Sachen aus dem Fenster.«

Sabolewski brachte es nicht über sich, die alte Frau im

Supermarkt allein zu lassen, also ging er mit ihr durch die Reihen und fragte sie, was sie brauche. Von manchen Dingen fielen ihr die Namen nicht ein. Dass sie aber drei Flaschen Bier brauchte, dessen war sie sich sicher.

Mit der vollen Tasche konnte Sabolewski die Frau erst recht nicht sich selbst überlassen. Wahrscheinlich würde sie den Rückweg gar nicht finden. Er brachte sie nach Hause, schloss ihre dunkle, muffig riechende Wohnung auf und half ihr, die Einkäufe zu verstauen. Alles in der Wohnung war ein bisschen schmutzig. Er stellte das Bier kalt. Im Kühlschrank fanden sich ein paar verdorbene Speisen, die Sabolewski in den Müll beförderte, den er auch gleich mit rausnahm.

In dem Haus, in dem er seit Kurzem wohnte, wartete er wieder ewig auf den Aufzug. Oben angekommen, stellte er sich auf den Balkon und trank einen Kaffee. Er konnte stundenlang hier stehen. Es machte ihm nichts, dass man in dieser Richtung kaum Bäume sah. Häuser waren viel spannender. Was konnten Bäume einem schon erzählen!

Nach einiger Zeit ging er wieder nach drinnen, holte den alten Recorder heraus und legte eine neue C90-Kassette ein. Er drückte den Rückstellknopf, und die drei mechanischen Ziffern des Bandzählwerks sprangen auf 000. Er begann mit der Aufnahme und erzählte von dem Gespräch mit dem Bengel und von Janine und der alten Frau. Nach der Aufnahme schrieb er die laufende Nummer und das Datum auf Kassette und Cover, legte sie zu den anderen in den Einbauschrank in der Diele und stellte den Recorder daneben.

Er räumte auf, führte den Staubsauger heute auch in die Ecken und wischte das Bad. Das Bett war gemacht, die schmutzige Wäsche in der Maschine im Keller und die saubere im Schrank. Er erkannte seine Wohnung kaum wieder.

Sie kam pünktlich, also fünf Minuten nach der verabredeten Zeit. Sie trug ein Kleid, schöne Schuhe, dezentes Make-up, einen Hauch Parfüm und war offensichtlich beim Friseur gewesen. Das war ein gutes Zeichen. Sie nahmen den Aperitif auf dem Balkon.

»Sherry«, sagte sie, offensichtlich etwas verwundert.

»Nicht in Ordnung?«

»Nein, nein, es ist nur …«

»Ja?«

»Also, das ist ein wenig ungewöhnlich …«

»Sherry ist als Aperitif ein Klassiker.«

»Meistens bekommt man heute einen Hugo oder einen Aperol Spritz.«

»Nie gehört«, sagte Sabolewski.

Sie schwiegen ein paar Sekunden. *Meistens bekommt man*, hatte sie gesagt. Er fragte sich, wie viele Verabredungen sie diese Woche schon gehabt hatte. Mit Sabolewski war es die dritte in drei Wochen. Beim ersten Mal war es ein Café gewesen, beim zweiten Mal eine Cocktailbar, in der er sich nicht richtig wohlgefühlt hatte. Normalerweise mache sie das nicht, hatte sie gesagt, und er hatte gefragt, was sie meine, und sie hatte gesagt, normalerweise antworte sie nicht auf Anzeigen, jedenfalls nicht auf solche in *Printmedien*. Sabolewski hatte geantwortet, es sei auch das erste Mal gewesen, dass er so eine Anzeige aufgegeben habe. Ihm war klar gewesen, dass er die Wahrheit sagte und sie nicht.

»Aber der Sherry ist sehr gut«, sagte sie, nachdem sie daran genippt hatte. »Ein wunderbarer Ausblick«, fügte sie hinzu. »Man sieht nur so wenig Grün.«

Sie gingen nach drinnen. Mit der Suppe, die Sabolewski auftischte, war sie einverstanden. Auch für den Wein fand sie lobende Worte. Da sie im Geldgeschäft tätig war, erklärte sie Sabolewski die Euro-Krise und was man dagegen tun könne. Er fand, das hörte sich sehr plausibel an. Darüber freute sie sich. Die Freude und der Wein machten ihre Wangen rot.

Als Hauptgericht reichte er Tagliatelle mit Rucola in Tomatensauce. Sie lobte die Pasta in den höchsten Tönen und sagte, sie habe immer Männer gemocht, die kochen können. Sabolewski sagte, er sei lange Selbstversorger gewesen, da habe er notgedrungen kochen lernen müssen. Sie machte ein übertrieben trauriges Gesicht und fragte ihn nach seinen *Beziehungen*. Damit hatte sie erst mal ein Thema gefunden. Sie fragte ihn erst nach der Frau, mit der er zuletzt zusammengelebt habe und dann nach seiner ersten großen Liebe als Teenager, was für sie nur die Überleitung zur Geschichte ihrer verpfuschten Ehe war. Ihr Mann, ihr Exmann, habe nie das gehalten, was sie sich versprochen hatte, als sie sich mit vierzehn in den drei Jahre älteren Jungen verliebt habe.

Die Erdbeeren und den Champagner nahmen sie auf dem Sofa, der Kühler stand auf dem Glastisch. Sabolewski legte leise Musik auf. Sie schlug die Beine übereinander, sodass sie selbst ein wenig das Polster hinunter- und ihr Kleid ein Stück hoch rutschte. Sabolewski war der Meinung, das sei genau der Moment, sie zu fragen, wie ihr die Kassette gefallen habe, die er ihr beim letzten Mal geschenkt hatte.

»Die Kassette?«, fragte sie, ganz leicht kieksend. »Ach ja, die Kassette«, sagte sie. »Nun ja, zunächst mal hatte ich gar kein Gerät, mit dem ich die abspielen konnte.«

Sabolewski stutzte. Er kannte niemanden in seinem Alter, der kein altes Tapedeck zu Hause hatte.

»Ich habe meinen Sohn gefragt, ob er es mir auf meinen iPod spielen könnte, aber der hat nur gelacht und gesagt, dass das nicht so einfach ist. Er hatte nämlich auch kein Gerät, mit dem man die Kassette hören konnte. Ich dachte, die machen das heute alles mit dem Computer, aber was verstehe ich schon davon!«

Frauen, die damit kokettierten, mit Technik nicht zurechtzukommen, hatten Sabolewski eigentlich nie interessiert.

Sie sah sich um. »Du hast doch eine ganz moderne Anlage«, sagte sie. »Mit CD-Player und allem.«

»Sogar mit Steckplatz für den iPod, aber das ist ja jetzt nicht das Thema.«

Sie legte ihren Kopf an die Wand. »Diese Kassette hat mich so an früher erinnert. An die Schule. Und wie die Jungs Kassetten für die Mädchen, in die sie verliebt waren, aufgenommen haben.«

Genau das sollte es sein, dachte Sabolewski. Eine kleine Erinnerung, ein sentimentaler Spaß.

»Und als ich das Ding in den Händen hielt und nicht wusste, wo ich es abspielen sollte, habe ich mich so alt gefühlt. Ich habe daran gedacht, dass ich irgendwann sterben muss.«

Sabolewski beschloss, ihr keinen Alkohol mehr zu geben.

»Ist noch Champagner da?«, fragte sie und schwenkte ihr leeres Glas. Er zögerte und schenkte ihr doch noch etwas ein.

»Irgendwann fiel mir ein, dass meine Mutter noch so ein Gerät hat. So einen Radiorecorder. Echt antik.« Sie leerte das Glas bis zur Hälfte. »So wie ich.«

Sabolewski griff nach den Erdbeeren.

»Naja, ich habe es jedenfalls hören können. Also erst mal den Anfang: ganz süß, die Ansage. Wie im Radio. Nur dass eben im Radio jeden Tag etwas anderes läuft, und auf so einer Kassette immer dasselbe, aber egal.«

Sabolewski schenkte sich selbst noch Champagner nach und fragte sich, wie er unauffällig an die harten Sachen auf dem Teewagen in der Ecke rankommen sollte.

»Ja, und dann diese tiefe Stimme, also nicht deine, sondern die von dem Sänger beim ersten Lied! Meine Güte, da lief es mir aber kalt den Rücken runter! Der hat mir richtig Angst gemacht.«

Sie war wahrscheinlich eine der wenigen Frauen, die Angst vor Leonard Cohen hatten. Sabolewski hatte lange überlegt, ob er den an den Anfang setzen sollte. Ein Mixtape anzufangen mit den Zeilen *If you want a lover, I'll do anything you want me to*, war gewagt, das hätte er sich vor zwanzig, dreißig Jahren nicht getraut.

»Ja, und der nächste sang so hoch, da wusste ich gar nicht, ob das eine Frau oder ein Mann ist. Also, so was irritiert mich immer. Und das Lied war auch irgendwie so … Also da passierte nicht viel, will ich mal sagen.«

Männlicher als Marvin Gaye ging es ja nun kaum. Und die Meinung, in *Inner City Blues* passiere nicht viel, hatte sie auch weitgehend exklusiv.

»Ach ja, und dann wurde es richtig dramatisch, Geigen und so, das fand ich ganz gut. Das war ja auch ein bisschen flotter. Nur der Sänger, der war so, irgendwie, naja, der hat so durch die Nase gesungen.«

Sabolewski hoffte, dass Richard Ashcroft direkt nach der Aufnahme von *A Song for the Lovers* einen guten HNO-Arzt aufgesucht hatte.

»Tja, und das war's«, sagte sie.

Sabolewski wunderte sich. »Wieso?«

Sie kicherte. »Weil der Radiorecorder von meiner Mutter das Band gefressen hat.«

»Bandsalat?«

»Wie früher.« Das fand sie sehr lustig. Plötzlich aber wechselte ihr Gesichtsausdruck wieder. »Ich musste das alles aus dem Gerät rausfummeln, das war eine Heidenarbeit. Ich habe es mit einem Bleistift aufgewickelt, dabei ist mir fast die Hand abgefallen. Und als ich die Kassette wieder eingelegt habe, hat sie ganz komische Geräusche gemacht, und der Recorder hat das Ding wieder gefressen. Kannst du mir das nicht alles noch mal auf CD brennen?«

»Klar, kein Problem«, sagte Sabolewski, stand auf, ging zum Teewagen und goss sich einen doppelten Bourbon ein. Ohne Eis, ohne Soda. Keine Fisimatenten.

»Ist doch auch viel praktischer. Die muss man nicht umdrehen, und wenn man das auf dem Computer hat, kann man es immer wieder brennen, sagt mein Sohn. Wer weiß, wer sich noch alles auf die Anzeige meldet.«

»Kann man nie wissen«, sagte Sabolewski und stürzte den Bourbon hinunter.

»Dann müsstest du nicht immer eine neue Kassette aufnehmen.«

»Stimmt, das wäre viel effizienter.«

Sie stand vom Sofa auf, kam langsam zu ihm herüber, legte ihm die Arme um den Hals und drückte sich an ihn. »Ich habe extra was Nettes drunter angezogen.«

»Toll«, sagte Sabolewski.

Sie versuchte, ihn zu küssen, aber er sagte: »Warte mal, ich bin gleich wieder da.«

Sie wollte ihn nicht loslassen. »Och nöö, jetzt wird es doch erst richtig schön.«

»Ich habe da noch etwas vorbereitet. Eine Überraschung.«

»Oh, ich liebe Überraschungen.« Widerstrebend ließ sie von ihm ab. »Aber beeil dich«, rief sie ihm nach.

Sabolewski benutzte den Schlüssel, um die Wohnungstür ganz leise ins Schloss zu ziehen, schloss aber nicht ab. Er nahm die Treppe, weil er fürchtete, so lange auf den Aufzug warten zu müssen, dass sie irgendwann hinter ihm stand.

Draußen war er froh, dass er so geistesgegenwärtig gewesen war, eine Jacke mitzunehmen. Er kam an dem Supermarkt vorbei, in dem er heute Mittag mit der alten Frau gewesen war und der immer noch geöffnet hatte. Sabolewski ging hinein und kaufte zwei kalte Flaschen Bier, dieselbe Marke, die auch die alte Frau bevorzugte. Wein, Champagner, Whisky, Bier – alles durcheinander, wie in den alten Zeiten.

Der Container stand noch vor dem Haus. Sabolewski warf einen Blick hinein und sah nichts, was ihn überrascht hätte.

»Ach, da sind Sie ja«, sagte Frau Beierle, als sie die Tür öffnete.

Im Wohnzimmer lief eine Sendung über ein knappes Dutzend Halbwahnsinniger, die sich in einem Urwald bei brütender Hitze gegenseitig auf die Nerven gingen und zwischendurch eklige Tiere aßen, die zum Teil noch lebten. Sabolewski fand das ganz amüsant.

»Die machen Sachen, was?«

»Das können Sie laut sagen, Frau Beierle!«, antwortete Sabolewski.

Die alte Frau legte ihre erstaunlich glatte Stirn in Falten. »Warum?«

»Wie bitte?«

»Warum soll ich das laut sagen?«

»Müssen Sie nicht, können Sie aber. Ist nur so eine Redewendung.«

Frau Beierle nickte und wandte sich wieder dem Fernseher zu.

»Möchten Sie auch ein Bier, Frau Beierle?«

»Gerne«, sagte sie, ohne den Blick vom Bildschirm zu wenden.

Sabolewski reichte ihr eine der Flaschen.

»Gläser sind im Wohnzimmerschrank«, sagte sie.

Sabolewski nahm ein Glas aus dem Schrank und spülte es in der Küche mit kaltem Wasser aus. Er goss Frau Beierle ein, die lächelnd mit ihm anstieß.

Als die Sendung zu Ende war, verabschiedete Sabolewski sich von seiner Gastgeberin, die ihn anstarrte, als sähe sie ihn zum ersten Mal. Er nahm die leeren Flaschen mit und stellte sie beim nun geschlossenen Supermarkt vor die Tür.

Seine Wohnung fand er leer vor. Die Lichter brannten. In der Küche stand das schmutzige Geschirr und auf dem Couchtisch die Erdbeeren und die leere Champagnerflasche. Sonst erinnerte nichts an die Frau, die vorhin hier gewesen war. Sabolewski füllte ein Glas mit Leitungswasser, holte den Recorder und die Kassette aus dem Schrank, setzte sich ins Wohnzimmer und drückte die *Record*-Taste.

Zeit und Mühe

1

Kamerke atmete aus. Er hatte sich damit abgefunden, dass er seine Frau niemals betrügen würde. Er hätte es ihr gern nachgetan, hätte ihr gern dieselben Bilder in den Kopf gepflanzt, wie sie es mit ihm getan hatte, aber wenn es nicht mit der Frau klappte, die ihm gerade gegenübersaß, musste man das Thema endgültig abhaken. Er reichte ihr die Butter und griff nach der Konfitüre, während ihr Mann keuchend seine Sachen aus dem Haus schaffte.

»Alles klar?«, fragte Gaby.

Kamerke nickte. »Ich habe nur an etwas gedacht.«

Gabys Mann fluchte auf der Treppe. Gaby grinste.

»Ich fände es schön, wenn mir mal jemand helfen würde!«, rief der Mann.

Gaby goss sich Kaffee nach. Kamerke biss in sein Brötchen. Selbst gemachte Erdbeermarmelade – ein Traum!

»Scheiße!«, schrie Gabys Mann. Kurz darauf fielen sperrige Gegenstände die Treppe hinab.

»Ich hoffe, er beschädigt nicht das Parkett«, sagte Gaby.

»Vorhin sagte er, das sei die letzte Kiste.«

»Er wird absichtlich ein paar Dinge vergessen, um noch mal zurückzukommen.«

»Und dann?«

Gaby sah auf die Uhr. »In einer Stunde kommt der Schlüsseldienst und baut ein neues Schloss ein.«

Gabys Mann schlug die Tür zu, und es war still.

»Glaubt er, dass wir …«

»Das möchte ich doch schwer hoffen.«

»Bist du enttäuscht, dass wir nicht?«

»Ich wäre enttäuscht, wenn wir.«

Kamerke half ihr, den Tisch abzuräumen. In der makellosen, teuren Küche bewegte er sich, als kenne er sich aus. Er war gestern Abend das erste Mal hier gewesen, aber mit dieser Frau fiel alles leicht, war alles selbstverständlich, das Tun ebenso wie das Lassen.

»Was willst du jetzt machen?«, fragte Gaby, als er ihr ein paar Minuten später auf der Terrasse beim Rauchen zusah.

»Ich habe noch ein Interview«, antwortete Kamerke. »Ich hoffe, ich schlafe nicht mittendrin ein.« Er ließ seinen Blick schweifen und sagte: »Ein schöner Garten.«

»Mein Mann hat immer gesagt, er entspannt sich so gut bei der Gartenarbeit.«

»Ging mir nie so.«

»Ich hasse dieses ganze Grünzeug. Meinetwegen hätten wir das hier asphaltieren und zwei Basketballkörbe aufstellen lassen können.«

»Natur wird überschätzt«, gab Kamerke ihr recht.

»Und nach dem Interview?«

Kamerke stellte sich vor, wie er mit seinem Sohn Basketball spielte. Aber seine Frau war eine Kinderbuchautorin, die keine Kinder bekommen konnte. Das war immer noch nicht witzig, trotzdem musste er lachen.

»Ich denke, ich werde nach Hause fahren. Das ist ja alles kein Zustand.«

Gaby blickte nach oben. »Ich denke, es wird heute noch regnen.«

»Auch der Himmel hat sein Recht.«

Gaby wischte ihm eine kleine Spinne vom Hemd. »Ruf mich an, wenn du gut angekommen bist.«

»Machst du dir Sorgen um mich?«

»Ich habe ab sofort viel Zeit«, sagte Gaby. »Ich gebe mir Mühe.«

Zeit und Mühe, dachte Kamerke, die Kraft der zwei Herzen, denn der nächste Winter kommt bestimmt.

2

Kamerke schreckte hoch.

»Are you okay?«, fragte Randy Newman.

»Sure«, antwortete Kamerke und fügte hinzu, es tue ihm leid, worauf Randy Newman wissen wollte, was genau ihm leidtue. Dass er nicht ganz bei der Sache sei, sagte Kamerke und Randy Newman antwortete, das sei schon okay. Das sei sein siebtes Interview heute, und er erzähle sowieso immer nur denselben Bullshit.

»Wollen Sie ein Glas Wasser?«

»Brauche ich eines?«, fragte Kamerke

»Sie schwitzen.«

»Ja, Wasser, warum nicht.«

Randy Newman stand auf. Er trug ein kariertes Hemd, Jeans und Laufschuhe. Er öffnete die Minibar und fragte, ob Kamerke stilles Wasser oder welches mit Kohlensäure bevorzuge. Kamerke hatte irgendwo gelesen, dass Newman zu den wenigen Amerikanern gehörte, die Wasser mit Kohlensäure bevorzugten und entschied sich also für das stille.

Newman schraubte die kleine Plastikflasche auf und reichte sie ihm. Kamerke trank und fühlte sich sofort besser.

»Sie machen sich gar keine Notizen«, sagte Randy Newman. »Sie haben auch keinen Recorder oder so was.«

»Ich habe einen großen Kopf.«

»Da haben Sie recht.«

»Wenn Sie immer nur denselben Bullshit erzählen, heißt das aber auch, Sie bekommen immer nur dieselben Fragen gestellt.«

»Sie beginnen zu verstehen.«

»Ich habe meine Momente.«

»Sie sind alt und haben Übergewicht, das gefällt mir.«

»Ich mache das hier nur, weil ein anderer krank geworden ist.«

»Sie sind alt und brauchen das Geld.«

»Es freut Sie, dass ich alt bin, was?«

»Sie sind jünger als ich, aber alt genug zu wissen, dass es ab einem bestimmten Punkt nur noch um Verdauungsbeschwerden und Mineralwässer geht.«

»Das haben Sie mal in einem anderen Interview gesagt.«

»Sehen Sie: immer derselbe Bullshit.«

»Sie schreiben so schöne Liebeslieder.«

»Schlimm, nicht wahr?«

»Sie sind hässlich und können nicht singen.«

»Aber ich habe Geld und zwei Oscars.«

»Mit welchem Lied bekomme ich meine Frau zurück?«

Randy Newman lachte. »Sie überschätzen mich. Und die Kunst ganz allgemein.«

»Das ist gutes Wasser!«

»Hat Ihre Frau Sie verlassen?«

»Ich bin weggegangen. Nur mit einer Reisetasche. Ich habe sogar meinen Schlüssel vergessen. Wenn ich nach

Hause komme, muss ich klingeln, und ich weiß nicht, wer mir aufmacht.«

»Sie haben eine interessante Gürtelschnalle.«

Kamerke sah an sich herunter, hob seinen Bauch an und präsentierte Randy Newman sein Buckle. »Als Kind habe ich Western geliebt«, sagte er. »Der Vater eines Freundes hatte ein Kino.«

»Wie haben Sie Ihre Frau kennengelernt?«

»Ich habe über sie geschrieben. Sie macht Kinderbücher.«

»Sehr schön.«

»Sie fangen an, sich zu langweilen, nicht wahr, Mr. Newman?«

»Und Sie langweilen sich schon Ihr halbes Leben. Jedenfalls machen Sie den Eindruck. Gehen Sie nach Hause und singen Sie Ihrer Frau was vor.«

»Sie hat mich betrogen. Sie ist mit einem jüngeren Kerl ins Bett gegangen.«

»Wie viel jünger?«

»Fünf oder sechs Jahre.«

»Das zählt nicht.«

Kamerke betrachtete die leere Wasserflasche. »Sagen *Sie*.«

»Aber ich habe zwei Oscars. Eigentlich müssten es sogar viel mehr sein.«

»Ich könnte meiner Frau *The One You Love* vorsingen, aber das ist vielleicht zu gemein, oder auch *Losing You*, aber das hieße doch, ich hätte schon aufgegeben.«

»Vielleicht sollten Sie ihr einfach eine reinhauen.«

Kamerke blickte aus dem Fenster. »Auch eine Option.«

»Was haben Sie gemacht, seit sie von zu Hause weg sind?«

»Ich bin herumgefahren und habe jede Story angenommen, die man mir angeboten hat. Na gut, um die meisten musste ich betteln. Aber so habe ich wenigstens die Hotelzimmer bezahlt bekommen.«

Randy Newman blickte auf die Uhr. »Der Junge von der Plattenfirma wird gleich an die Tür klopfen.«

Kamerke stand auf. »Ich glaube, wir sind fertig. Ich muss meinen Zug bekommen.«

Randy Newman blickte aus dem Fenster. »Ich denke, es wird heute noch regnen. *I think it's going to rain today.*«

»*Human kindness is overflowing.* Ich werde mich beeilen.«

Randy Newman lächelte nicht. »Wohin geht es als Nächstes?«

»Ich denke nach Hause.«

Randy Newman begleitete ihn zur Tür. »Ich bin gespannt, was Sie aus diesem Gespräch machen.«

»Werden Sie es zu lesen bekommen?«

»Nein. Ich lese meine Interviews nie. Und dass ich gespannt sei, war eine Lüge. Immerhin, ein paar Minuten lang war es nicht der immergleiche Bullshit. Ich wünsche Ihnen viel Glück. Und bleiben Sie fett!«

3

Kamerke schwitzte. Die Klimaanlage war ausgefallen. Sie standen auf offener Strecke, und der Mann ihm gegenüber verkürzte sich die Zeit mit Weißwein.

»Unangenehm, so ein PU.«

Kamerke sagte nichts. Der Mann erinnerte ihn an irgendwen.

»Personenunfall. Praktisch Volkssport. Manchmal meint man, die springen absichtlich dort, wo sie den meisten Schaden anrichten können. Also an der Allgemeinheit. Wie lange hocken wir hier schon? Eine Stunde? Rücksichtslos, wirklich! Und kein Netz!«

Und wieder starrte der Mann auf sein Mobiltelefon. Ein anderer stand auf, reckte sein Gerät in Richtung Decke und fluchte. Ein Dritter sagte zu einem Vierten: »Also ich habe kein Problem damit, mal nicht erreichbar zu sein!«

»Ich auch nicht«, gab der Vierte zurück, aber Kamerke merkte ihm an, dass das nicht stimmte.

»Lemming«, sagte der Mann gegenüber von Kamerke. »Wenn wir hier schon festsitzen, können wir uns auch vorstellen.«

»Kamerke.« Sie gaben sich die Hand.

»Haben Sie auch einen Termin?«

»Nein.«

»Wohin fahren Sie?«

»Nach Hause.«

»Endlich Feierabend, was?«

»*Und all die kleinen Sorgen, die vergisst man*«, zitierte Kamerke und fragte sich, warum er das tat, denn Lemming musste das als eine Art Verbrüderung verstehen.

»Peter Alexander!«, sagte der auch gleich, klatschte begeistert in die Hände, zeigte auf Kamerke und zwinkerte ihm zu. »Ein ganz Großer! Konnte alles: singen, tanzen, schauspielern! Und völlig skandalfrei.«

Etwas in Lemmings besserwisserischen Art erinnerte Kamerke an jemanden, den er früher gekannt hatte, vor langer Zeit, aber er kam nicht drauf. Am liebsten wäre er aufgestanden und weggegangen, aber der Zug war voll, sogar in der ersten Klasse standen sie auf dem Gang.

Die Bedienung, die sich schon seit einiger Zeit nicht mehr hatte blicken lassen, machte den Fehler, kurz den Kopf aus der Küche zu strecken. Ein Mann am Nebentisch hob die Hand, Lemming fuhr herum, tat es ihm nach, und Kamerke dachte, es ist nicht leicht, ein Mann zu sein, wenn man mit anderen in einem Speisewagen gefangen ist. Die Bedienung musste hervorkommen, und Lemming rief: »Frollein!«

Die Frau wirkte müde. Sie nahm die Bestellungen an den anderen Tischen auf, bei fast allen ging es um Alkohol. Als sie bei Lemming ankam, musste sie ihm mitteilen, dass der Weißwein leider aus sei.

»Heißt das, der Typ da vorne hat den letzten bestellt?«

»Tut mir leid.«

»Okay«, sagte Lemming. »Haben Sie noch Rotwein?«

»Ja.«

»Gut, dann nehme ich ein Weißbier.«

Lemming war sehr zufrieden mit sich und seinem Humor.

»Haben Sie die Fingernägel gesehen?«, sagte er zu Kamerke, als die Bedienung wieder in der Küche verschwunden war. »Die sehen aus wie Wandmalereien in einem orientalischen Puff. Da würde die dazugehörige Dame aber keine Mark machen, das kann ich Ihnen sagen. Oh, habe ich *Dame* gesagt?«

Kamerke holte seinen Laptop aus der Tasche, die er unter dem Tisch verstaut hatte, und baute ihn zwischen Lemming und sich auf.

»Das ist der Vorteil am Zugfahren, nicht wahr?«, sagte Lemming. »Also nicht, dass man ab und zu mal jemanden überfährt, sondern dass man zwischendurch was arbeiten kann. Aber die Internetverbindung ist ja meistens katastrophal.«

Kamerke starrte auf den Bildschirm, schob ein paar Dateien von hier nach da, öffnete schließlich das Textverarbeitungsprogramm und gab vor, eine Geschichte zu lesen, die er neulich geschrieben hatte. Unbeeindruckt redete Lemming weiter.

»Ich finde, wenn sie schon ständig verspätet ist, die Bahn, sollte sie mehr Sorgfalt auf die Auswahl ihres Personals legen.« Lemming sah aus dem Fenster. »Sieht nach Regen aus.«

Kamerke blickte auf.

Fehler.

»Haben Sie eine Frau?«, wollte Lemming unvermittelt wissen.

»Ich denke schon.«

Die Antwort brachte Lemming kurz aus dem Konzept. Doch er fing sich schnell und sagte, dass er die Frauen nicht verstehe. »Schauen Sie, meine Frau klaut. Also nicht, dass wir zu wenig Geld hätten, nein, nein, im Gegenteil, bei mir geht es gerade aber mal so richtig raketenmäßig ab, aber sie klaut Schuhe und Handtücher und Batterien und was weiß ich. Sie sagt, sie will zum Arzt, aber ich sage, reiß dich einfach mal zusammen! Was macht Ihre Frau?«

»Wartet auf mich. Hoffe ich.«

»Wie lange waren Sie unterwegs? Drei Tage, vier Tage? Die ganze Woche?«

»Lange genug.«

»Da bin ich aber mal gespannt, wer bei Ihnen die Tür aufmacht!«

Das bin ich auch, dachte Kamerke. Die Bedienung brachte das Weißbier. Kurz darauf fuhr der Zug weiter.

»Wissen Sie«, sagte Lemming, »wenn diese Leute sich

auf der Schnellstrecke erst in letzter Sekunde vor den Zug schmeißen, kriegt der Lokführer das gar nicht mit, da sieht man die Sauerei erst im Ausbesserungswerk.« Lemming blickte wieder zum verhangenen Himmel hoch. »Da kommt heute noch richtig was runter.«

Und Kamerke kam einfach nicht drauf, an wen ihn dieser Lemming erinnerte.

4

Kamerke war überrascht. Mit einem Afrikaner hatte er nicht gerechnet. Auch nicht mit der fröhlichen Gesellschaft, die sich da in seinem Haus vergnügte. Wo war seine Frau? Es regnete. Das Vordach über der Haustür war nur schmal, das Wasser tropfte auf den Kragen seines Jacketts.

»Sie wünschen?«, fragte der groß gewachsene schwarze Mann in dem weißen Hemd sehr freundlich, und mit einem Mal kam er Kamerke bekannt vor. Diesmal war es anders als bei diesem Lemming. Der freundliche Afrikaner erinnerte ihn nicht an irgendwen anderes, sondern Kamerke wusste, dass er genau diesen Mann kannte, nur eben nicht, woher. Im Wohnzimmer liefen zwei schwarze Kinder umher, auf den beiden Sofas verteilten sich drei Erwachsene und aßen Gegrilltes.

Ja, dachte Kamerke, was wünsche ich? Weil er die Antwort nicht wusste, drehte er sich um und betrachtete den sehr bunten VW-Bulli, der ihm schon aufgefallen war, als er in die Straße eingebogen war.

Ich wünsche mir, hätte er beinahe gesagt, ein wenig Glück und Zufriedenheit und das Gefühl, das Richtige zu tun, aber er sagte nur: »Ist meine Frau zu Hause?«

Der Blick des Mannes in der Tür veränderte sich. Er verneigte sich, stammelte eine Entschuldigung und konnte Kamerke erst mal nicht in die Augen sehen. Er öffnete die Tür bis zum Anschlag, trat zur Seite und verneigte sich wieder. Das war Kamerke schon fast unangenehm. Genau in diesem Moment kam seine Frau aus der Küche. Als sie Kamerke sah, wäre ihr fast der Teller mit dem Couscous aus der Hand gefallen, den sie vor sich her trug. Es war sehr viel Couscous auf dem Teller. Merkwürdig, was einem in so einem Moment alles auffällt, dachte Kamerke.

Seine Frau kam zu ihm herüber.

»Warum klingelst du?«, fragte sie.

»Ich habe meinen Schlüssel vergessen. Warum isst du so viel Couscous?«

»Ich habe das für die anderen gemacht, aber die wollten lieber Kartoffeln.«

Der Mann, der noch immer den Türgriff in der Hand hielt, ließ diesen los und sagte: »Ich habe Sie schon lange nicht mehr gesehen, bitte entschuldigen Sie, dass ich Sie nicht gleich erkannt habe.«

»Ich war unterwegs«, gab Kamerke zurück. Im Wohnzimmer war es still geworden. Die Erwachsenen auf den Sofas starrten ihn genauso an wie die Kinder, die sich im Schneidersitz auf dem Boden niedergelassen hatten.

»Das ist meine Familie«, sagte der Mann, und Kamerke blickte seine Frau an, die ihm wiederum ein Stirnrunzeln zurückschickte.

»Was denn?«, sagte sie. »Ich habe Simon und seine Familie halt zum Grillen eingeladen.«

Simon. Sie kannten sich schon länger. Sie konnte nichts mit ihm haben, sonst hätte er seine Familie nicht mitgebracht, zumindest nicht seine Kinder.

»Du erkennst ihn nicht, oder?«

Kamerke wusste nicht, was er sagen sollte.

»Simon ist unser DHL-Bote. Du weißt doch, von der Elfenbeinküste.«

Jetzt erinnerte sich Kamerke. Bei der WM 2006 waren sie ins Gespräch gekommen, weil Simon statt in seinem gelb-roten Dienst-Poloshirt in einem orangefarbenen Trikot der Nationalmannschaft seines Heimatlandes vor der Tür gestanden hatte. Simon war Prediger in einer Kirche, die sich *Église Évangélique der schönen Botschaft* nannte. Kamerke hatte zweimal nachgefragt, ob es mit diesem französisch-deutschen Mix wirklich seine Richtigkeit hatte.

Die anderen waren aufgestanden und kamen auf Kamerke zu, um ihn zu begrüßen. So warmherzig war er hier schon lange nicht mehr willkommen geheißen worden. Simon wies mit feierlicher Geste auf einen Mann, der noch etwas größer war als er selbst. »Das ist mein Bruder Jakob.«

»Wir sollten einen Kanon singen«, sagte Kamerke.

»Singen öffnet das Herz«, sagte Jakob und reichte Kamerke, der hoffte, dass man ihn nicht beim Wort nahm, die Hand.

»Und das hier ist seine Frau Dalila.«

Kamerke kam sich vor wie beim Neujahrsempfang des Bundespräsidenten. Dalila hatte rot gefärbte Locken und trug einen hellblauen Rock. »Wir freuen uns so, dass wir bei Ihnen zu Gast sein dürfen!«

»Und das ist meine Frau«, sagte Simon und stellte Kamerke eine stämmige, kleine Afrikanerin vor.

»Josepha, mit ph«, sagte sie und reichte Kamerke die Hand.

»Meine Kinder Joseph und Esther!«

Die Kinder stellten sich kurz vor Kamerke hin, hielten die Hände auf dem Rücken verschränkt und liefen dann lachend weg.

»Josepha«, sagte Kamerkes Frau, »Sie wollten mir doch noch etwas zeigen!«

Josepha warf Kamerke einen unsicheren Blick zu. »Ich weiß nicht, ob das jetzt der richtige Zeitpunkt ist.«

»Aber natürlich«, sagte Kamerkes Frau. »Ich bin sehr neugierig!« Und, an ihren Mann gewandt: »Josepha entwirft Schmuck. Simon hat mir ein paar Zeichnungen gezeigt, da bin ich neugierig geworden.«

»Das würde mich auch interessieren!«, sagte Kamerke.

Josepha lachte. »Also gut!« Sie verschwand hinaus in den Regen, und Simon legte seinen Arm um Kamerke und sagte, Kamerke müsse unbedingt am Samstag zu ihm in den Gottesdienst kommen. »Treffen, Singen, Kuchen, Freude haben!«, sagte Simon, und Kamerke dachte an den Pastor, der ihn konfirmiert hatte. Und mit einem Mal wusste er, an wen ihn dieser Lemming im Zug erinnert hatte: an genau diesen Pastor.

Erstaunlich, dachte er.

»Wann waren Sie das letzte Mal in der Kirche?«, fragte Simon.

»Vor zwei Wochen.« Kamerke war sicher, Simon hatte eher mit einer Antwort Richtung »vor zwanzig Jahren« gerechnet. Simons Fröhlichkeit und Zufriedenheit, die aus dem festen Glauben erwuchsen, dass es möglich war, ein sinnerfülltes Leben vor dem Tode zu führen und dass danach auch noch etwas folgen würde, verunsicherten Kamerke. Dieses Vertrauen hätte er auch gerne gehabt. Deshalb gefiel ihm der Gedanke, er habe Simon mit seiner Antwort überrascht. Dass er vor zwei Wochen, nach einem

Termin in Mannheim, nur aus reiner Langeweile einen Abstecher nach Speyer gemacht hatte, um den Dom zu besichtigen, musste er ja nicht erzählen.

»Aber Sie sind kein regelmäßiger Kirchgänger«, sagte Simon.

»Ich muss gestehen: Nein.«

»Vielleicht macht es Ihnen nicht genug Freude, und Sie suchen den Fehler bei sich selbst. Ich sage Ihnen: Es ist der Fehler Ihrer Kirche. Sie muss die Schönheit der Botschaft mit Freude verkünden, dann gehen Sie auch mit Freude in die Kirche.«

»Ihr Deutsch ist ausgezeichnet!«

Simon lächelte. »Schön, dass die zwölf Semester Studium nicht ganz umsonst waren. Wenn Sie mit Hegels *Philosophie des Geistes* durch sind, kann Sie nichts mehr schocken.«

Kamerke schwieg betreten. Diese Retourkutsche hatte er verdient. Vielleicht gehen wir da wirklich mal hin, Ursula und ich, dachte er. Andere gehen zur Paartherapie, wir gehen Freude haben. Man soll nicht immer den Kopf schütteln, wenn es mal ehrlich wird.

»Sie sehen müde aus«, sagte Simon.

»Ich habe Kopfschmerzen.«

»Wollen Sie mit mir beten?«

»Wieso?«

»Bei Krankheiten hilft die Kraft des Gebetes.«

Ratlos zögerte Kamerke einen Moment, aber da kam Josepha zurück. Sie hatte zwei karierte Plastiktaschen bei sich, die sie zum Wohnzimmertisch trug.

Kamerkes Frau trat näher, während Josepha eine imposante Kollektion bunten Modeschmucks auf dem Wohnzimmertisch ausbreitete. Als Unterlage dienten samtig schimmernde Tücher. Dalila zeigte sich ganz begeistert, auch die Kinder klatschten in die Hände, und alle bedeuteten Kamerke und seiner Frau, doch bitte näher zu treten, um diese einzigartige Sammlung zu betrachten. Kamerkes Frau nahm ein knallrotes Collier, das früher eine Hustensaftflasche gewesen sein mochte, in die Hand und sagte, das sei aber wirklich unheimlich schön.

»Wenn es dir so gut gefällt«, sagte Kamerke, »sollst du es haben.« Er zog sein platt gesessenes Portemonnaie aus der Jeans und fragte Josepha, was sie für dieses wundervolle Stück verlange.

»Das möchte ich Ihrer Frau schenken.«

»Das kommt gar nicht infrage!«, sagte Kamerkes Frau.

»Nein, nein«, fügte Kamerke hinzu.

Daraufhin nannte Josepha einen absurd niedrigen Preis. Kamerke war versucht, ihr mehr zu geben, befürchtete aber, sie damit zu kränken. Er bezahlte, trat hinter seine Frau und legte ihr das Collier um. Sie lächelte und strich mit den Fingern darüber.

Josepha packte den Schmuck wieder weg. Kamerkes Frau sagte, sie hole noch Getränke. Kamerke wartete eine Minute, dann folgte er ihr in die Küche. Sie stand mit dem Rücken zur Glastür, eine Hand auf dem Hustensaft-Collier.

»Ich denke, das habe ich verdient«, sagte sie.

»Wer kriegt schon, was er verdient.«

»Wo warst du überall?«

»Hier und da. Im Dom zu Speyer.«

»Reden wir über Verzeihen?«

»Schönes Thema.«

»Darf ich dir jetzt ewige Treue schwören?«

»Zeit und Mühe reichen.«

Und hinter ihr fiel der Regen in den Garten.

Außer der Adler!

Riedel ärgerte sich. Der Gehsteigabschnitt vor Fergs Haus war perfekt geräumt, da hatte keine Schneeflocke überlebt. Nur mit Besen und Schneeschieber bekam man das nicht hin. Nicht mal, wenn der Besen so harte, rote Borsten hatte wie der, den Riedel erst gestern im Baumarkt gekauft hatte.

Ferg setzte Salz ein, obwohl es verboten war. Es schädigte die Umwelt und tat den Hunden in den Pfoten weh. Deshalb schuftete sich Riedel hier den Rücken krumm. Er hätte seinen Kindern nicht erklären können, warum er nicht nur gegen das Gesetz verstieß, sondern auch noch unschuldige Hunde leiden ließ.

Riedel schaufelte und kratzte weiter. Es war noch nicht mal hell. Die Kinder saßen beim Frühstück. Das hieß, wenn seine Tochter sich mittlerweile erhoben hatte. Vor zwanzig Minuten hatte sie das noch kategorisch abgelehnt.

Ferg kam aus dem Haus und ging zu seinem Auto. »Na, schwer am Schuften?«, rief er. Für seine gute Laune hätte Riedel ihm am liebsten den Schneeschieber über den Schädel gezogen.

Riedel stützte sich auf den Griff des Schiebers. »Bei Ihnen sieht es ja schon sehr ordentlich aus«, sagte er.

»Ich nehme Salz.«

»Das vermeide ich. Wegen der Hunde.«

»So habe ich früher auch gedacht.« Ferg grinste. »Aber dann fiel mir ein, dass ich die Viecher hasse. Ich muss los.«

Ferg schloss sein Auto auf, nahm einen kleinen Besen heraus und fegte den Schnee vom Dach, von den Scheiben und von der Kühlerhaube. Riedel fragte sich, ob Ferg nicht bemerkte, dass der Schnee genau dorthin fiel, wo Riedel gerade geschippt, geschoben und gefegt hatte. Ob es ihm egal war oder ob er es absichtlich machte. Die Kinder hatten schon recht mit dem Spitznamen, den sie dem Nachbarn gegeben hatten: Ferg, das Ferkel.

Philipp und Lukas saßen am Esstisch und schaufelten ihr Müsli in sich hinein. Laura war noch nicht aufgetaucht. Riedel setzte sich zu den Jungs und las ihnen die Kinderseite der Tageszeitung vor. Dazu gehörte auch der *Witz des Tages*.

»Was sagt der große Stift zum kleinen Stift?«

Die Jungs zuckten mit den Schultern.

»Wachsmalstift!«

»Hä?«, machte Philipp.

»Blödmann«, sagte sein großer Bruder. »Wachs! Mal! Stift!«

Der Kleine begriff und war begeistert.

Lukas sagte, er habe in der Schule einen tollen Witz gehört. »Also, pass auf: Zwei Männer unterhalten sich. Sagt der eine: Boah, ich war letzte Woche in der Wüste und gehe um so eine Düne rum, und da sitzt ein riesiger Löwe und springt mich an und will mich fressen. Sagt der andere Mann: Boah, was hast du denn da gemacht? – Ich bin auf den nächsten Baum geklettert. – Aber in der Wüste gibt es doch gar keine Bäume! – Du, das war mir in dem Moment scheißegal!«

Riedel lachte pflichtschuldigst, obwohl er den Witz

schon ein paar Mal gehört hatte. Philipp runzelte die Stirn und meinte: »Du hast gesagt, da *sitzt* ein Löwe und *springt* den Mann an. Wie kann der Löwe gleichzeitig sitzen und springen?«

»Du hast den Witz nicht begriffen!«

»Der Witz ist blöd!«

Die Tür ging auf, und Riedels Tochter erschien. Riedel sagte: »Guten Morgen!« Damit schien der Tag für seine Tochter gelaufen zu sein. Mit einem Gesichtsausdruck, den sonst nur Angeklagte in Kriegsverbrecherprozessen hinbekommen, setzte sie sich an den Tisch und nahm sich Müsli und Milch.

»Ich habe einen Witz für dich!«, sagte Philipp.

Lauras Miene hellte sich kaum merklich auf, aber sie versuchte sofort dagegen anzugehen. Riedel kannte das: Ihr Vater sollte nicht glauben, dass der Tag doch noch zu retten sei.

»Raus damit!«, rang sie sich ab.

»Was sagt der kleine Stift zum großen Stift?«

»Keine Ahnung.«

»Äh … Werd' mal größer!«

»Du bist so dumm!«, stöhnte Lukas.

Philipp schossen Tränen in die Augen. »Der Witz stand in der Zeitung!«

»Ich fand ihn super«, sagte Laura.

Die beiden Jungs standen auf, um sich die Zähne zu putzen. Vater und Tochter saßen am Tisch und schwiegen. Riedel tat so, als konzentrierte er sich auf einen Artikel im Sportteil. Aus dem Gästebad hörten sie die Jungs, die mit Zahnbürsten im Mund redeten.

»Was ist Wind?«, fragte Lukas.

»Weiß nicht.«

»Das ist Luft, die es eilig hat.«

Der Kleine spuckte vor Lachen.

»Du hast Zahnpasta auf dem Pulli!«, rief Lukas.

»Soll ich dich fahren?«, fragte Riedel seine Tochter. »Sonst wird es knapp.«

Laura verdrehte die Augen. »Das wird überhaupt nicht knapp! Ich hab' das im Griff.«

Riedel ließ sie in Ruhe. Er ging zu den Jungs, half ihnen, die Tornister aufzusetzen, und verabschiedete sie an der Tür. Als er zurückkam, war seine Tochter nicht zu sehen. Kurz darauf hörte er sie die Treppe herunterpoltern und das Haus verlassen. Die Tür schlug hart ins Schloss.

Riedel räumte den Tisch ab und stellte das Geschirr in die Spülmaschine. Er ging nach oben, ins Bad, das immer noch Elternbad genannt wurde. Er stopfte die Klamotten, die er in den letzten zwei Tagen getragen hatte und die zum Schneeschippen gerade noch gut genug gewesen waren, in den Wäschepuff, duschte und zog sich frische Sachen an. Anschließend holte er einen Korb aus dem Schlafzimmer, das immer noch Elternschlafzimmer hieß, auch wenn das Bett, die Matratzen und der Schrank neu waren, und kippte die Schmutzwäsche dort hinein. Im Zimmer der Jungs las er die Wäsche auf, die sie gestern vor dem Schlafengehen auf den Boden geworfen hatten.

Er ging zu Lauras Zimmer und klopfte ganz automatisch an. Er schüttelte den Kopf und trat ein. Eigentlich hasste sie es, wenn er in ihrer Abwesenheit ihr Zimmer betrat, sie hatte es ihm aber erlaubt, wenn es darum ging, schmutzige Wäsche einzusammeln, maximal aber zweimal die Woche. Da kam einiges zusammen. Riedel sah sich um. Hier herrschte Chaos. Auf dem Boden Shirts und Tops und Jeans. An den Wänden Poster von Fußballern. Laura war anders als andere Mädchen ihres Alters. In der Yamaha-Anlage, die ihr Onkel ihr zum letzten Geburtstag geschenkt hatte, steckte ihr iPod. Den hatte sie offenbar vergessen. Normalerweise nahm sie ihn mit in die Schule.

Riedel bückte sich und schaltete die Anlage und den Player ein. Und stand mitten in einem klassischen Konzert. Das Display verriet ihm, dass er das Violinkonzert in D-Dur von Johannes Brahms hörte, mit Lisa Batiashvili als Solistin. Er selbst hielt die Fahne der Rockmusik in dieser Familie hoch, aber seine Tochter war in die Klassik abgerutscht. Er stoppte die Wiedergabe und ging zu ihrem Kleiderschrank. Er wusste, dass sie ein Tagebuch führte und es in einer kleinen Kiste im Schrank versteckte. Er hatte es schon ein paarmal in der Hand gehalten, aber jedes Mal der Versuchung, darin zu lesen, widerstanden. Er wusste nicht, wie lange er das noch durchhielt.

Diesmal rettete ihn das Telefon im Elternschlafzimmer.

»Was machst du?«, fragte die Frau am anderen Ende.

»Ich schnüffele im Zimmer meiner Tochter herum.«

»Schon wieder?«

»Du kennst mein Problem.«

»Aber du löst es nicht, indem du ihr Tagebuch liest.«

»Der Typ ist siebzehn!«

»Das muss nichts heißen.«

»Ich weiß noch, was ich mit siebzehn von fünfzehnjährigen Mädchen wollte.«

»Aber du hast es nicht gekriegt.«

»Und ich weiß, was die Väter der fünfzehnjährigen Mädchen mit mir gemacht hätten. Und zwar völlig zu Recht!«

»Bisschen Vertrauen in deine Tochter wäre nicht schlecht.«

»Kontrolle ist besser. Wusste schon Lenin.«

»Klar, der Kommunismus ist ja auch eine echte Erfolgsstory!«

»Ich kann nicht aufhören, daran zu denken!«

»Du kannst nicht aufhören, daran zu denken, wie deine Tochter Geschlechtsverkehr hat? DAS ist wirklich ein Problem. Hör mal, ich bin gleich bei dir in der Nähe. Soll ich auf einen Sprung vorbeikommen?«

»Ich muss einkaufen.«

»Den ganzen Vormittag?«

»Gegen halb elf müsste ich zurück sein.«

»Das kann ich einrichten. Bis später.«

Sie legten auf. Riedel ließ sich aufs Bett fallen und starrte an die Decke. Nach ein paar Minuten stand er wieder auf, trug die schmutzige Wäsche in den Keller, sortierte sie nach hell und dunkel und nach Temperaturen und setzte eine Maschine Dunkles, dreißig Grad in Gang.

Oben schrieb er am Küchentisch eine detaillierte Einkaufsliste. Listen schreiben, dachte er, immer eine gute Sache! Das bringt Ordnung ins Leben.

Er holte zwei Einkaufstaschen aus der Speisekammer, zog seine warmen Schuhe an und ging nach draußen, um zum Supermarkt zu fahren. Er fand, sein Teil des Gehsteigs wirkte wie das Werk eines verantwortungsbewussten Mannes. Und der Teil von Ferg, dem Ferkel, wie das eines skrupellosen Karrieristen, der vielleicht nicht über Leichen, wohl aber über entzündete Hundepfoten ging.

Der Supermarkt war so reichhaltig bestückt und so aufgeräumt, wie Riedel sein Leben gerne gehabt hätte.

An der Kasse belud die Frau vor ihm das Band mit ihren Waren und baute dahinter einen dieser Trenner auf, die Riedel immer ein wenig uncharmant fand. Klar, damit war alles ganz sauber geregelt: meine Ware, deine Ware.

Aber es hatte auch etwas Abgrenzendes, etwas von *Ich will nichts mit dir zu tun haben.* Riedel fand das deprimierend. Man wurde um manches nette Gespräch gebracht.

Kassiererin: *Gehört der Radicchio noch dazu?*

Schöne Kundin: *Ich weiß gar nicht, was das ist!*

Kassiererin: *Der Radicchio ist also von dem Herrn.*

Riedel: *Ja, das ist mein Radicchio. Darf ich den heute Abend für Sie im Rahmen eines Abendessens zubereiten?*

Kassiererin: *Ich sitze hier bis halb sieben.*

Riedel: *Ich meinte eigentlich die Dame, die nicht weiß, was Radicchio ist.*

Schöne Kundin: *Natürlich weiß ich, was Radicchio ist. Das war ein Scherz!*

Riedel: *Dann möchte ich ihn erst recht heute Abend für Sie zubereiten!*

Kassiererin: *Und für mich gibt's wieder Tiefkühlpizza!*

»Ey, Träumer, andere haben ihre Zeit nicht geklaut!«

Riedel drehte sich zu dem Mann um, der ihn zur Eile drängte und erwiderte: »Sie würden sich mit meinem Nachbarn gut verstehen. Sie streuen bestimmt auch Salz!«

»Ich streu dir gleich Salz in deinen Hintern!«

In diese ganze Nachdenkerei war Riedel nur durch den albernen Warentrenner gerutscht. Die Dinger wurden mittlerweile als Werbefläche genutzt. Auf dem hier wurde für medizinische Tastuntersuchungen bei Frauen geworben, und zwar mit dem Slogan: »Ihre Brust in guten Händen!« Das war was für Ulrike.

Wieder zu Hause nahm er den neuen *Spiegel* aus dem Briefkasten und verstaute die Einkäufe. Er machte sich einen Kaffee, setzte sich aufs Sofa und fing an zu lesen. Früher hatte er den *Spiegel* praktisch auswendig gelernt. Zur Regionalzeitung hatte er immer noch zwei überregionale zusätzlich im Abo gehabt. Heute saß er da und fragte sich bei dem Wort *Regierungserklärung*, was er mittags zu essen machen sollte und dachte daran, dass er noch die Mutter des Mädchens, bei dem Lukas in zwei Tagen zum Geburtstag eingeladen war, fragen musste, ob der Junge bei ihr mitfahren konnte, da Riedel gleichzeitig Philipp zum Bastelnachmittag und Laura zur Orchesterprobe bringen musste. Das Geburtstagsmädchen wohnte praktisch um die Ecke, aber natürlich wurde nicht zu Hause gefeiert, sondern in einem Kletterzentrum in der Nachbarstadt. Da hingen die Kinder in den Seilen und freuten sich, dass sie so originell aufwuchsen. Dazu sollte mal jemand eine Regierungserklärung abgeben.

Riedel öffnete die Terrassentür in der Küche, stellte sich nach draußen und atmete ein paar Mal tief ein. Abgesehen vom Schnee war der Winter schon in Ordnung. So ein Durchatmen konnte der Sommer einem nicht bieten.

Er las auch deshalb kaum noch Zeitung, weil ihn die schlechten Nachrichten deprimierten. Mal abgesehen von den Kriegen und dem Hunger und der Kinderarbeit und den Arbeitslosen las man ständig von Menschen, die ihre Kinder umbrachten. Vielleicht passierte es nicht häufiger als vor dreißig, vierzig Jahren, aber es kam einem so vor, weil man es zusätzlich noch auf allen möglichen Seiten im Internet las und weil man selbst Kinder hatte und weil man sich irgendwann fragte, was geht mich der Scheiß überhaupt an, beziehungsweise, vielleicht geht es ja weg, wenn ich nicht dran denke und die Decke über den Kopf ziehe. Vor ein paar Monaten hatte Riedel sich mal hingesetzt und das aufgeschrieben. Siebenundzwanzig Seiten mit der Überschrift *Eskapist? Allerdings!* lagen in seiner Schreibtischschublade.

Das Telefon klingelte. Riedel ging wieder hinein und

lehnte die Terrassentür nur an, weil er gleich noch mal nach draußen wollte. Es war Becker. Hätte Riedel auf das Display geachtet, wäre er nicht rangegangen.

»Gott sei Dank«, sagte Becker, »endlich erreiche ich dich. Es stimmt was nicht mit deiner Mailadresse. Ich kriege immer nur Fehlermeldungen zurück.«

»Hallo«, sagte Riedel.

»Da du so schlecht erreichbar bist, gehe ich mal davon aus, du schreibst.«

»Einkaufslisten«, sagte Riedel.

Becker seufzte. »Hör mal, wir haben ja alle eine Menge Verständnis für deine Situation, aber langsam werden hier ein paar Leute nervös. Dein Vorschuss war einigermaßen üppig.«

Der Gong rettete Riedel.

»Es hat geklingelt«, sagte er. »Da steht ein ganzer Trupp Handwerker vor der Tür.«

»Riedel!«, sagte Becker. »Überspann den Bogen nicht!«

Riedel legte auf und ging zur Tür. Vielleicht könnte er *Eskapist? Allerdings!* auf hundert Seiten aufblähen. Eventuell wäre so endlich mal Ruhe.

»Tut mir leid«, sagte Ulrike, »ich bin spät dran.«

»Kaffee?«

»Ja, warum nicht.«

Ulrike hängte ihre Daunenjacke an die Garderobe und zog noch im Eingangsbereich ihre Stiefel aus, die von Schnee gerändert waren.

Als sie in die Küche kam, hatte er neben ihren Kaffee den Warentrenner mit der Werbung für Brustuntersuchungen gestellt. Ulrike war begeistert.

»Ich habe nächste Woche eine Firmenfeier, da baue ich das ein. Die stehen auf so was!«

Natürlich ging es nun um die Frage, ob sie nach oben gehen sollten, da sie sich schon fast eine Woche nicht gesehen hatten. Riedel war skeptisch, aber letztlich wollte er es auch. Die Kinder kamen nicht vor halb zwei nach Hause. Ulrike nahm seine Hand und führte ihn die Treppe hoch. Das erinnerte Riedel an eine Formulierung, die Fußballkommentatoren oft benutzen: kontern im eigenen Stadion. Hörte sich immer an, als wäre das ehrenrührig. Dabei war das Kontern eine legitime Spielanlage. Genauso durfte man sich auch im eigenen Haus von einer Frau, die nicht dort wohnte, ins Schlafzimmer führen lassen.

Während Ulrike sich auszog, saß Riedel auf der Bettkante. Sie setzte sich rittlings auf seinen Schoß und fing an, ihn zu küssen, öffnete sein Hemd und arbeitete sich den Hals hinunter.

Eine halbe Stunde später lagen sie zusammen unter der Bettdecke, und Ulrike sagte, Riedel habe heute so gewirkt, als wäre er nicht ganz bei der Sache. Er erzählte ihr von Beckers Anruf und dass er das Geld längst ausgegeben habe, ihm aber nichts mehr einfalle.

»Was ist mit dem großen Ding, an dem du immer gearbeitet hast?«

Riedel antwortete nicht gleich. »Ich lese mir das durch«, sagte er schließlich, »und denke: Welcher Idiot hat diesen Schwachsinn verzapft?«

»Ach, das denkt man oft, aber tatsächlich braucht man nur etwas Abstand.«

»Ich habe vier Jahre Abstand. Es ist einfach nur schlecht, damit muss man sich abfinden. Es ist vorbei. Ich kann es nicht mehr.«

»Du hast doch so viele gute Ideen!«

»Das wird mal auf meinem Grabstein stehen: *Er hatte*

so viele gute Ideen. Und die Leute werden fragen: *Welche denn?* Seit ich hier alleine zuständig bin, ist alles weg. Egal. Ich ziehe meine Kinder groß. Ist ja auch was.«

Plötzlich klingelte es. Riedel zuckte zusammen, entspannte sich aber gleich wieder.

»Das muss die Post sein«, sagte er. »Sicher ein Päckchen. Aber wir haben so einen Ablagevertrag. Der deponiert das neben der Tür.«

Es klingelte noch mal.

»Das macht er immer«, sagte Riedel.

»Ich bin ganz ruhig«, sagte Ulrike.

Jetzt klingelte es sturm. Zwei Kinderstimmen riefen: »Papa!«

Riedel sprang aus dem Bett und rannte ins Bad. Er öffnete das Fenster und rief hinunter: »Einen Moment!«

Er hastete zurück ins Schlafzimmer und zog sich an. Ulrike war schon so gut wie fertig.

»Mist«, sagte Riedel, »was sollen wir machen?«

»Du lenkst sie ab, und ich schleiche mich durch den Garten raus.«

»Das geht nicht, die Hecke ist so hoch und dicht, und dahinter sind nur andere Grundstücke, du kommst überhaupt nicht bis zur Straße.«

»Also muss ich vorne raus.«

»Bleib erst mal hier oben.«

Das war alles ein Fehler, dachte Riedel, aber gleichzeitig musste er lachen. Er lief die Treppe hinunter und riss die Tür auf.

»Hallo! Was macht ihr denn so früh hier?«

»Wieso hat das so lange gedauert?«, wollte Lukas wissen.

»Ich war unter der Dusche.«

»Jetzt erst?«

»In der Schule war so viel Wasser«, meinte Philipp.

»Rohrbruch«, fügte Lukas hinzu.

Sie drängten sich an Riedel vorbei, zogen ihre Winterschuhe aus und ließen sie liegen, nass und voller Schnee, wie sie waren. Die Daunenjacke an der Garderobe beachteten sie zum Glück genauso wenig wie die fremden Winterschuhe. Auf der Diele ließen sie ihre Tornister fallen und hängten ihre Jacken erst an der Kindergarderobe auf, als Riedel sie dazu aufforderte. Philipp verschwand gleich auf dem Klo, wie er es jeden Mittag tat, weil es ihm vor der Schultoilette grauste. Lukas ging in die Küche, um sich ein Glas Wasser zu nehmen. Riedel machte *Pst*, und Ulrike trat oben ans Geländer. Er bedeutete ihr, noch nicht herunterzukommen.

Lukas beklagte sich über eine Lehrerin, von der er sich ungerecht behandelt fühlte. Riedel pflichtete ihm bei, was dem Jungen offenbar nicht ganz geheuer war.

Philipp kam von der Toilette. Riedel fragte, ob er sich die Hände gewaschen habe. Der Kleine verdrehte die Augen und ging zurück, um das nachzuholen.

»Dürfen wir an die Xbox?«, fragte Lukas.

»Klar, kümmert euch gar nicht um mich!«

Sein Sohn sah ihn misstrauisch an.

»Echt?«

»Klar, wieso nicht?«

»Sonst muss ich viel länger betteln.«

»Heute will ich mal nicht so sein.«

»Was ist das denn für ein Ding?«, fragte Philipp, der vom Händewaschen zurück war.

Riedel fuhr herum. Der Junge hielt den Warentrenner mit der Werbung für Brustuntersuchungen in der Hand.

»Das habe ich aus dem Supermarkt«, sagte Riedel.

»Und was macht man damit?«

»Damit trennt man die Waren auf dem Band an der Kasse.«

»Aber wir haben doch gar keine Kasse hier.«

»Es steht aber was Lustiges drauf.«

Philipp sah sich das Ding ganz genau an. »Was ist daran lustig?«

»Wenn ihr nicht schnell an die Xbox geht, lohnt es sich nicht mehr.«

Der Kleine legte den Trenner zurück, und sie liefen ins Wohnzimmer. Riedel schlich in die Diele und machte noch mal *Pst*. Ulrike trat wieder ans Geländer. Er gab ihr ein Zeichen, sie kam herunter und wollte gleich Richtung Tür, da hörte Riedel ein Geräusch, schob Ulrike in die Küche und zog die Schiebetür zu. Hinter ihm stand Philipp und sagte: »Ich habe Durst.«

»Ich bringe dir was.«

»Ich hole es mir schon!«

»Nein, nein, geh nur weiterspielen, ich bringe es dir.«

Der Junge trat von einem Bein aufs andere. Riedel wusste, was das Problem war: Er wollte nicht einfach was zu trinken, sondern sich bei der Gelegenheit noch schnell eine Süßigkeit aus dem Schrank nehmen.

»Ich bin groß, ich kann das alleine.«

Philipp drückte sich an Riedel vorbei und schob die Tür auf. Die Küche war leer, die Terrassentür nur angelehnt. Ulrike musste sich also draußen verstecken.

»Ich weiß, was du willst«, sagte Riedel. »Also nimm dir in drei Teufels Namen eine kleine Süßigkeit, komm ins Wohnzimmer und spiel weiter.«

Er ging hinüber und setzte sich aufs Sofa. Lukas war

mit einem Bewegungsspiel beschäftigt, bei dem man, erfasst von einem auf dem Fernseher angebrachten Scanner, in einem Schlauchboot stehend Wildbäche hinunterraste, wobei man Hindernissen ausweichen und zwischendurch Symbole einsammeln musste, die wie Münzen aussahen.

Philipp stellte sich genau zwischen seinen Bruder und den Scanner.

»Da ist eine Frau in unserer Speisekammer.«

»Geh weg da, du Idiot!«, maulte der Große.

»Eine Frau?«, fragte Riedel, dem das Blut aus dem Kopf wich.

»Eine große rothaarige Frau ohne Schuhe.«

»Deinetwegen bin ich vor den Felsen gefahren, du Hirni!«

»Ich sehe mal nach«, sagte Riedel.

Zusammen mit dem Kleinen ging er in die Küche und öffnete die Tür zur Speisekammer. Ulrike war weg.

»Also, ich sehe keine Frau.«

»Aber da hat sie gestanden«, jammerte Philipp und zeigte in die Kammer.

»Na, da hat aber jemand eine lebhafte Phantasie! Willst du dir nicht noch ein Stück von der Nuss-Schokolade nehmen?«

»So kurz vor dem Mittagessen?«

»Ja, ja, ausnahmsweise.«

Riedel brach ihm eigenhändig ein großes Stück ab. Der Junge hielt es in der Hand, sah seinen Vater verdutzt an und trottete zurück ins Wohnzimmer.

»Du bist dran, Hirni.«

»Keine Lust.«

Riedel hörte, wie Ulrike die Haustür leise ins Schloss

zog, trat auf die Terrasse und atmete durch. Ein paar Minuten später piepte sein Mobiltelefon. Ulrike hatte ihm eine Nachricht geschrieben: *Irgendwann wirst du es ihnen sagen müssen. Wir sind zu alt für so was!*

Irgendwann, dachte Riedel, ist das Land, in dem die schönsten Dinge passieren.

Es war Zeit, Essen zu machen. Er nahm die Putenbrust aus dem Kühlschrank und schnitt sie in mundgerechte Stücke, setzte Wasser für den Reis auf und erhitzte Öl in der Pfanne. Als das Fleisch angebräunt und der Reis fast fertig war, kippte er eine Flasche Currysauce über das Fleisch und rührte alles gut durch. Zwischendurch eiste er die Jungs von der Xbox los und wies sie an, den Tisch zu decken. Sie maulten, aber sie gehorchten.

Laura war pünktlich. Beim Essen meinte Lukas, er habe in der Schule einen tollen Witz gehört.

»Raus damit«, sagte Riedel.

»Also: Was haben Maulwurf und Adler gemeinsam?«

»Keine Ahnung.«

»Beide leben unter der Erde.«

Alle sahen sich an.

»Außer der Adler!«, schob der Große nach.

Laura ließ vor Lachen die Gabel fallen, während Philipp sagte, er habe in seinem ganzen Leben noch nie einen so bescheuerten Witz gehört.

»Außerdem«, fügte er hinzu, »hat da heute eine Frau in unserer Speisekammer gestanden.«

»Echt?«, fragte Laura.

»Nein«, sagte Lukas. »Der Dummi hat sich das nur eingebildet.«

»Da war *wohl* eine Frau! Mit roten Haaren und mit ohne Schuhe!«

»Rote Haare?«, hakte Laura nach. »Das wird die Frau sein, mit der Papa was laufen hat.«

Riedel hörte auf zu kauen.

»Was heißt das?«, wollte Philipp wissen.

»Das musst du Papa fragen.«

»Was heißt das?«, fragte Philipp seinen Vater.

»Wie sieht es mit Hausaufgaben aus?«, fragte Riedel zurück.

Maulend schnappten sich die Jungs ihre Tornister und verschwanden in ihren Zimmern. Laura half beim Einräumen der Spülmaschine, was sie sonst höchstens nach mehrfacher Aufforderung tat.

»Seit wann weißt du es?«, fragte Riedel.

»Weiß nicht. Paar Wochen.«

»Ich hätte es euch sowieso bald gesagt.«

»Klar, kein Problem.«

»Ich hätte nicht gedacht, dass ihr etwas mitkriegt.«

»Ich kriege auch mit, wenn du in meinem Zimmer warst.«

Riedel nahm einen Tab aus der Packung unter der Spüle, legte ihn in das kleine Fach in der Tür der Spülmaschine und schloss die Maschine etwas weniger sanft, als er es geplant hatte.

»Außerdem steht die Kiste, in der mein Tagebuch liegt, manchmal quer im Schrank statt längs.«

Riedel bekam feuchte Hände.

»Hast du es gelesen?«, fragte Laura.

Riedel schüttelte den Kopf.

Laura lehnte sich gegen die Spülmaschine, die gerade Wasser zog, und verschränkte die Arme vor der Brust. »Ich weiß, was du wissen willst«, sagte sie. »Frag mich doch einfach!«

Riedel holte Luft und sagte: »Ich vertraue darauf, dass du das Richtige tust.«

Laura nickte. »Na, dann muss dich die Kiste in meinem Schrank ja auch nicht mehr interessieren.«

Am frühen Abend begann es wieder zu schneien. Die Jungs saßen im Wohnzimmer auf dem Sofa und lasen. Laura war bei einer Freundin und musste bald zurückkommen. Vom Fenster aus sah er, dass Ferg schon angefangen hatte zu streuen. Riedel zog seine Jacke an, um in dem kleinen Lebensmittelladen in der Parallelstraße Brötchen für das Abendessen zu besorgen. Als er nach draußen trat, rief Ferg: »Bisschen unterstreuen, damit das Zeug gar nicht erst liegen bleibt. Alle nehmen Salz, glauben Sie mir!«

»Außer der Adler!«, antwortete Riedel.

Ferg zog die Stirn in ferkelhafte Falten.

Als Riedel vom Brötchenholen kam, war Ferg wieder im Haus verschwunden. Auf dem Gehweg vor seinem Haus lag plackenweise Salz. Riedel legte die Brötchen im Vorraum ab und holte aus dem Keller ein Kehrblech, eine Plastiktüte und den Besen mit den roten Borsten. Es dauerte keine fünf Minuten, da hatte er das ganze Salz zusammengefegt und in der Tüte gesammelt. Beim Wertstoffhof würden sie wissen, was damit zu tun war.

Frohnbergs Zeit

Frohnberg musste Fakten schaffen. Wenn er das hier einreißen ließ, bekäme er das Problem auf Monate nicht in den Griff. Er würde sich immer wieder ärgern und das an Menschen auslassen, die nicht für das eigentliche Problem verantwortlich waren, an seinen Kindern zum Beispiel. Also würde er gleich auf dem Weg ins Büro am Supermarkt halten und Müllbeutel besorgen. Und zwar die mit dem Zugband. Seine Frau entschied sich immer wieder für die dünnen, billigen Teile, die etwas kleiner waren, und die man im gefüllten Zustand nicht richtig zubekam, sodass der Müll manchmal auf dem Weg zur Tonne herausfiel. Im Businessanzug auf dem Boden herumkriechen und Müll einsammeln – das war nicht das Bild, das Frohnberg der Nachbarschaft bieten wollte.

Schon eher das des Denkers im Baumhaus. Er hatte in den letzten Wochen festgestellt, dass das Baumhaus, welches er im vergangenen Sommer für seine Kinder gebaut hatte und für das sie sich jetzt schon nicht mehr interessierten, der ideale Ort zum Nachdenken war. Wenn jemand was von ihm wollte, war dies der Ort, an dem man ihn am wenigsten vermutete. Und in diesem Haus wollte ja ständig jemand was von ihm. Ständig gab es etwas zu besprechen, zu helfen und zu trösten.

Manchmal hatte er, wenn es draußen schon dunkel war,

den Kopf aus der Tür des Baumhauses gesteckt und seine Familie beobachtet, wie sie im Haus einfach so vor sich hin lebte. Da wurde gerannt und geredet, gespielt und gekocht, telefoniert und umarmt. Es hatte so ausgesehen, als brauchten sie ihn gar nicht.

Eigentlich war sein Traum ein Haus am Meer. Mit den Großeltern war er früher oft an der Nordsee gewesen. Danach war ihm beim Anblick des Meeres immer ganz anders geworden. Er hatte an vielen Meeren gestanden und an jedem das gleiche Gefühl gehabt, egal bei welchem Wetter. Das Meer machte ihn ruhig und gelassen. In diesem Gefühl wollte er leben, irgendwann. Er hatte einen guten Job, und er hatte gespart. Zehn Jahre noch, dann würde es vielleicht reichen.

»Was stehst du hier am Fenster und starrst in den Garten?«, fragte seine Frau, die gerade geduscht hatte. »Kommst du nicht zu spät ins Büro?«

»Du hast recht, ich muss los.«

Frohnberg war zufrieden mit sich. Früher hätte er diese Frage mit einem *Nein, nein, das haut schon hin* beantwortet, dann aber festgestellt, dass es besser war, seiner Frau so häufig wie möglich recht zu geben. Er hatte das Wort *Nein* fast komplett aus seinem Wortschatz für eheliche Kommunikation gestrichen. Es funktionierte. Trotzdem war seine Ehe schon besser gelaufen als in den letzten Monaten. In der Firma stand er ständig unter Zeitdruck, aber seine Frau schien nicht glauben zu wollen, dass es nur um die Arbeit ging, wenn er abends spät nach Hause kam, und hatte entsprechende, nur halb im Scherz gemeinte Bemerkungen gemacht. Eine Affäre war jedoch das Letzte, was Frohnberg gebrauchen konnte. Das wurde doch alles überbewertet.

Er zog sein Jackett an und nahm seine Aktentasche.

»Ich habe heute Morgen einen Termin beim Arzt, wegen der Ergebnisse des Bluttests. Er will mir heute sagen, ob eine Biopsie nötig ist.«

»Ich drücke dir die Daumen«, sagte Frohnberg und küsste seine Frau auf die Wange. Sie warf ihm einen Blick zu, den er nicht deuten konnte.

Während der Fahrt dachte er, dass die Formulierung *Ich drücke dir die Daumen* vielleicht etwas flapsig und unpassend gewesen war. Dem Ernst der Lage nicht angemessen. Dabei nahm er die Sache nicht auf die leichte Schulter. Im Gegenteil, sie machte ihm Angst. Und diese Angst stand zwischen ihm und den passenden Worten.

Er parkte auf dem Kundenparkplatz des Supermarktes, ohne die Parkscheibe auf das Armaturenbrett zu legen. Ein bisschen Anarchie musste sein. Er fand die Tüten relativ zügig, nahm gleich fünf Rollen, damit das Thema für die nächsten Monate erledigt war, verlor dann aber viel zu viel Zeit an der Kasse. Er würde zu spät kommen. Dabei hatte er heute einen Termin bei Stolte. Es ging um die letzte Arbeitstagung.

Die Zeit in diesem Hotel in Berlin war merkwürdig gewesen. Alle hatten krampfhaft versucht, so zu tun, als wüssten sie nicht, wie schlecht es der Firma wirklich ging. Nur bei Blumberg und Reif wirkte die gute Laune echt. Und mittendrin hatte immer dieser Herr Lemming gesessen, von dem niemand wusste, was er eigentlich in der Firma zu tun hatte.

Natürlich sprang auch noch jede Ampel, auf die Frohnberg zuhielt, auf Rot.

Als er in die Tiefgarage unter dem Firmensitz fuhr, musste er die Tür öffnen und sich weit hinauslehnen, um seine Park-Karte in das Lesegerät zu schieben. Der elektrische Fensterheber war schon seit Tagen kaputt, aber Frohnberg hatte es noch nicht geschafft, den Wagen in die Werkstatt zu bringen.

Er parkte auf seinem angestammten Platz, stieg aus und warf die Tür zu. Das Geräusch hallte von den Wänden wider. Auf dem Weg zum Fahrstuhl lauschte Frohnberg seinen eigenen Schritten.

Die Fahrstuhltüren wollten sich gerade schließen, als sich ein Handgelenk mit goldener Uhr dazwischenschob. Dahinter erhob sich Gelächter. Blumberg und Reif, gackernd wie immer.

»Ah, Kollege Frohnberg!«, rief Reif.

»Auch nicht gerade der frühe Vogel!«, sekundierte Blumberg.

»Dann fängt er heute wohl auch keinen Wurm!«

Riesenwitz, dachte Frohnberg, außerdem bin ich kein Kollege, sondern ein Vorgesetzter. Aber das behielt er mal für sich.

Blumberg und Reif erwarteten keine Antwort von ihm, sondern wechselten nahtlos das Thema und unterhielten sich darüber, was sie am Vorabend getrieben hatten. Eine Blonde und eine Rothaarige kamen vor.

Blumberg und Reif stiegen im Vierten aus. Frohnberg fuhr weiter in den Fünften. Seine Sekretärin stand auf, als er hereinkam. Das machte sie sonst nie. Sie sagte, Stolte habe schon zweimal nachgefragt, wo er denn bleibe.

»Ich musste Fakten schaffen«, sagte Frohnberg.

Seine Sekretärin runzelte die Stirn, aber Frohnberg fand, das Mülltüten-Thema ging sie nun wirklich nichts an. Er ließ sich den Mantel abnehmen und ging mit seiner Aktentasche zum Fahrstuhl, um in den Zwölften zu fahren.

Stoltes Vorzimmerdame blieb sitzen, als sie Frohnberg

sagte, man warte schon auf ihn und er könne direkt hineingehen.

Stoltes Büro war groß, über Eck gebaut und verfügte über viele Fenster. Man hatte einen guten Blick über fast alles. Die Gegend war flach. Der Schreibtisch war verwaist, Stolte saß in der ledernen Sitzgruppe und rauchte. Frohnberg war überrascht, ihm gegenüber diesen Lemming sitzen zu sehen. Er trug das Gleiche wie beim Berliner Workshop.

»Herr Frohnberg!«, sagte Stolte. »Schön, dass Sie es doch noch einrichten konnten!«

»Der Verkehr«, sagte Frohnberg. »Es wird immer schlimmer.«

»Naja, langes Warten erhöht die Vorfreude, nicht wahr?«

Frohnberg lachte, obwohl er das nicht witzig fand. Er war gerade mal fünfzehn Minuten zu spät.

»Herrn Lemming kennen Sie ja bereits.«

»In Berlin hatten wir das Vergnügen«, sagte Frohnberg. Beim Berliner Workshop hatte Lemming immer abseits gesessen, sich mit niemandem unterhalten. Selbst beim abendlichen Umtrunk in der Hotelbar war er nur ein stiller Beobachter am Rande gewesen. Immerhin hatte er es nicht nötig gehabt, über die billigen Scherze von Blumberg und Reif zu lachen.

Obwohl Stolte ihn nicht dazu aufgefordert hatte, wollte Frohnberg in einem der freien Sessel Platz nehmen, aber sein Chef hob die Hand und sagte: »Herr Frohnberg, das lohnt nicht. Ich wollte Ihnen nur persönlich sagen, dass wir von nun an getrennte Wege gehen. Drei Monate müssen wir Sie noch bezahlen, aber Sie sind ab sofort beurlaubt und haben zwei Stunden Zeit, Ihren Schreibtisch auszuräumen. Wir würden es aber begrüßen, wenn es so lange gar nicht dauern würde. Fahren Sie nach Hause und trinken Sie einen. Morgen nehmen Sie sich einen Anwalt und schleifen uns vors Arbeitsgericht, das volle Programm. Blumberg und Reif übernehmen Ihre Abteilung. Auf Wiedersehen.«

Frohnberg lachte. Stolte war bekannt für seinen derben Humor. Stets lachte er über seine eigenen Witze am lautesten. Diesmal blieb er stumm. Er meinte es ernst.

»Ich verstehe nicht«, sagte Frohnberg.

»Bei den letzten drei Projekten haben Sie die Zeitvorgaben nicht eingehalten, Frohnberg. Sie haben immer wieder um Aufschub gebeten. Und auch heute sind Sie zu spät. Zeit und Frohnberg – zwei Universen.«

Stolte lächelte ihn an. Lemming beugte sich vor und griff nach seiner Kaffeetasse, die auf dem niedrigen Glastisch vor ihm stand. Er kann mir nicht in die Augen sehen, dachte Frohnberg und fühlte sich Lemming moralisch überlegen, was ihn in diesem Moment aber auch nicht weiterbrachte. Er drehte sich um und verließ das Büro. Die Vorzimmerdame blickte nicht auf, als er an ihr vorbei zum Fahrstuhl ging. Sie trug einen Kopfhörer und ließ ihre Finger über die Computertastatur fliegen.

Neben dem Schreibtisch seiner Sekretärin stand einer der beiden Sicherheitsbeamten, die in der Lobby darüber wachten, dass das Gebäude nur von Befugten betreten wurde. Das ist ja wie in einem amerikanischen Film, dachte Frohnberg. Nur fehlte dieser Pappkarton, den man in den Staaten offenbar immer vorrätig hielt, damit Entlassene ihre persönlichen Sachen darin wegtragen konnten und auf der Straße gleich als frisch gebackene Arbeitslose zu erkennen waren.

Frohnberg hatte kaum Persönliches auf seinem Schreibtisch. Eigentlich war da nur ein Bild seiner Frau und seiner Kinder. Ganz klassisch. Das nahm er in die Hand. Die ganze Zeit stand der Sicherheitsmann neben ihm. Als Frohnberg gehen wollte, deutete der Mann auf die Aktentasche. Frohnberg räumte sie aus. Der Sicherheitsmann überprüfte, ob sie auch wirklich leer war. Zusammen fuhren sie schweigend mit dem Fahrstuhl bis in die Tiefgarage. Bevor Frohnberg in den Wagen einstieg, hatte er noch den Parkausweis abzugeben.

Auf dem Beifahrersitz lagen die Mülltüten.

Nachdem sich die Schranke hinter ihm geschlossen hatte, wusste Frohnberg zunächst nicht, wohin er fahren sollte. Er konnte aber auch nicht hier in der Einfahrt stehen bleiben. Er bog rechts ab. Nach Hause wäre es linksherum gegangen.

Die Ampeln machten das Gegenteil von dem, was sie heute Morgen getan hatten: Er fuhr auf sie zu, und sie sprangen auf Grün.

Arbeitslos, dachte er. Ein absurdes Wort, wenn man es auf sich selbst anwandte. Leute wie er wurden nicht arbeitslos. Sie waren höchstens mal zwischen zwei Projekten.

Er fuhr in die Innenstadt, und als er vor einem Café einen Parkplatz fand, hielt er spontan an, blieb aber im Wagen sitzen. Er dachte nach: Ein Haus am Meer. Der Blick über das Wasser. Und dann im Haus sitzen und etwas arbeiten, von dem man hinterher sagen konnte: Das bin ich, der das gemacht hat. Und ich bin *in* dem, was ich da gemacht habe.

Früher hatte Frohnberg mal versucht, Gedichte zu schreiben, doch das hatte irgendwann aufgehört, er wusste selbst nicht wann und wieso. Als er aber mit dem ICE aus

Berlin gekommen war, hatte er zwei Schwäne auf einem Acker in Ostwestfalen gesehen und kurz darauf Verse in die Notiz-App seines Smartphones eingegeben. Frohnberg holte das Gerät hervor und rief die Notiz auf:

Verkehrte Welt:
Zwei Schwäne im Feld
Kein Wasser in Sicht
Begreife ich nicht

Weiter war er nicht gekommen, trug es aber immer noch mit sich herum.

Er wusste, dass Lyriker sich meistens keine Häuser am Meer leisten konnten.

Die Tür des Cafés, vor dem er stand, ging auf, und eine Frau kam heraus. Sie war vielleicht zwanzig Jahre alt, hatte kurzes blondes Haar und war unauffällig gekleidet. Sie zog einen Koffer hinter sich her, blieb vor der Tür stehen und weinte. Das war Frohnberg unangenehm. Er hoffte, dass sie schnell weiterging. Stattdessen setzte sie sich auf den Boden und schluchzte hemmungslos. Frohnberg fand das nicht gut. Auf der Straße sitzen und weinen war mindestens so dumm, wie im Businessanzug Müll vom Gehsteig zu klauben. Er konnte das nicht mit ansehen und stieg aus.

»Geht es Ihnen gut?«, fragte Frohnberg.

Die Frau weinte weiter. »Ich muss zum Bahnhof«, brachte sie hervor.

Frohnberg sah sich um. Ein älteres Ehepaar kam die Straße entlang. Die würden sich wer weiß was denken, wenn sie ihn hier so sahen. Ein alter Sack mit einer jungen Frau, die Frau weint. Da reimten sich die Leute schnell mal was zusammen.

»Ich kann Sie hinbringen«, sagte er.

»Ich kenne Sie doch gar nicht.« Sie wischte sich die Tränen von der Wange.

»Hier«, sagte Frohnberg und zeigte ihr seinen Personalausweis.

Sie sah sich das Dokument an und sagte: »Okay.« Sie legte ihren Koffer auf den Rücksitz und stieg auf der Beifahrerseite ein. Frohnberg warf die fünf Rollen Mülltüten auf den Rücksitz.

Er hoffte, sie würde nicht so etwas sagen wie *Alle Männer sind Schweine*, um dann über irgendeinen jungen Simpel herzuziehen, der ihr gerade den Laufpass gegeben hatte. Aber sie sagte gar nichts, starrte nur aus dem Fenster. Wenigstens weinte sie nicht mehr.

Dieser Zustand hielt allerdings nur ein paar Minuten an. Bald schossen ihr wieder die Tränen aus den Augen.

»Wir sind bald am Bahnhof«, sagte Frohnberg.

Er hielt an einer Ampel und dachte an seine Frau, weil in dieser Straße die Praxis ihres Arztes war. Frohnberg fragte sich, was die Bluttests ergeben hatten und ob denn nun eine Biopsie nötig war. Er konnte sich das alles nicht vorstellen.

Die Frau, die gerade vor seinem Auto über die Straße ging, kam ihm bekannt vor.

Vielleicht deshalb, schoss ihm gleich darauf durch den Kopf, weil ich seit fünfzehn Jahren mit ihr verheiratet bin.

Kein Zweifel: Das war seine Frau, die da vor dem Auto herging. Und die plötzlich einen Blick nach links warf, sich wieder abwenden wollte, dann aber genauer hinsah. Sie blieb stehen. Und sah ihn durch die Windschutzscheibe an. Ihr Blick wanderte zu der weinenden jungen Frau und dann wieder zurück zu Frohnberg. Der hob grüßend die

Hand. Seine Frau sah ihn noch ein paar Sekunden an und ging dann weiter. Frohnberg brach der Schweiß aus. Er wollte den Fensterheber betätigen, aber der reagierte nicht. Hektisch öffnete er die Tür und hätte beinahe den Wagen in der Spur neben ihm angestoßen. Dann fing der Fahrer hinter ihm an zu hupen, weil die Ampel auf Grün gesprungen war. Frohnberg schlug die Tür wieder zu und fuhr an. Er versuchte, seine Frau zu entdecken und wäre dabei beinahe auf einen Lastwagen aufgefahren.

Die Zwanzigjährige in seinem Auto hatte ihr Weinen unterbrochen und fragte nun ihrerseits, ob es Frohnberg gut gehe.

»Das war meine Frau«, sagte er.

»Oh.«

»Wir sind gleich am Bahnhof.«

»Ja, das sagten Sie schon«, murmelte die Frau.

Die nächste Ampel nahm er bei Gelb. Er setzte die Frau am Bahnhof ab und wäre beinahe mit ihrem Koffer weggefahren. Sie schlug mit der flachen Hand gegen die Scheibe, und Frohnberg stieg noch mal auf die Bremse.

Er lenkte den Wagen durch die Stadt und bog schließlich in die Straße ein, in der er wohnte, fuhr dann aber an seinem Haus vorbei.

Es war gerade mal kurz nach zehn.

Er dachte nach. Und fuhr auf die Autobahn.

Die Autobahn, die nach Norden führte, war pfeilgerade und wenig befahren. Frohnberg schaffte konstant 200 km/h. Hinter Emden ging es über Land weiter. Zur Mittagszeit saß er auf einer Düne und blickte über die Nordsee. Möwen kreisten über dem Meer. Schwäne waren nicht zu sehen.

Es ist so einfach, dachte er, vor allem, wenn man ein schnelles Auto hat. Er saß etwa eine Stunde einfach so da und war froh, dass es nicht regnete, obwohl es bedeckt war. Dann fuhr er in den nächsten Ort, um etwas zu essen. Im Foyer einer Sparkassenfiliale hingen Bilder von Häusern, die zum Verkauf standen. Keines davon lag direkt am Meer. Er aß Fisch in einem kleinen Restaurant ein paar Meter weiter.

Auf dem Rückweg geriet er in mehrere Staus, was ihn aber nicht störte. Er kam zu Hause an, als es schon dunkel war. Das Licht über der Eingangstür brannte, der Wagen seiner Frau stand in der Einfahrt zur Garage. Frohnberg parkte auf der Straße, griff nach hinten und verstaute die Mülltüten in seiner Aktentasche.

Er stand vor der Haustür und hatte den Schlüssel bereits in der Hand, als er es sich anders überlegte. Er ging durch den schmalen Durchgang neben dem Haus in den Garten. Im Schutz der Dunkelheit erreichte er die Strickleiter und kletterte nach oben ins Baumhaus. Er setzte sich so, dass er einen guten Blick auf das Geschehen in Küche und Wohnzimmer hatte. Seine Frau schnitt Brötchen auf, seine Söhne nahmen Wurst und Käse aus dem Kühlschrank und brachten beides zum Esstisch. Sie stellten Gläser und Teller auf den Tisch, während seine Frau Tomaten und Gurken in Scheiben schnitt.

Das hier, dachte Frohnberg, ist meine Zeit, das sind die besten Jahre meines Lebens.

Overbeck fragt nach

Overbeck öffnete die Augen. Er blickte durch die waagerecht gestellten Lamellen der Jalousie in die Linde vor dem Schlafzimmerfenster. Die Sonne schien, die Blätter freuten sich. Heute würde die Photosynthese das reine Vergnügen sein.

Brigitte mochte es nicht, wenn die Lamellen waagerecht standen. Sie hatte es gern dunkel. Aber es gab ein paar Dinge, auf die Overbeck nicht verzichten wollte. Seit anderthalb Jahren suchten sie jetzt ein Haus. Es hatte bisher aus unterschiedlichen Gründen nicht geklappt, aber mindestens einmal hatte Overbeck Nein gesagt, weil das Schlafzimmer nicht nach Osten ging. Natürlich hatte er das nicht laut ausgesprochen. Er war ja nicht blöd, nur verlobt.

Overbeck drehte sich auf den Rücken und starrte auf die Pickel der Raufaser unter der Decke. Auch so eine Sache, die ihn störte: Zimmerdecken hatten glatt zu sein.

Der Wecker begann zu piepen. Overbeck wartete ein paar Sekunden, bis Brigitte sich bewegte, dann schaltete er den Wecker aus. Zeit, das Tagwerk, die eigene Photosynthese zu beginnen, Zeit, die Welt wieder ein bisschen besser zu machen, Menschen zu helfen. Traumjob Anwalt, dachte Overbeck.

Brigitte drehte sich zu ihm und küsste ihn. Früher hatte

der Tag mit Sex begonnen, heute war am Anfang Mundgeruch. Damals: die faulen, unanständigen Tage mit Petra Schliefenbaum, kaum wach, schon die Hände am anderen, das Bett zu klein, die Wände zu dünn, die Nachbarn versoffen und gewalttätig, kurz: das Paradies. Heute dieser unangenehme Geschmack auf der Zunge, weil man mal wieder die ganze Nacht mit offenem Maul dagelegen hatte, als staunte man darüber, was aus einem werden konnte. Und Overbeck staunte offenbar nicht selten, jedenfalls nachts. »Sobald du auf dem Rücken liegst, steht dein Mund so offen, als würdest du erwarten, dass irgendwas Süßes hineinfällt«, hatte Brigitte mal gesagt. Dabei hatte sie gelacht, aber Overbeck war das peinlich gewesen.

Petra Schliefenbaum hatte nie gestaunt. Sie ließ staunen. Overbeck fragte sich, ob das immer noch so war. Heute Abend würde er mehr wissen.

Er mochte diese Wohnung hier. Sie war so ein Mittelding zwischen dem, was er mal gewesen war, und dem, was er bald werden sollte. Derzeit stand es in seinem Leben also unentschieden, aber Overbeck fand das nicht schlimm. Ein Punkt gegen einen übermächtigen Gegner war nicht schlecht.

Angefangen hatte alles mit einem Zimmer neben dem Wohnzimmer seiner Eltern: einschlafen zu den Klängen und Dialogen der Filme und Fernsehshows, die sie schauten. Ein paar Jahre später ein winziges Zimmer unterm Dach im Nebenhaus: brütende Hitze im Sommer, sibirische Kälte im Winter, aber gleich eine ganze Hauswand und zwei Stockwerke zwischen Mama und Papa. Am liebsten aber erinnerte er sich an die Wohnung, in die er gleich nach dem Abi eingezogen war und wo die ganze Sache mit Petra Schliefenbaum passiert war. Immer und immer wieder. Die Wohnung war klein und dunkel gewesen, das Bett schmal. *Georgeous George* von Edwyn Collins hatten sie rauf und runter gehört. Gevögelt hatte Petra Schliefenbaum am liebsten zu *Disarm* von den Smashing Pumpkins: *The killer in me is the killer in you*. Sie hatten nie verhütet, obwohl Petra klargemacht hatte, dass sie auf keinen Fall Kinder wollte. Niemals.

Und jetzt diese nette Wohnung in einem netten Stadtteil. Ein Arbeitszimmer für jeden, ein Wohnzimmer, eine Küche und ein geräumiges Bad.

Aber eben kein Kinderzimmer, deshalb suchten sie etwas Neues, denn sie waren bereit für den nächsten Schritt, wie Brigitte es ausdrückte. Overbeck wusste, sie hatte recht, und trotzdem fand er die Idee umzuziehen, nicht so richtig mitreißend.

Brigitte stand auf, um zu duschen, Overbeck machte das Frühstück. Nachdem er selbst geduscht und den ersten Kaffee getrunken hatte, fand er sein Leben wieder etwas besser. Draußen war ein schöner Tag, und Brigitte roch so gut wie sie aussah. Sie bekam ihr wildes Haar kaum gebändigt, sah aber trotzdem elegant aus. Wie sie das hinbekam, war ihr Geheimnis.

Natürlich schaffte sie es, doch wieder unter Zeitdruck zu kommen. Sie fand irgendein Manuskript nicht, das sie im Zug noch lesen wollte, suchte ewig nach ihrem Wohnungsschlüssel und nach ihrer Uhr. Bei der Suche regte sie sich lautstark auf und fluchte wie eine Hafennutte. Overbeck wusste, dass man sie in solchen Momenten am besten in Ruhe ließ.

Und dass er sie in diesen Momenten am meisten liebte.

Als sie alles gefunden hatte und er nach dem Frühstück an der Spüle stand, umarmte sie ihn von hinten und sagte, wie glücklich sie mit ihm sei. »Außerdem glaube ich, dass es diesmal wirklich geklappt hat.«

»Das wäre schön«, sagte Overbeck, weil das schon seit einiger Zeit die richtige Antwort war. Und wenn man die richtige Antwort kannte, musste man sie sagen. Er hoffte ehrlich, dass ihre Freude irgendwann auf ihn übergehen würde.

»Heute Nachmittag weiß ich mehr. Aber ich habe ein gutes Gefühl.«

Er würde nicht dabei sein können. Dieser wichtige Termin mit einem wichtigen Klienten. Baumermann persönlich hatte Overbeck gebeten, sich der Sache anzunehmen. Sein bester Mann solle das machen. Na gut, Overbeck war einfach der Einzige in der Kanzlei, der sich mit Familienrecht auskannte. Er war da so hineingerutscht. Eigentlich hatte er nie ein typischer Anwalt werden wollen. Er hatte für Menschen arbeiten wollen, die sich eigentlich keinen Anwalt leisten konnten oder die gar nicht erst auf die Idee kamen, sich einen zu nehmen, weil sie meinten, dass es ohnehin keinen Sinn habe. Seinen ersten Job hatte er bei Lubrich gehabt, der genau solche Fälle vertrat. Leute etwa, die sich gegen die Arbeitsagentur wehrten. Da war aber kein Geld zu holen gewesen, und dann hatte er Brigitte kennengelernt. Und als dieses Angebot von Baumermann kam, war alles ganz schnell und selbstverständlich abgelaufen.

»Wenn es geklappt hat«, fügte sie hinzu, »rufe ich an. Wenn nicht, dürfte eine SMS reichen.«

»Wie du meinst.«

»Wenn es wieder falscher Alarm ist, komme ich zu deinem Klassentreffen, und wir besaufen uns wie Hulle. Und zu Hause fangen wir eben wieder von vorne an.«

Sie nahm ihre teure Regenjacke aus atmungsaktivem Funktionsmaterial von der Garderobe in der Diele. »Es soll heute noch regnen«, sagte sie.

»Sieht nicht danach aus«, antwortete Overbeck.

»Ganz sicher. Du solltest deine Goretex-Jacke mitnehmen.«

Ja, sicher, dachte Overbeck. Goretex und Sympatex und atmungsaktiv und alles. Die Illusion, gewappnet zu sein.

Brigitte nahm auch noch einen Schirm mit.

Sie fuhr immer mit dem Bus zum Bahnhof und hockte anschließend zwanzig Minuten in der S-Bahn. Sie sagte, es mache ihr nichts aus, sie könne lesen oder Musik hören. Overbeck hätte das nicht ausgehalten. Die paar Mal, die er morgens mit dem Regionalexpress gefahren war, hatten ihm gereicht. Eng und dreckig und stickig. Würde man Tiere so transportieren, würden sich eine Menge Leute aufregen.

Während er sich anzog, versuchte er, sich zurechtzulegen, wie er Petra Schliefenbaum heute Abend ansprechen würde. Einfach *Hallo Petra*? Oder etwas ironischer: *Frau Schliefenbaum?* Was aber, wenn sie geheiratet und ihren Namen geändert hatte? Aber sie war nicht die Art Frau, die den Namen ihres Mannes annahm. War sie jedenfalls früher nicht gewesen. Andererseits: Schliefenbaum war schon ein ziemlich blöder Name. Egal, wie er sie ansprach, er würde ihr diese eine, ganz einfache Frage stellen, die ihm seit Jahren im Kopf herumging.

In der Kanzlei sahen alle aus wie immer. Das ging Overbeck schon lange auf die Nerven. Man musste auf die Uhr schauen, um sich zu vergewissern, dass die Zeit verging.

Den Vormittag verbrachte er mit Diktaten und wälzte Kommentare zum Sorgerecht. Baumermann hatte angedeutet, dass es bei diesem wichtigen Klienten genau darum gehen würde. Genaues wisse er auch nicht. Overbeck hätte sich lieber gezielt vorbereitet.

Mittags ging er mit zwei Kollegen in die Espresso-Bar ein paar Meter die Straße runter. Sie aßen Sandwiches. Die beiden ließen sich über die neue Empfangsdame aus. Overbeck konnte nicht mitreden, er hatte gar nicht mitbekommen, dass da jemand Neues saß. Was eigentlich unverzeihlich war. Wie konnte man seinen Mitmenschen gegenüber so ignorant sein? Overbeck hatte ein schlechtes Gewissen.

Während ihres Mittagessens hatte es sich zugezogen. Es sah tatsächlich so aus, als würde es bald regnen. Aber Brigitte war ja vorbereitet. Hatte Schirm und Goretex-Jacke dabei.

Petra Schliefenbaum hatte nie atmungsaktive Funktionstextilien besessen. Wenn es regnete, wurde sie eben nass.

Als sie zurückkamen, begrüßte er die Neue so freundlich, dass sie gleich die Stirn runzelte und seine Kollegen Bemerkungen machten.

Um sechzehn Uhr hatte Brigitte den Termin bei ihrer Frauenärztin, und Overbeck saß einem Paar gegenüber, das sich scheiden lassen wollte. Die beiden betrieben eine Gemeinschaftspraxis für Schönheitschirurgie. Beide hatten volle Lippen, unnatürlich glatte und gebräunte Haut, lächerlich volles Haar und albern weiße Zähne. Sie sahen aus, als hätten sie sich gegenseitig operiert.

»Erst mal«, sagte Overbeck, »finde ich es gut, dass Sie zusammen gekommen sind.«

»Das erste Mal seit Jahren«, sagte die Frau. Der Mann blickte aus dem Fenster und schüttelte den Kopf.

Overbeck überging die Bemerkung und erkundigte sich, ob es einen Ehevertrag gebe. Er dachte an Brigitte und fragte sich, ob sein Leben sich heute von Grund auf ändern würde.

»Haben wir nicht«, brummte der Mann. »Wir waren jung und blöd, und sie sah gut aus. Heute sind wir nur noch blöd.«

»Es geht uns auch nicht ums Geld«, sagte die Frau.

Beiden entströmte ein unfassbares Maß an innerer Hässlichkeit. Overbeck erinnerte sich an eine Werbung aus seiner Kindheit, eine Werbung für eine bestimmte Art von Dragees: *Natürliche Schönheit kommt von innen.* Ein Komiker hatte den Spot veralbert und Dutzende Dragees ausgekotzt. Diese beiden Mutanten auf der anderen Seite seines Schreibtisches sahen aus, als hätte man sie aus Erbrochenem zusammengesetzt. Wenigstens ging es nicht um Geld.

»Es geht um die Kinder«, sagte der Mann.

Natürlich, dachte Overbeck. Es ging immer um die Kinder. Auch wenn der Gedanke, dass diese beiden Wesen sich fortgepflanzt hatten, ihn zutiefst erschreckte. Wahrscheinlich hatte es bei denen damals sofort geklappt, während andere sich jahrelang bemühten, Koitus nach Eisprungzyklen zu unmöglichen Zeiten vollzogen und die Ernährung umstellten. Erregung auf Kommando hatte zwei- oder dreimal ihren Reiz, danach wurde sie erst lächerlich und schließlich demütigend.

»Sie können sich beim Sorgerecht nicht einigen?«, fragte Overbeck.

Die beiden sahen sich an.

»Genau genommen haben wir uns sehr wohl geeinigt«, sagte der Mann.

»Das ist schön zu hören.«

»So einfach ist es nicht«, sagte die Frau.

Overbeck wartete, dass sie ihn aufklärten.

»Die Sache ist die ...«, begann der Mann.

»Wir wollen die Kinder beide nicht«, sagte die Frau.

Overbeck verstand nicht.

»Er will die Kinder nicht. Und ich auch nicht. Die Kinder haben unsere Ehe kaputt gemacht. Die Frage ist, was wir mit ihnen machen sollen. Und wie da die Gesetzeslage aussieht.«

Overbeck blickte von dem Mann zur Frau und wieder zurück. Er griff in seine Hosentasche und umklammerte das Mobiltelefon. Wenn es nur kurz vibrierte, ginge sein Leben weiter wie bisher. Verkehr um drei Uhr in der Nacht oder in der Mittagspause, voller Hoffnung und Verzweiflung. Wenn es mehrmals vibrierte, würde alles anders werden. Das Telefon machte gar nichts.

»Wir sind uns darüber im Klaren, dass ...«, begann der Mann, als Overbeck nicht antwortete.

»Geld ist nicht das Problem«, fügte die Frau hinzu.

Overbeck stand auf und ging quer durch den Raum. Als Kind hatte er oft geträumt, dass unter dem Fenster seines Zimmers im ersten Stock des heruntergekommenen Mietshauses, in dem es immer nach Essen roch, ein offener Jeep hielt und ihm sein Partner in Khaki-Uniform ein Zeichen gab, auf das Overbeck aus dem Fenster direkt auf den Beifahrersitz sprang, sodass sein Partner sofort Gas geben und dorthin donnern konnte, wo sie gebraucht wurden.

Overbeck ging an den Büros vorbei, in denen die übliche Betriebsamkeit herrschte. Am Empfang saß noch immer die Neue. Overbeck blieb stehen und fragte sie nach ihrem Namen, aber sie runzelte nur wieder die Stirn und sah an ihm vorbei. Da hinten mussten Leute stehen, die ihm nachblickten. Er griff wieder nach dem Mobiltelefon in seiner Hosentasche. Nichts.

Draußen hatte Regen eingesetzt. Dünner, fieser Sprühregen der knochendurchdringenden Sorte. Overbeck ging einfach geradeaus. Endlich mal wieder nass werden, dachte er. Scheiß auf Goretex und Sympatex und Membranen und Funktionskleidung. Endlich mal wieder einfach *leck mich am Arsch*.

Er kam an einem Plattenladen vorbei und ging hinein. Nein, es war kein Plattenladen, sondern ein Elektronikgroßhandel mit großer CD-Abteilung, aber das spielte in diesem Moment keine Rolle. Im Hintergrund rieselte Elton John aus den Lautsprechern. Er streifte durch die CD-Regale. Sie hatten tatsächlich *Georgeous George* da. *Nice Price*, eine Schande. Er ging zu einem der CD-Player neben dem Schalter für Konzerttickets und hörte sich *The Campaign for Real Rock* an. Die ersten Worte nach dem langen Intro klangen wie ein Befehl, den er in den letzten Jahren viel zu konsequent befolgt hatte: *Don't try so hard to be different / The cracks are beginning to show*. Er klickte sich durch die ganze CD, die bei ihm zu Hause irgendwo im Keller in einer Kiste vor sich hin gammelte. Von den Smashing Pumpkins hatten sie nur *Zeitgeist* von 2007, aber damit hatte Overbeck nichts an der Mütze. Aber es wäre auch peinlich gewesen, zu *Disarm* mitten in so einem Laden loszuheulen. Elton John sang gerade *Rocket Man*: *I'm not the man they think I am at home*.

Draußen war der Nieselregen in einen gleichmäßigen, ergiebigen Landregen übergegangen. Und das mitten in der Stadt, dachte Overbeck. Overbeck holte das Telefon hervor. Drei verpasste Anrufe von Baumermann. Nichts von Brigitte. Er betrat ein *Starbucks* und merkte der Bedienung an, dass sie ihn am liebsten wieder rausgeschmissen hätte. Er sah aus wie jemand, der mit Mitte dreißig noch freiwillig ohne Gore- oder Sympatex, ohne Membran oder Funktionskleidung, ja sogar ohne Schirm durch den Regen lief, er war verdächtig. Er machte sich den Spaß und bestellte einfach einen Kaffee, erwartete aber, dass diese Studentin ihm die ganze Angebotspalette inklusive aller perverser Geschmacksrichtungen herunterratterte, aber den Gefallen tat sie ihm nicht. Sie stellte ihm einfach eine Tasse schwarzen Kaffee hin. Man konnte sich auf nichts mehr verlassen..

Er fand noch einen Platz an einem kleinen Tisch am Fenster. Um ihn herum wurde geredet und gelacht. In der Sofagruppe am anderen Ende des Raumes hatten zwei Jungs mit flaumigen Bärten und Strickmützen Laptops auf den Knien. Die Klamotten klebten Overbeck am Leib. Auch ein Zegna-Anzug fühlte sich scheiße an, wenn er nass war. Overbeck nahm das Telefon hervor und tippte unter *Favoriten* auf *Brigitte mobil*. Es kam kein Freizeichen, sondern gleich die Mailbox. Ihre Untersuchung musste längst vorbei sein. Etwas zu laut warf er das Telefon auf den Tisch. Ein paar Leute sahen ihn an.

Er musste raus hier.

Er ging zwei Runden um den Block.

Er ging wieder hinein. Sein Kaffee stand noch am selben Platz. Overbeck setzte sich und trank ihn weiter. Leute gingen raus, Leute kamen rein. Das Mädchen am Tresen erkannte ihn offensichtlich nicht wieder und sah ihn an, als wäre er irgendwo entlaufen. Ein Gestörter, der den Kaffee anderer Leute austrank. Overbeck fand, sie sah aus wie eine, die den angetrunkenen Kaffee eines Gastes, der längst gegangen war, nicht abräumte.

Der Regen ließ langsam nach, ohne ganz aufzuhören. Irgendwann machte Overbeck sich auf den Weg. Er versuchte noch einmal, Brigitte anzurufen, erwischte aber wieder nur die Mailbox.

Das Stufentreffen fand in einem Restaurant statt, das in einem Backsteingebäude untergebracht war, in dem früher mal irgendetwas hergestellt oder verarbeitet worden war. Draußen standen Tische unter weißen Sonnenschirmen, doch bei diesem Wetter wollte niemand draußen sitzen.

Drinnen bekam er von einer Kellnerin, die der Bedienung aus dem *Starbuck's* zum Verwechseln ähnlich sah, einen Prosecco in die Hand gedrückt. Sekunden später war er von lauter Menschen umringt, die er alle auf den ersten Blick wiedererkannte. Overbeck fand das deprimierend. Es wurden Bilder von Kindern gezeigt. Nadine Bechtolf hatte schon drei, das älteste dreizehn Jahre alt. Overbeck hatte nicht mitbekommen, ob Junge oder Mädchen, aber er fragte auch nicht nach.

Ein Büfett war aufgebaut. Es war mit dem von der letzten Firmenfeier der Kanzlei weitgehend identisch. Zwischen Rucola und Lachs schien Esther Schwalb genau da weitermachen zu wollen, wo sie und Overbeck in der elften Klasse auf der Mädchentoilette beim Chemie-Saal mal angefangen hatten. Auch Ritter war da, mit dem er früher öfter auf Partys versackt war. Ganz offen redete der darüber, dass er seinen Job in der Energiebranche verloren habe, das aber eigentlich ganz in Ordnung finde. Overbeck dachte, dass ihm selbst jetzt vielleicht das gleiche Schicksal blühte, nur konnte er damit nicht so locker umgehen wie Ritter. Auf Overbecks Frage, was Ritter denn jetzt machen wolle, lachte der nur und sagte, er habe eine Freundin in Berlin. Als sei das eine Erklärung.

Overbeck ließ Ritter stehen und begrüßte ein paar andere.

Sie waren alle da.

Nur Petra Schliefenbaum nicht.

Man saß zusammen und tauschte Erinnerungen aus. Es gibt nichts Schlimmeres, dachte Overbeck, auch wenn er sich noch vor ein paar Stunden in Erinnerungen an die gefährliche Zeit mit Petra Schliefenbaum gesuhlt hatte. Oder vielleicht gerade deswegen.

Als Petra doch noch kam, fingen die anderen an zu tanzen. Ein aus dem Nichts aufgetauchter DJ hatte Ricky Martin aufgelegt. Die Menschen kennen keine Scham, dachte Overbeck.

Petra war sofort von mehreren Männern umringt. Sie lächelte jeden an. Sie hatte etwas zugenommen. Overbeck rechnete damit, dass sie den Raum nach ihm absuchen würde, doch das tat sie nicht. Irgendwann würden sie sich über den Weg laufen. Und er würde ihr seine Frage stellen.

Nach etwa einer Stunde, in der er sich mechanisch an Gesprächen in unterschiedlichen Graden von Stumpfsinn beteiligt hatte, sah er sie allein am Büfett stehen und ging zu ihr.

»Petra«, sagte er.

Sie fuhr herum und lächelte so, wie sie für die anderen auch gelächelt hatte.

»Du bist spät dran«, sagte er.

Sie hörte auf zu lächeln. »Ich wusste nicht, dass ich einen Termin habe.«

Er hatte es vermasselt. Gleich am Anfang. »Wie geht es dir?«, fragte er.

Sie nahm sich Hühnchen mit Reis. »Ausgezeichnet, danke.«

»Du siehst toll aus.«

»Ich weiß«, sagte sie und meinte es auch so.

»Hast du Kinder?«

»Natürlich«, sagte sie, mit einem Gesichtsausdruck, als hätte sie schon lange nicht mehr eine so dumme Frage gehört.

»Schön«, sagte Overbeck.

»Und wie geht es *dir*?«

»Ich glaube, ich habe gerade meinen Job verloren.«

Sie sah ihn an. »Du *glaubst* es?«

»Ich glaube, ich habe hingeschmissen.«

»Ach Jens«, seufzte Petra, »du warst immer ein großer kleiner Junge.«

Sie ging zu einem Stehtisch im hinteren Teil des Saales. Overbeck folgte ihr und sah ihr beim Essen zu. Auf der Tanzfläche war eine Menge Bewegung.

»Ich muss dich etwas fragen«, sagte er.

Sie kaute auf einem Stück Hühnchen und hob auffordernd die Augenbrauen.

»Das mit uns damals …«, begann er.

»Was meinst du?«

»Daran musste ich heute sehr oft denken.«

»Und?«

Sie aß weiter. In seiner Hosentasche vibrierte plötzlich das Telefon.

»Ich wollte dich in den letzten Jahren immer etwas fragen, nur gab es keine Gelegenheit.«

Als er zögerte, sagte sie: »Was denn? Nur raus damit!«

Das Telefon machte sich an seiner Leiste zu schaffen.

»Was ich dich immer fragen wollte … Warum hast du mich damals eigentlich verlassen?«

Petra hörte auf zu kauen und starrte ihn mit vollem Mund an. Dann warf sie den Kopf nach hinten, öffnete den

Mund, sodass man Hühnchen und Reis in der ersten Stufe der Verdauung erkennen konnte, und lachte.

»Das weiß ich doch heute nicht mehr!«, sagte sie und amüsierte sich so sehr, dass sie nur noch den Kopf schütteln konnte.

Sein Telefon hatte sich wieder beruhigt. Overbeck ging nach draußen. Verpasster Anruf, meldete das Display. *Brigitte mobil*. Sie wollte anrufen, wenn es geklappt hatte. Wenn nicht, hätte es nur eine SMS geben sollen. Aber es war mittlerweile so spät, dass ein Anruf alles bedeuten konnte.

Neben dem Namen seines Mobilfunkanbieters zeigte sich nur ein Balken. Er rief Brigitte trotzdem an. Sie war kaum zu verstehen, die Verbindung hatte immer wieder Aussetzer. Overbeck bekam mit, dass Brigitte vergessen hatte, ihr Telefon aufzuladen, sodass sie sich nach der Untersuchung nicht hatte melden können. Sie habe eine Freundin getroffen, mit der sie essen gegangen sei, da Overbeck ja heute auf diesem Stufentreffen sein würde. Jetzt sei sie zu Hause. Übrigens sei Baumermann auf dem AB gewesen, und der habe sich nicht gut angehört.

»Ach ja, und beim Arzt …«

»Hallo?«, sagte Overbeck, als er sie nicht mehr hörte. *Anruf fehlgeschlagen*, teilte das Telefon mit. Der Balken war verschwunden.

Unter einem der Sonnenschirme saß die Kellnerin, die ihm vorhin den Prosecco gereicht hatte. Vor ihr lag eine Packung Zigaretten auf dem Tisch.

»Haben Sie Feuer?«, fragte sie.

»Die Zeiten sind vorbei«, sagte Overbeck, der nie geraucht hatte. Er trat näher, um sich unter dem Sonnenschirm unterzustellen.

»Freunde von Ihnen?«, fragte die Kellnerin und meinte die Versammlung drinnen.

»Kaum«, antwortete Overbeck.

»Einige sind sehr unhöflich. Vor allem die Frauen.«

»Machen Sie das hauptberuflich?«

Sie schüttelte den Kopf. »Ich studiere. Jura.«

»Eine gute Wahl«, sagte Overbeck.

»Sind Sie auch Jurist?«

»Nein, aber ich kenne welche.«

Die Kellnerin nahm ihre Zigaretten und sagte, sie müsse wieder hinein. Overbeck antwortete, er müsse noch telefonieren und ging zur Straße. Vorne an der Hauptstraße würde das Netz sicher besser sein. Er ging immer weiter, bis er sich ganz sicher war. Er nahm das Telefon hervor, das Display meldete optimalen Empfang. Brigitte ging gleich nach dem ersten Klingeln ran.

»Ich kann dich gut verstehen«, sagte er.

»Da bist du der Erste!«, antwortete sie und lachte.

Männer im Nebel

Für Falo

Riedel grinste. Die Frau ihm gegenüber las eines seiner Bücher. Dummerweise hob sie genau jetzt den Blick und verdrehte die Augen. Er schaltete sein Grinsen ab.

Er stieg an der nächsten Haltestelle aus und wäre dabei fast in eine riesige Pfütze getreten. Der Mann hinter ihm hatte sie nicht gesehen, stand bis zu den Knöcheln im Wasser und verfluchte die *Vollidioten*, die meinten, *dieses Kaff* brauche eine U-Bahn. Tatsächlich war die Stadt derzeit eine einzige Baustelle. Immer wieder taten sich Krater auf, ständig wurde der Verkehr umgeleitet, und den ganzen Tag ging einem der Baulärm auf die Nerven.

Riedel schlug den Kragen seiner Jacke hoch. Er hatte das Ding eine halbe Ewigkeit nicht getragen, einige der Nähte gaben langsam nach, und sie war ein wenig zu dünn für dieses Wetter beziehungsweise für sein Alter, denn er erinnerte sich, dass er sie früher auch im Winter getragen und nicht darin gefroren hatte. Mit den Jahren war Riedel empfindlicher geworden, überhaupt wetterfühliger. Das Wetter hatte ihn früher nie interessiert, schon gar nicht dessen Vorhersage. Er hatte aus dem Fenster geschaut und dann entschieden, was er anzog. Heute rief er im Internet verschiedene Wetterdienste auf oder konsultierte sie über die Apps auf seinem Smartphone und versuchte einzuschätzen, wie sich die Lage in den nächsten Tagen entwickeln würde. Oft trat er aus dem Haus, fühlte sich nicht dem Wetter entsprechend gekleidet und haderte mit seiner Jacken-Entscheidung. Es ist ein Kreuz mit dieser ganzen Nachdenkerei, dachte er.

Es waren noch etwa zehn Minuten Fußweg bis zu Kobuschs neuer Wohnung. Nebel zog auf. Riedel kam an zwei Kiosken vorbei, deren Rollladen für immer unten waren und auf die Skater ihre Tags gesprüht hatten, an mehreren leer stehenden Geschäften und 1-€-Läden, vier aufgegebenen Eckkneipen und einem neonhell erleuchteten türkischen Kulturverein, in dem ernste Männer saßen, redeten und rauchten. Es war die Gegend, in der Kobusch aufgewachsen war und wo Riedel ihn früher oft besucht hatte, um ihn zum Fußball abzuholen oder mit ihm für Klassenarbeiten zu lernen, aber damals hatte es die Kioske noch gegeben, zwei Lebensmittelgeschäfte und zwei Bäckereien, und die Eckkneipen waren stets gut gefüllt gewesen. »Ich bin wieder da angekommen, wo ich losgegangen bin«, hatte Kobusch neulich gesagt, »ich bin einmal rund ums Spielbrett gelaufen und stehe wieder auf Los, aber niemand gibt mir vierhundert Mark. Oder waren es zweihundert? Oder zweitausend?« Dass er vergessen hatte, wie man Monopoly spielte, hielt Kobusch für ein besonders schlechtes Zeichen.

Vor der Haustür stand der Astra, den Kobusch jetzt fuhr, nachdem er den A8 hatte abgeben müssen. Riedel klingelte, kurz darauf ertönte der Summer. Er drückte die schwere Tür auf, passierte den Durchgang in den Hof, wo überfüllte Mülltonnen auf ihre Entleerung warteten, und stieg im Hinterhaus bis in den vierten Stock. Kobusch stand in der Tür. Sie umarmten sich.

Kobusch hielt Riedel am Ärmel fest.

»Dieses alte Ding hast du noch?«, fragte er. »Ist das dieselbe oder …«

»Das ist dieselbe.«

»Du passt noch in eine zwanzig Jahre alte Jacke? Respekt!«

Kobuschs Jungs trugen schon ihre Schlafanzüge, wollten aber unbedingt noch mitbekommen, wer da heute Abend zu Besuch kam. Wie sie da so standen und ihn ansahen, fiel Riedel ein, dass er vielleicht Geschenke hätte mitbringen sollen. Wahrscheinlich waren sie aber sowieso viel gespannter auf Garretsen, den zweiten Gast, der den Bundestrainer duzte und so ziemlich jeden kannte, der in Deutschland für Geld vor den Ball trat.

Kobusch sagte, sie dürften noch aufbleiben bis *der andere* komme, müssten sich aber schon bettfertig machen, und verschwand mit den beiden im Badezimmer.

Riedel sah sich um. An der Wand der winzigen Diele war eine Garderobe, und die Jacken, die daran hingen, machten den Gang noch schmaler. Zusätzlich zu der zum Badezimmer standen zwei weitere Türen offen. Die eine führte in eine ebenfalls winzige Küche, die kaum breiter war als das Fenster, das den Blick in den Innenhof freigab. Die Küchenzeile bestand aus einem Herd, einer Spüle und einem Kühlschrank, die allesamt aussahen, als hätte Kobusch sie vom Sperrmüll. An der gegenüberliegenden Wand stand ein Holztisch, der kaum Platz für zwei Personen bot. Um den Tisch herum drei billige Klappstühle aus Plastik.

Riedel hörte Kobusch und die Kinder toben und lachen. Offenbar gab Kobusch das Kitzelmonster.

Auch das Wohnzimmer war sehr klein und nahm Riedel mit auf eine Zeitreise. Die Sachen kannte er fast alle von früher. Da war der Sessel, den Kobusch schon in seinem Jugendzimmer und später in seiner ersten eigenen Wohnung gehabt, der ihn durch sein Studium begleitet hatte und erst im Keller verschwunden war, als Kobusch heiratete. Ihn wegzuwerfen hatte er nicht übers Herz gebracht. Das Gleiche konnte man über den Schreibtisch und den dazugehörigen Stuhl sagen, vor allem aber über den alten Plattenspieler, bei dessen Anblick Riedel ganz wehmütig wurde. Das Gerät stand auf einer alten Kommode, die dazugehörigen Platten in einer Bananenkiste auf dem Boden daneben. Nur zwei Bücherregale fanden hier Platz und waren zum Bersten vollgestopft. Kobusch musste mindestens dreißig Kisten irgendwo eingelagert haben.

Riedel entdeckte ein dickes Script, das ihm sehr bekannt vorkam.

Das Einzige, was auf die Gegenwart verwies, war der Flachbildfernseher, der für diesen Raum viel zu groß war und neben dem ein paar CDs gestapelt waren. Auch das Ikea-Sofa mit dem schwarzen Bezug wirkte als geschichtslose Neuware geradezu aufdringlich.

Riedel blickte nach draußen in den Innenhof und auf die erleuchteten Fenster. Die beste Sicht hatte er auf das Fenster direkt gegenüber. Riedel sah eine Frau, deren Alter er auf die Entfernung nicht einschätzen konnte, an einem runden Tisch in einer Küche sitzen und essen. Ihr gegenüber stand ein weiterer Teller, auf dem Herd ein Topf. Ein Mann kam herein und setzte sich an den Tisch. Sofort stand die Frau auf, nahm den leeren Teller, ging zum Herd und schöpfte mit einer Kelle etwas auf den Teller, den sie anschließend vor den Mann hinstellte. Sie nahm eine Flasche aus dem Kühlschrank, öffnete sie und gab sie dem Mann, der gleich einen tiefen Schluck nahm. Die Frau setzte sich wieder und aß weiter. Riedel fühlte sich unwohl, wie er die beiden beobachtete, konnte den Blick aber auch nicht abwenden. Der sich langsam verdichtende Nebel umarmte schon den ganzen Häuserblock. Wenn das so weiterging, würde man bald gegenüber nichts mehr sehen.

Plötzlich stand Kobusch neben ihm, drückte ihm eine Flasche Bier in die Hand und machte sich am Plattenspieler zu schaffen. Riedel betrachtete ein paar Fotos, die über dem Fernseher mit Stecknadeln an die Wand gepinnt waren und deren Ecken sich schon nach vorne bogen. Hinter ihm glitt erst eine Innenhülle aus einem Pappcover, dann eine Vinylscheibe aus der Innenhülle. Es knackte, als die Nadel sich auf die Rille senkte. Die Platte war in einem ausgezeichneten Zustand, es knisterte gerade so viel, dass es Erinnerungen heraufbeschwor, den Hörgenuss aber nicht beeinträchtigte. Es folgte ein Gitarrengewitter, das nach etwa einer Minute in ein fast sakrales Orgelmotiv überging, um von einem Fünfziger-Jahre-Rock-'n'-Roll-Schlagzeugmotiv und Ian Gillans fiebrigem Gesang abgelöst zu werden: *Speed King, Deep Purple in Rock*.

Bevor Riedel eine Bemerkung dazu machen konnte, klingelte es. Kobusch ging zur Tür und drückte auf einen Knopf an der Gegensprechanlage.

»Er ist spät dran«, sagte er.

»War der jemals pünktlich?«, antwortete Riedel und stellte sich neben Kobusch an die Tür. Bald darauf hörten sie Garretsen viel zu laut redend die Treppe hochkommen.

»Der hängt schon wieder am Telefon«, sagte Riedel.

»Die schmeißen den heute Abend noch raus, glaub es mir!«, hörten sie Garretsen rufen. »Du kannst die Meldung schon mal schreiben, Dieter, wirklich. Ist mir egal, was der gestern noch gesagt hat, die haben sechs Spiele hintereinander verloren und fünf Punkte Rückstand auf einen Nichtabstiegsplatz. Die Spieler stehen auf dem Platz herum wie die Hütchen bei einer Verkehrsübung. Wenn der Siebel morgen früh noch Trainer ist, bezahle ich dir einen ganzen Abend in dem Brandenburger Swingerclub, in dem du jeden Mittwoch die Puppen tanzen lässt. Ist doch egal, woher ich das weiß. Und jetzt ist mal gut, für heute ist Feierabend.«

Garretsen war oben angekommen, steckte das Telefon in die Brusttasche seines Jeanshemdes, über dem er einen wollenen Wintermantel trug, grinste Kobusch und Riedel an und sagte: »Endlich normale Menschen! Kennt ihr den: Was sagt der Gynäkologe, wenn er abends nach Hause kommt? Endlich Gesichter! Hallo, ihr Knalltüten!«

Sie umarmten sich. Riedel hatte Garretsen seit Jahren nicht gesehen, fand es aber beruhigend, dass er sich nicht verändert hatte. Kobusch nahm Garretsen den Mantel ab, hängte ihn an die Garderobe, holte ein Bier für ihn, und sie gingen ins Wohnzimmer.

»Mann, Mann«, sagte Garretsen mit einem schnellen Rundblick, »Jugendzimmer revisited, was?« Er trank fast die halbe Flasche in einem Zug leer und machte gleich weiter: »Sagt mal, was ist mit dieser Stadt los? Die sieht ja wieder aus wie direkt nach dem Krieg! Ich meine, wir finden in Berlin auch immer noch Fliegerbomben, aber wir *entschärfen* die! Und ihr? Also kontrollierte Sprengungen sehen anders aus!«

»Das sind die Baustellen wegen der U-Bahn.«

Garretsen war entsetzt. »Was will dieses Kaff mit einer U-Bahn?«

»Das fragen sich viele.«

Garretsen schüttelte den Kopf und setzte sich breitbeinig auf das Sofa. »Die Welt ist aus den Fugen«, seufzte er.

Kobuschs Jungs standen plötzlich in der Tür und starrten Garretsen an.

»Ist er das?«, fragte der eine.

»Ich bin's!«, antwortete Garretsen.

»Du kennst den Özil?«, wollte der andere wissen.

»Nicht nur den. Da fällt mir ein, ich habe euch was mitgebracht.«

Garretsen stand auf, ging in die Diele und zog eine Plastiktüte aus der Seitentasche seines Mantels. Darin fanden sich zwei grüne Trikots der deutschen Nationalmannschaft. Als Spielernamen waren die Vornamen der beiden Jungs aufgeflockt. Die zwei machten unisono *Boah!* Garretsen wies noch darauf hin, dass in den weißen Rückennummern Mesut Özil und Lukas Podolski unterschrieben hatten. Die Kinder waren begeistert und sagten, dass sie gleich heute in den Dingern schlafen wollten.

Ich hätte doch was mitbringen sollen, dachte Riedel.

Kobusch sagte, jetzt sei es aber endgültig Zeit fürs Bett und ging mit den Jungs ins Schlafzimmer.

»Wie geht es ihm?«, fragte Garretsen.

»Ich konnte noch nicht mit ihm sprechen.«

»Es ist ein Kreuz mit den Weibern«, seufzte Garretsen und trat ans Fenster. »Ich könnte so nicht mehr wohnen. Ich brauche Platz zum Atmen. Außerdem fühlt man sich hier beobachtet. Nicht umsonst hatte der gute Deutsche in der guten alten Zeit stets Gardinen an den Fenstern. Weißt du noch, wie man früher durch Holland fuhr und immer dachte: Wieso haben die keine Gardinen? Da konnte man einmal durchs ganze Haus gucken!«

»Und jetzt leben wir alle im Aquarium.«

»Hast du die da drüben gesehen?«

Riedel stellte sich neben ihn. »Die hat vorhin etwas gegessen.«

»Ich glaube, die sieht nicht schlecht aus.«

»Die lebt mit einem zusammen.«

»Darum geht es doch gar nicht.«

»Der Nebel wird immer dichter.«

»Was ist das denn da?«

Garretsen zeigte auf ein Fernglas, das hinter der Stereoanlage auf dem Boden stand.

Kobusch kam zurück und sagte: »Das ist nichts.«

Garretsen hob die Augenbrauen. »Sag bloß, du stehst hier abends und spannst in die Fenster der anderen?«

»Blödsinn.«

»Wenn es nicht so wäre«, machte Garretsen weiter, »hättest du ganz unschuldig gesagt: *Das ist ein Fernglas*, aber du hast gesagt: *Das ist nichts*. Wir haben alle genug Filme gesehen, um so eine Antwort einordnen zu können.«

Kobusch atmete tief ein. »Na gut«, sagte er, »vielleicht habe ich mal einen Blick riskiert, aber ich hatte das Ding schon vorher, ich habe es nicht etwa deswegen gekauft!«

Garretsen nickte. »Wir alle haben unsere dunklen Seiten. Traurig, was diese Schlampe aus dir gemacht hat.«

»Ich komme zurecht«, sagte Kobusch.

»Sieht für mich nicht so aus.«

»Ich nehme noch ein Bier«, sagte Riedel und schickte Kobusch damit in die Küche. Garretsen ermahnte er, Kobusch in Ruhe zu lassen.

»Aber darüber muss man doch sprechen«, sagte Garretsen. »Wofür sind wir denn sonst hier?«

Kobusch kam mit dem Bier zurück. Garretsen und Riedel setzten sich auf das Sofa, Kobusch auf den Schreibtischstuhl.

»Okay«, sagte Garretsen, »lassen wir das mit den Frauen erst mal beiseite. Drei alte Freunde treffen sich und trinken Bier. Und sie tun das nicht in einer Kneipe, gehen auch nicht fein essen, nein, sie hocken in einer kleinen Bude und geben sich die Kante mit Flaschenbier. Wie früher!«

»Also, ich kann mir nicht die Kante geben, ich muss morgen früh raus«, sagte Kobusch.

»Du weißt, was ich meine«, antwortete Garretsen.

»Außerdem sollen die Kinder mich nicht verkatert sehen. Ich habe sie zwei Tage die Woche, das will ich mir nicht versauen.«

Garretsen sagte, Kobusch solle sich mal nicht ins Hemd machen und gab die Anweisung, sofort in Erinnerungen zu schwelgen. Um mit gutem Beispiel voranzugehen, erzählte er, er habe vor ein paar Wochen den Werner Patz getroffen, der seinerzeit bei einer Rockpalast-Nacht den kompletten Partykeller seiner Eltern vollgekotzt hatte.

»Welche Nacht war das noch? Die mit Mink de Ville oder die mit Graham Parker?«

»Es war die mit The Who und Grateful Dead«, sagte Riedel.

»Stimmt! Vier Stunden Grateful Dead. Und zwei Stunden lang hat Jerry García seine Gitarre gestimmt!«

»Ganz so schlimm war es nicht.«

»Schmeiß den Computer an!«, sagte Garretsen zu Kobusch. »Du kriegst das Konzert bei YouTube. Los, mach! Erinnerungen jetzt, aber feste!«

Kobusch zuckte mit den Schultern, rollte mit dem Stuhl

zum Schreibtisch und öffnete ein altes weißes MacBook. Nach ein paar Sekunden hatte er das Konzert gefunden und drehte den Rechner so, dass sie alle den Bildschirm sehen konnten. Sie sahen den jungen Albrecht Metzger in Jackett und T-Shirt und hörten seine berühmte, für manche auch berüchtigte Ansage »German Television proudly presents live as our guests in Rockpalace … liebe Freunde, heute bei uns zu Gast live im Rockpalast …«

Wird das heute eigentlich auch noch gemacht?, fragte sich Riedel. Wurden Bands heute noch angesagt? Oder war das genauso aus der Mode gekommen wie Gitarrensoli? Von seinen Lesungen kannte er einleitende Vorträge von Buchhändlern, die bisweilen aus Gründen der Nervosität oder wegen übergroßen Mitteilungsdrangs ausuferten. Aber angesagt zu werden, war schon ganz schön. Es fokussierte das Publikum. Vielleicht wollte sich Riedel aber insgeheim auch nur gerne mal für ein paar Sekunden wie ein Rockstar fühlen.

Auf dem Bildschirm passierte erst mal nichts. Riedel erinnerte sich, dass Albrecht Metzger oder Alan Bangs damals die lange Umbaupause damit gerechtfertigt hatten, dass Grateful Dead großen Wert auf einen »glasklaren Sound« legten. Als sie endlich zu spielen begannen, konnte man aber zunächst keinen Gesang hören. Das änderte sich nach ein paar Sekunden.

Etwa fünf Minuten lang sahen und hörten Kobusch, Garretsen und Riedel zu. Dann sagte Garretsen: »Ich fand die nie besonders toll.«

Und Riedel: »Ich hatte das auch besser in Erinnerung.«

»Ist irgendwie komisch«, sagte Kobusch, »heute klappt man einfach den Laptop auf, und da ist es. Damals haben wir wochenlang darauf hingefiebert.«

»Ich hatte nie auch nur eine Platte von Grateful Dead.«

»Passt schon irgendwie, dass der Patz dazu gekotzt hat«, meinte Garretsen. »Man soll auch nicht immer im Gestern leben und den ganzen alten Schrott hören. Hast du nicht was Moderneres?«

Kobusch nahm den Rechner, tippte etwas ein und drehte den Bildschirm wieder so, dass alle drei sehen konnten.

»Das ist nicht schlecht«, sagte Riedel nach etwa einer Minute.

»Fu Manchu«, sagte Kobusch.

»Also wenn du keine Musik von *gestern* hörst«, sagte Garretsen, »hörst du Musik von heute, die sich *anhört* wie die von gestern, gemacht von Typen, die *aussehen,* als wären die *Söhne* der Typen von gestern. Und das ist *auch* schon fünfzehn Jahre alt!«

»Wieso betonst du so komisch?«, fragte Kobusch zurück.

»*Tue* ich das?«

»Es berührt einen eben nichts so sehr wie die Musik, die man als Heranwachsender gehört hat«, stellte Riedel fest.

»Still!«, sagte Garretsen und hob die Hand. »Der Eskapist redet!«

»Schön, dass du mit meinem Werk vertraut bist.«

»Worum geht es?«, fragte Kobusch und blickte zwischen ihnen hin und her.

»Der Kollege«, sagte Garretsen und machte eine Kopfbewegung in Richtung Riedel, »hat einen Artikel in der ZEIT gehabt: *Eskapist? Allerdings!* Spielt auf Arno Schmidt an.«

»Klugscheißer!«, sagte Riedel.

»Wenn hier einer klugscheißt, dann doch wohl du.«

»Was hat er denn da geschrieben?«, wollte Kobusch wissen.

»Dass man sich einen Scheißdreck um seine Mitmenschen kümmern und lieber mit dem Arsch zu Hause bleiben soll.«

»Na ja, nicht ganz.«

»Aber darauf läuft es hinaus.«

Riedel sagte: »Es ging um die Elendsfixierung mancher Menschen und dass man wegen der ausufernden Medialisierung jede Katastrophe viel stärker empfindet als früher, wo man es einmal in der Tagesschau sah und am nächsten Morgen in der Zeitung las, wohingegen es einem heute dutzendfach um die Ohren gehauen wird. Das hält man doch auf Dauer nicht aus, vor allem, wenn auch noch private Krisen und Tragödien dazukommen. Wo soll der Mensch denn damit hin? Manchmal gehört der Kopf einfach in den Sand, damit man weiterleben kann.«

Ein paar Sekunden schwiegen sie.

»Ist ein schiefes Bild«, sagte Riedel schließlich.

»Ich finde, es ist Zeit für einen Whisky.« Kobusch stand auf und sah die beiden anderen fragend an. Riedel schüttelte den Kopf, Garretsen nickte.

Auf dem Weg in die Küche blieb Kobusch am Fernseher stehen und schaltete ihn ein.

Garretsen war nicht begeistert: »Was ist? Müssen wir jetzt *heute journal* gucken oder was?«

Kobusch legte eine CD in den DVD-Player unter dem Fernseher, schaltete auf das Programm für eine externe Quelle und ging aus dem Zimmer. *Ta-ha-hime won't save our souls*, kam es aus den Boxen.

»Was will er uns damit sagen?«, fragte Garretsen und sah Riedel an, der nur mit den Schultern zuckte. »Black Rebel Motorcycle Club«, stöhnte Garretsen. »Die sind doch auch schon Asbach Uralt!«

Kobusch ließ auf sich warten. Riedel hörte, wie eine Tür geöffnet und wieder geschlossen wurde.

»Mal sehen, was die da drüben macht«, sagte Garretsen, stand auf und trat ans Fenster. »Wobei man bei der Milchsuppe da draußen kaum noch was sehen kann.« Er griff nach dem Fernglas auf dem Boden.

Riedel stellte sich neben ihn und sagte: »Lass das doch!«

»Mach mal das Licht aus«, antwortete Garretsen.

Nach kurzem Zögern gehorchte Riedel.

»Ich glaube, die haben Stress«, sagte Garretsen.

»Geht uns nichts an«, sagte Riedel.

»Die sieht gut aus, also geht es mich was an.«

»Du bist ekelhaft.«

»Danke für das Kompliment.«

»Was macht ihr da?«

Kobusch stand in der Tür, eine Flasche in der Hand.

»Wo bist du gewesen?«, wollte Riedel wissen.

»Auf dem Klo. Ist das verboten? Stell das Fernglas hin!«

»Da drüben geht es richtig ab!«, sagte Garretsen. »Ich glaube, der haut ihr gleich eine runter!«

»Wäre nicht das erste Mal«, sagte Kobusch.

Garretsen setzte das Glas ab und sah Kobusch an. »Du weißt, was da drüben abgeht?«

»Die haben sich ständig in der Wolle.«

»Da muss man doch was tun!« Garretsen hob das Glas wieder vor die Augen. »Scheiße!«, rief er.

»Was ist?«, fragte Riedel.

»Er würgt sie!«

»Was?«

»Ernsthaft! Der Arsch erwürgt sie!«

»Was denn nun?«, fragte Kobusch. »Würgt er sie nur oder *er*würgt er sie?«

»Ich würde sagen, das kommt darauf an, wie lange er das macht.«

»Also manchmal würgt er sie auch beim Vögeln. Das scheint ihr nichts auszumachen.«

Riedel sah Kobusch an. »Du hast ein Problem, Mann!«

»Nur eins?«

Garretsen stellte das Fernglas wieder auf den Boden. »Mitkommen!«, sagte er.

Kobusch war entgeistert. »Wohin?«

»Wir gehen jetzt da rüber und legen dem Arschloch das Handwerk.«

»Hast du sie noch alle?«

»Keine Widerrede.«

Garretsen war schon in der Diele, zog seinen Mantel über und öffnete die Wohnungstür. Riedel und Kobusch standen da wie angeklebt.

»Los, ihr faulen Säcke, wir kämpfen jetzt mal ein bisschen für eine bessere Welt! Und nehmt die Flasche mit!«

Kobusch sah Riedel an, der mit den Schultern zuckte, in die Diele ging und seine alte Jacke vom Haken nahm.

»Ist das dein Ernst?«, wollte Kobusch wissen.

»Vielleicht hat er recht. Vielleicht muss man manchmal einfach was tun.«

»Ich kann hier nicht weg. Die Kinder!«

»Die schlafen! Hast du sie noch nie allein gelassen?«

»Doch, aber …«

»Wir müssen Leben retten!«

»Du scheinst auf einmal Spaß daran zu haben!«

Riedel grinste. Er konnte selbst nicht sagen, was da plötzlich mit ihm passierte, er wusste nur, dass er jetzt mit den beiden anderen da raus musste.

»Oh Gott«, stöhnte Kobusch, schaltete im Vorbeigehen

den Fernseher aus, zog sich eine Jacke an und schob die Flasche Whisky in die Seitentasche. »Ich habe mich seit der fünften Klasse nicht mehr geprügelt.«

»Das Prügeln überlassen wir Garretsen.«

Sie gingen die Treppe hinunter, über den Innenhof und durch die Toreinfahrt bis zur Straße, wo Garretsen sie erwartete.

Ein Auto fuhr mit deutlich überhöhter Geschwindigkeit vorbei.

»Der hat sie nicht alle«, murmelte Kobusch.

»Da wickeln sich heute einige um den Baum«, sagte Garretsen. »Auf geht's!«

Sie wandten sich nach rechts und gingen los. Sie sahen nur ein paar Meter des Bürgersteigs und blieben nah an der Hauswand, um die Orientierung nicht zu verlieren.

»Gib mal die Flasche!«, sagte Garretsen.

Kobusch reichte sie rüber. Riedel zog den Reißverschluss seiner alten Kampfjacke bis unters Kinn. Die Kälte war nun von der feuchten Art, die durch die Kleidung, die Haut und die Muskeln direkt in die Knochen drang. Er dachte an die Jacken, die jetzt besser geeignet gewesen wären. Er wünschte sich das Gefühl, mal richtig gekleidet zu sein.

Garretsen trank.

»He!«, machte Kobusch. »Das ist ein zwölf Jahre alter Single Malt, den kippt man nicht wie billigen Korn!«

»Wie kannst du dir das Zeug leisten?«

»Hab ich geschenkt bekommen.«

»Wovon lebst du eigentlich?«, fragte Garretsen.

Das war eine Frage, die Riedel bisher vermieden hatte.

»Ich jobbe in einem Elektronikfachmarkt.«

»Im Ernst?« Garretsen konnte es nicht fassen. »Früher

hast du Photovoltaikanlagen verkauft und jetzt läufst du in einem verwaschenen roten Poloshirt rum und schwatzt den Leuten Flachbildschirme mit sechs Metern Bildschirmdiagonale auf?«

»So in etwa.«

»Dafür lässt deine eigene Ausstattung, was Unterhaltungselektronik angeht, aber sehr zu wünschen übrig. Du müsstest das Zeug doch nachgeschmissen kriegen.«

»Ich bekomme Rabatt, aber bezahlen muss ich es schon. Statt Unterhaltung muss ich Unterhalt bezahlen.«

»Wieso sucht sich deine Ex keinen Job?«

»Weil *ich* einen habe. Außerdem ist sie noch nicht meine Ex.«

»Ach komm, das wird doch nichts mehr!«

»Vielen Dank für die Unterstützung.«

»Mal ehrlich! Was willst du denn noch mit der? Die hat dich für deinen Hausarzt sitzen lassen. Ich meine, der Mann kennt dich nackt! Das ist doch peinlich!«

»Wie läuft es eigentlich bei dir?«, wandte sich Kobusch an Riedel.

»Ich kann nicht klagen.«

»Als ich umgezogen bin, habe ich dein erstes Buch noch mal in die Hand bekommen.«

»Du meinst das Manuskript meines ersten Versuchs. Ich habe es im Regal liegen sehen. Zum Glück ist das nie veröffentlicht worden.«

»Hab ein bisschen drin rumgelesen. Da sind schon ein paar Stellen drin, die nicht schlecht sind.«

»Bring ihn bloß nicht auf die Idee, das doch noch rauszubringen! Da sind auch ein paar Stellen drin, die ein bisschen peinlich sind«, sagte Garretsen.

»Da hat er recht«, gab Riedel zu.

»Kannst du dich noch an das Motto vorne drin erinnern?«, wollte Kobusch wissen.

»Es war irgendwas von Tschechow.« Riedel erinnerte sich nur dunkel. Das Ding war fast dreißig Jahre alt.

»*Eine Krise kann jeder Idiot erleben. Was uns auslaugt ist der Alltag*. Was meintest du damit?«

Riedel hatte immer gedacht, dass sich das selbst erklärt. Aber damit wollte er Kobusch jetzt nicht abspeisen.

»Nun ja, ich denke, eine Krise kann den Vorteil haben, dass die Handlungsoptionen klarer sind.«

»Und was, wenn es gar keine Optionen gibt?«

»Der Alltag, also das ewig Gleiche, die Routine, nimmt dir deine Energie, ohne dass du es merkst. Beziehungsweise, du merkst es erst, wenn es zu spät ist.«

»Aber der Alltag gibt dir auch Halt. Die Routine gibt dir Sicherheit. Das ist nicht alles nur Langeweile.«

»Als er seine Antwort mit *nun ja* anfing, war schon klar, dass er gar nicht weiß, was er sagen soll«, sagte Garretsen.

»Ich gebe zu«, sagte Riedel, »vielleicht hätte ich erst mal eine richtige Krise erleben sollen, bevor ich so was Schlaues vorne in ein Buch schreibe.«

»Vielleicht hätte *Tschechow* erst mal eine Krise erleben sollen, bevor er so was vom Stapel lässt«, sagte Garretsen, der die ganze Zeit die Whiskyflasche gehalten hatte, diese aber jetzt an Riedel weitergab.

»Bei dir liegt alles ganz anders«, sagte Kobusch und meinte Riedel: »Du kannst nicht mal mehr drauf *hoffen*, dass sie zu dir zurückkommt.«

Ein paar Sekunden gingen sie schweigend.

»Verdammt, müssen wir nicht irgendwann mal rechts abbiegen?«, sagte Garretsen. Sie gingen schon länger nicht mehr an der Hauswand entlang.

»Bist du der Mann geworden, der du werden wolltest?«, fragte Kobusch Garretsen.

Wie auf Kommando blieben sie stehen.

»Ich bin ein Mann, der sich mitten in der Stadt im Nebel verirrt. *Das* jedenfalls wollte ich nie werden.«

»Wahrscheinlich bist du von uns dreien am nächsten an dem dran, was du dir mal vorgestellt hast.«

»Wir gehen jetzt da rüber und sagen dem Typ die Meinung«, sagte Garretsen. »Wir tun, was ein Mann tun muss. Wir tun das Richtige.«

»Whisky bekommt dir nicht«, sagte Kobusch.

Garretsen suchte wieder die Nähe zur Hauswand. Nach etwa zwanzig Metern kamen sie tatsächlich an eine Ecke und bogen nach rechts ab.

»Du hast meine Frage noch nicht beantwortet«, sagte Kobusch.

Garretsen schwieg ein paar Sekunden, bevor er antwortete. »Ich wollte nie heiraten, und das habe ich auch nicht getan. Ich habe die Handynummer des Bundestrainers und komme in jedes Fußballstadion in Europa, ohne zu bezahlen. Ich würde sagen, ich bin ziemlich genau das geworden, was ich mir gewünscht habe.«

»Ich glaube dir nicht«, sagte Kobusch.

Sie gingen weiter.

»Hier ist wieder eine Ecke«, sagte Garretsen. »Noch mal rechts. Gleich müssten wir da sein. Ich knöpfe mir den Typen vor, und ihr gebt mir hinterher ein Alibi. Zu welcher Hausnummer müssen wir?«

»Woher soll ich das wissen?«, antwortete Kobusch.

Sie gingen weiter.

»Ich glaube, wir sind falsch«, sagte Garretsen irgendwann.

»Das sind wir schon lange«, sagte Kobusch.

»Warum hast du nichts gesagt?«, rief Garretsen.

»Weil das alles ohnehin eine Schnapsidee war.«

»Und du lässt uns hier wie blöd durch den Nebel tapern? Ich weiß gar nicht mehr, wo ich bin.«

»Was stört es dich, du hast doch im Leben alles erreicht, was du dir vorgenommen hast!«

»Willst du mir auf die Nerven gehen?«

Riedel wollte dazwischengehen, irgendetwas sagen, irgendwie vermitteln, aber ihm fiel nichts ein, er dachte nur auf Sicht, der Nebel breitete sich auch in seinem Kopf aus. Sie gingen einfach immer weiter, ohne abzubiegen, immer geradeaus. Sie umkurvten Baugruben, und wenn sie den Häusern näherkamen, ahnten sie die leerstehenden Ladenlokale. Sie waren die einzigen Menschen auf der Straße.

»Also, wenn du es genau wissen willst«, beendete Garretsen die Stille, »ist bei mir auch nicht alles so, wie es sein soll.«

»Machen dir die Zwanzigjährigen, mit denen du ins Bett steigst, Schwierigkeiten?«

»Zwanzig? Schön wär's! Nein, es ist was Gesundheitliches.«

Oh Gott, dachte Riedel, jetzt kommt er mit einer Tumor-Geschichte und übernimmt mal eben die Tabellenspitze im Leid-Ranking. Das würde ihm ähnlich sehen.

»Also, ich hatte vor einiger Zeit eine Operation. Und jetzt habe ich nur noch ein Ei.«

Riedel und Kobusch sagten erst mal nichts.

»Du hast nur noch ein Ei?«, fragte Kobusch schließlich. »Wieso?«

»Hodentorsion«, sagte Garretsen. »Da hat sich was verdreht, also der Hoden um den Gefäßstiel, den Samenstrang. Damit wird die Blutzufuhr abgeschnitten. Das tut weh wie Sau und muss sofort behandelt werden, damit die Zeugungsfähigkeit erhalten bleibt. Ich habe ein paar Tage zu lange gewartet.«

»Du bist impotent?«, entfuhr es Kobusch ein wenig zu laut.

»Blödsinn! Aber meine kleinen Soldaten richten auf feindlichem Gebiet keinen bleibenden Schaden mehr an, haben mir die Ärzte gesagt.«

»Du kannst keine Kinder zeugen?«

»Wollte ich auch nie.«

Riedel fragte sich eher, wie jemand mit starken Schmerzen in den Hoden tagelang nicht zum Arzt gehen konnte.

»Wenn das so ist, ist ja alles in Ordnung.«

»Ich schreibe über Fußball und habe nur ein Ei! Wenn das rauskommt, bin ich geliefert! Die lachen sich doch alle tot! Ich kann über keinen Spieler mehr schreiben, dass er keine Eier in der Hose hat.«

»Drück' dich halt mal etwas gewählter aus. Würde dir ohnehin guttun.«

»Du hast echt keine Ahnung von der Materie, Kobusch! Aber die Geschichte ist ein Treppenwitz. Meine Freundin war völlig entsetzt, als sie gehört hat, dass ich ihr keinen Nachwuchs verschaffen kann. Und jetzt ist sie plötzlich schwanger.«

»Ernsthaft? Von dir?«

»Das weiß ich noch nicht. Sie meint, da sei kein anderer im Spiel. Nächste Woche habe ich einen Termin beim Arzt. Also entweder habe ich demnächst ein Blag am Hals oder ich kann meine Freundin in die Wüste schicken. Bei mir ist also auch nicht alles so dolle.«

Riedel irritierte es, dass Männer in seinem Alter immer

noch von einer Freundin sprachen und nicht von einer Frau oder auch Exfrau.

Sie gingen weiter.

»Hier steht mein Auto«, sagte Kobusch plötzlich.

»Was?«, rief Garretsen entgeistert. »Wir sind wieder bei dir? Dafür hätten wir doch mindestens noch zweimal abbiegen müssen!«

Kobusch zuckte nur mit den Schultern. »Kommt ihr noch auf einen Absacker mit hoch?«

»Ich weiß nicht«, sagte Garretsen. »Es fühlt sich irgendwie so an, als sei der Abend an sein natürliches Ende gekommen.«

»Ich muss morgen wieder um sechs raus«, sagte Riedel.

Kobusch nickte. Ihm ging es nicht anders.

»Wir sollten das unbedingt öfter machen«, sagte Garretsen. »Paar Bierchen trinken, mit einer Whiskypulle im Nebel herumlaufen. Apropos: Lass uns den Absacker hier und jetzt nehmen!«

Sie ließen die Flasche kreisen.

»Aber dem Typen gegenüber hätten wir wirklich eins überziehen sollen«, meinte Garretsen. »Es wäre das Richtige gewesen.«

Jeder nahm noch einen Schluck.

»Bringt das mit den Baustellen in Ordnung«, sagte Garretsen noch. Kobusch nickte.

»Kommst du mit zur Straßenbahn?«, fragte Riedel.

»Mein Hotel ist nur ein paar Minuten von hier. Wenn ich das in der Nebelmiege überhaupt finde. Wahrscheinlich sind wir dreimal dran vorbeigelaufen.«

Sie umarmten sich und gingen auseinander. Nach ein paar Metern drehte Riedel sich noch einmal um. Die beiden anderen waren schon nicht mehr zu sehen.

Wolffs Liebe

Wolff stand über den Dingen. Er konnte die ganze Stadt sehen. Das war keine Kunst, denn die Stadt war nicht besonders groß. Er fühlte sich, allerdings nur kurz, wie einer der Engel in diesem alten Film, bloß war das hier nicht der Himmel über den offenen Enden von Berlin, sondern der über den abgeschlossenen Geschichten der Stadt, in der er aufgewachsen war.

Bodentiefe Fenster im zehnten Stock eines Hotels hatten ihren Reiz.

Er ging ins Bad, zog sich aus und betrachtete sich im Spiegel. Für einen Mann von knapp über siebzig hatte er einen ausgezeichneten BMI. Die Drogen in den Sechzigern und Siebzigern hatten ihn schlank gehalten.

Er duschte und föhnte sich hinterher die Haare, verzichtete aber darauf, seinen Bart zu stutzen. Er hatte etwas zu lange am Fenster gestanden und war spät dran.

Gebleichte Blue-Jeans, ein weißes T-Shirt, ein schwarzes Leinenjackett. Dazu die eisgrauen, immer noch dichten Haare, die hinten auf den Kragen des Jacketts fielen, sowie der ebenfalls graue Bart: Wolff sah sich gern im Spiegel an. Diese Eitelkeit hatte er erst irgendwann nach seinem sechzigsten Geburtstag entwickelt. Vorher war ihm sein Äußeres egal gewesen. Er trug seit Jahrzehnten nichts anderes als weiße T-Shirts, die er im Zehner-Pack von einem kleinen Laden in L. A. bezog, wo sie ihm auch alle paar Jahre neue, gebleichte Blue-Jeans besorgten. Er musste sich also morgens keine Gedanken darüber machen, was er anzog, er musste vor keinem Geschäft stehen bleiben, um sich zu überlegen, ob er nicht mal etwas Gestreiftes oder etwas Rotes kaufen sollte. Das machte das Leben sehr viel leichter.

Es klopfte. Ein junger Kellner brachte das Frühstück.

Kaffee, Tee, Obst, Cornflakes, Brot, Croissants, Toast, Lachs, Rührei, Schinken, Würstchen, Konfitüre, Butter, Orangensaft, Wasser – Wolff wusste nicht, was Mike üblicherweise frühstückte, also hatte er vorsichtshalber alles bestellt.

Nachdem der Kellner das Zimmer verlassen hatte, musste Wolff nicht lange warten, bis es wieder an der Tür klopfte. Er dachte an *I hear you knocking*. Das Original von Smiley Lewis kannte kaum jemand. Die meisten kannten es von Fats, vielleicht noch von Dave Edmunds. Unsinnige Gedanken über nutzloses Wissen, die ihn nur davon abhielten, so schnell wie möglich die Tür zu öffnen, und genau deshalb hatte er sie ja auch gedacht, weil er sich eine Gnadenfrist ergaunern wollte, obwohl dieser Begriff, Gnadenfrist, dachte er, der völlig falsche war, denn eine Gnade war es nicht, diesen Moment noch länger hinauszuzögern, für keinen von beiden, nicht für den, der die Tür öffnete, und nicht für den, der geklopft hatte, eine Gnade sollte sein, was noch kam, dieser Tag, sein letzter.

Hatte er gedacht, gehofft, gefürchtet, sich im anderen wiederzuerkennen? Wolff konnte es nicht sagen. Im Gesicht des Mannes, der vor ihm stand, erkannte er die Züge von dessen Mutter. Er war unrasiert, aber gut aussehend, in einem hellblauen Hemd und einer schwarzen Lederjacke, die schon einige Jahre auf dem Tacho hatte. Über der Schulter trug er eine abgenutzte Reisetasche.

Sie waren ungefähr gleich groß, und sie wussten offenbar beide nicht, was sie tun sollten, einander die Hand reichen oder umarmen, das eine war zu distanziert, das andere zu vertraut für zwei Menschen, die sich erst das zweite Mal im Leben trafen. Für Wolff war es das dritte Mal, aber das konnte Mike nicht wissen. Sie gaben sich die Hand, und Wolff ergriff mit der Linken zusätzlich Mikes Unterarm.

»Komm rein!«, sagte er. »Ich wusste nicht, was du zum Frühstück bevorzugst, also habe ich alles Mögliche bestellt.«

»Nettes Zimmer«, sagte Mike.

Wolff war gleich verunsichert und fragte sich, wie Mike das meinte. Fand er diese Suite wirklich *nett* oder erschien sie ihm zu groß, zu protzig?

»So sollte man reisen«, fügte Mike hinzu. Das wirkte echt. Wolff war erleichtert.

Mike legte seine Lederjacke auf das Bett, stellte die Tasche davor, und sie setzten sich an den Tisch. Sie tranken beide Kaffee.

Das sieht gut aus, dachte Wolff.

»Ich danke dir, dass du gekommen bist«, sagte er.

Mike nickte. »Wie könnte ich nicht!«, sagte er, ohne Wolff anzusehen.

»Ich weiß, es ist eine Zumutung, diese Reise.«

Mike blickte auf. »Eine Reise in die Sonne ist was Feines. Die viereinhalb Jahrzehnte davor waren eher eine Zumutung.«

Okay, dachte Wolff, das habe ich verdient, alles in Ordnung.

»Na ja«, fuhr Mike fort, »ich will es nicht schlimmer machen, als es ist. Renate hat gut für mich gesorgt, ich habe nicht gelitten.«

Mike nahm Rührei und Schinken und Toast, Wolff etwas Obst und Joghurt.

»Unser Flieger geht erst am Nachmittag«, sagte Wolff.

»Was machen wir bis dahin?«, fragte Mike.

»Ich dachte, du hättest vielleicht Lust, deinen alten Herrn mal bei der Arbeit zu sehen.«

Mike hob die Augenbrauen.

»Ich habe einem jungen Musiker versprochen, auf seiner neuen Platte Klavier zu spielen.«

Mike sah Wolff an, bis der sich lieber wieder mit seinem Obst beschäftigte.

»Hört sich gut an«, sagte Mike.

Während sie weiterfrühstückten, wurde Wolff langsam lockerer, und er hatte den Eindruck, dass es Mike genauso ging.

»Du hast so einen leichten amerikanischen Slang«, sagte Mike irgendwann.

»Es schleicht sich ein.«

Als sie mit dem Frühstück fertig waren, packte Wolff seine restlichen Sachen zusammen. Sie standen schon an der Tür, da sagte Mike: »Was ist das da?«, und deutete auf den Umschlag mit der MRT-Aufnahme, der auf dem Nachttisch lag.

»Der kann hierbleiben«, sagte Wolff.

Die Zimmertür fiel hinter ihnen ins Schloss, sie gingen über den weichen, schalldämpfenden Teppichboden Richtung Aufzug. Aus unsichtbaren Lautsprechern tönte Hotelflurmusik, die sich im Fahrstuhl fortsetzte.

»Schlimm«, sagte Mike.

»Fürchterlich.«

Am Empfang fragte man ihn, ob alles zu seiner Zufriedenheit gewesen sei. Wolff bejahte und beglich die Rechnung. Er bemerkte, dass die zweite Mitarbeiterin, die am gleichen Tresen einen Geschäftsmann auscheckte, ihm, Wolff, einen Blick zuwarf. Dieses Gefühl nutzt sich nie ab, dachte er. Das allein wäre ein Grund, weiterzuleben.

Sie ließen sich von einem Taxi in einen Vorort zu einem ehemaligen Industrieareal bringen. In renovierten Backsteingebäuden waren Werbeagenturen, eine Plattenfirma, ein Musikclub und ein Aufnahmestudio untergebracht. Der Hof, den sie überquerten, war mit Kopfstein gepflastert. Die Glastür, die zum Tonstudio führte, hatte etwas unangebracht Elegantes. Davor stand ein dicker Junge von höchstens fünfundzwanzig Jahren in schwarzem T-Shirt und ausgebeulten Jeans und rauchte. Sein Teint ließ darauf schließen, dass er zu selten an die frische Luft ging. Wolff sagte ihm, weswegen er hier sei. Der Junge sah ihn nur gelangweilt an und antwortete, er wolle erst mal zu Ende rauchen, aber die anderen seien schon drin.

Wolff und Mike gingen durch die Glastür und gelangten in ein Foyer, in dem ein Ledersofa und zwei passende Sessel um einen gläsernen Couchtisch standen. Geradeaus führte ein weiß getünchter, hell erleuchteter Gang zu einer offen stehenden Tür, durch die man den Regieraum des Aufnahmestudios sehen konnte. Als Wolff und Mike nur noch ein paar Meter entfernt waren, schob sich ihnen ein Mann mit schwarzem Haar und unregelmäßigem Bartwuchs ins Blickfeld. Er war nicht älter als der, der draußen noch zu Ende rauchte, saß in einem Sessel auf Rollen und trug eine John-Lennon-Brille, die für Wolff so gar nicht in die Zeit passte. Sein Blick wirkte müde, verhangen und fragend, hellte sich aber schlagartig auf, als er Wolff erkannte. Er sprang aus seinem Stuhl auf und eilte ihnen entgegen.

»Unglaublich!«, war das erste Wort, das er herausbrachte, als er Wolffs Hand ergriff.

»Ich bin Wolff.«

»Ich weiß, ich weiß, ich danke Ihnen, dass Sie wirklich gekommen sind, ich kann das nicht glauben, ich kann das wirklich nicht glauben, ich danke Ihnen schon jetzt, das ist … Ich weiß nicht …«

»Das ist Mike.«

Der Krause ergriff auch Mikes Hand und sagte: »Danke, dass Sie auch gekommen sind, ich danke Ihnen beiden.«

»Sie können mich Sabolewski nennen.«

»Ich bin Jonas.«

In der Studiotür erschien ein junges Mädchen, höchstens neunzehn, dachte Wolff, mit orangefarbenen Strähnen im weißblonden Haar. In ihrer Girlie-Uniform, bestehend aus einem kurzen, karierten Rock und Netzstrümpfen wirkte sie albern. Sie lehnte im Rahmen und kaute auf einem Kaugummi herum.

»Ist er das?«, fragte sie und sah Wolff an.

»Das ist er«, sagte Jonas. »Wollen Sie vielleicht etwas trinken? Einen Kaffee? Saft, Wasser, Bier? Das ist Jenny.«

»Wasser wäre nicht schlecht«, sagte Wolff.

»Kommt sofort!«

Jonas ging an ihnen vorbei in den Vorraum. Jenny betrachtete sie von oben bis unten. Wolff blickte über sie hinweg in das Studio. Der dicke Junge, der vorhin im Hof geraucht hatte, kam herein und ließ sich in den schweren Sessel vor dem Mischpult fallen. Jonas kehrte mit zwei Flaschen und mehreren Gläsern zurück.

»Ach, was stehen Sie denn hier auf dem Gang, kommen Sie doch herein!«, sagte er. Im Vorbeigehen zischte er Jenny etwas zu. Wolff und Mike traten in den Regieraum. Links war das Mischpult vor der Trennscheibe zum Studio. Während der Regieraum dunkel und niedrig war, war das Studio sehr hell und verfügte über eine lichte Höhe von mindestens sechs Metern. Ein großer schwarzer Flügel stand im Raum sowie ein Stuhl und eine akustische Gitarre in einem Ständer.

Jonas führte Wolff und Mike zu drei Ledersesseln im hinteren Bereich des Regieraums. Darüber war ein schmales Fenster, das auf Kippe stand. Jenny blieb an der Tür stehen. Jonas wartete, bis Wolff und Mike sich gesetzt hatten und wollte sich ebenfalls setzen, aber an der Tür gestikulierte seine Freundin.

»Entschuldigung«, sagte Jonas, »ich muss da noch was klären.«

Jonas und Jenny gingen nach draußen. Der dicke Junge wippte in seinem Sessel am Mischpult vor und zurück.

Mike sah Wolff an. »Wie oft hast du in solchen Studios gesessen?«, fragte er leise.

»Kann ich nicht zählen«, antwortete Wolff ebenso leise. »Ich liebe es. Auch wenn ich selten auf dem Besucherstuhl warten musste.«

»Ich kenne diesen Jonas«, sagte Mike. »Ich habe ein paar Nummern von ihm gehört. Nicht schlecht. Aber zu jung für mich.«

»Er selbst oder seine Musik?«

»Das hängt doch zusammen. Ich höre es und denke, das ist gut, aber es ist nicht für mich. Ich bin da raus.«

»Ich weiß, was du meinst.«

»Was willst du mir denn damit sagen?«, hörten sie plötzlich Jonas' Stimme. Sie kam durch das Fenster über ihnen, das offenbar auf den Hof hinaus ging.

»Das ist ein alter Sack mit langen grauen Haaren!«

»Aber sie sind frisch gewaschen!«, gab Jonas zurück.

»Er trägt T-Shirt und Jeans, als wäre er noch Mitte zwanzig!«

»Nicht so laut!«

»Niemand will mehr in Würde altern.«

»Ich finde, er sieht gut aus.«

»Ja, er sieht gut aus, aber ich finde, alte Männer sollten alt aussehen. Alles andere macht mich nervös.«

»Du weißt schon, dass er unsere Sprache spricht.«

»Du hast doch gesagt, er ist Amerikaner!«

»Ich habe gesagt, er wohnt in der Nähe von Los Angeles, aber er ist Deutscher!«

»Das hättest du mir auch früher sagen können!«

»Ich dachte, das weißt du.«

»Für einen alten Deutschen sieht er wirklich nicht schlecht aus. Aber trotzdem ...«

»Er ist ein großartiger Musiker! Weißt du, mit wem der alles gespielt hat!«

»Du hast es mir gesagt, aber die meisten kannte ich überhaupt nicht.«

»Fleetwood Mac wird nun mal nicht in Casting Shows gesungen.«

»Ich habe mir das Zeug angehört, das ist langweilig und der reinste Kitsch.«

»Es ist mir scheißegal, was du davon hältst, für mich ist es wichtig, also komm wieder mit rein und halt die Klappe oder hau ab!«

Es entstand eine Pause. Der dicke Junge hörte auf zu wippen. Mike und Wolff sahen sich an.

»Die hören sich an wie ein sehr altes Ehepaar«, flüsterte Mike.

»He, lass mich nicht einfach so stehen!«, rief Jenny.

Nach ein paar Sekunden kam Jonas wieder herein.

»Ich muss mich entschuldigen«, sagte er, »das läuft hier alles etwas unrund.«

Er ließ sich in den freien Sessel fallen und kratzte sich den Bart.

»Entschuldigung«, sagte er noch einmal, »aber bevor wir anfangen … Ich weiß, ich sollte das nicht fragen, es ist dumm und peinlich, aber ich bin ein Fan, und Fans sind oft dumm und peinlich, ich sehe das an meinen eigenen …«

Der dicke Junge am Mischpult lachte kurz auf.

»… aber ich würde es mir nie verzeihen, wenn ich es nicht fragen würde.«

»Frag nur«, sagte Wolff.

»Wie war das damals? Sie waren bei den Aufnahmen von *Rumours* mit dabei, oder?«

Wolff zögerte. »Ich habe mich ein wenig um die Band gekümmert.«

»Und Sie haben doch auch mitgespielt? Warum steht das nicht in den Credits? Man kann es überhaupt nirgendwo lesen.«

»Es war mir lieber so.«

»*Gold Dust Woman* ist doch von Ihnen, oder?«

»Ich bin Stevie ein wenig zur Hand gegangen.«

»Es geht um Koks, nicht wahr?«

»Mag sein.«

»Stevie Nicks! Meine Güte!«

Niemand in seinem Alter sollte *meine Güte* sagen, dachte Wolff. Auch das Mädchen war wieder hereingekommen, blieb aber in der Tür stehen.

»Ich meine, man fragt so etwas nicht, es ist total uncool, aber wie war sie denn so, also privat?«

»Stevie ist eine … interessante Frau. Nicht gerade langweilig.«

»Verstehe, verstehe.«

Jonas starrte ein paar Sekunden ins Leere und hing seinen Gedanken nach.

»Kennen Sie den Film *Almost Famous*? Natürlich kennen Sie ihn. Da sagt der Junge: *Ich war nie cool*. Dieser Junge bin ich! Ich war auch nie cool! Ich bin zu spät geboren. Ich war verliebt in Stevie Nicks und Agnetha Fältskog.«

Wolff hob die Augenbrauen. »Eine wunderbare Sängerin und eine tolle Frau.«

»Sie haben sie gekannt?«

»Sie lebt noch.«

»Okay, okay«, stammelte Jonas, »natürlich, ich weiß, also ich, das sind tolle Frauen, und Sie haben sie gekannt, also Sie kennen sie noch immer, das ist, also, ich weiß nicht, auch nur das Vorgeplänkel, weil, als Musiker möchte man natürlich wissen …«

»Ja?«

»Was ist mit Stephan Moses? Warum ist er verschwunden?«

»Er ist nicht verschwunden«, sagte Wolff. »Es sucht nur niemand nach ihm.«

Jonas schüttelte den Kopf. »Unvorstellbar! Der Mann, der die schönste deutsche Platte aller Zeiten gemacht hat – und niemand baut ihm ein Denkmal.«

»Du versuchst es doch«, sagte Wolff und lächelte.

»Ich spiele eines seiner Lieder. Und ich darf es mit Ihnen spielen, mit einem, der damals dabei war. Bei allem. Ich weiß nicht, ich mag diese ganze Siebzigerjahre-Geschichte, die *Mellow Mafia* rund um so Typen wie James Taylor oder Jackson Browne. Es war immer uncool, aber ich habe eine Schwäche dafür.«

»Lass uns Musik machen«, sagte Wolff.

Sie standen auf und gingen ins Studio hinüber. Mike sah ihnen nach. Jenny kam und setzte sich in den Sessel neben seinem.

»Das ist Ihr Vater?«, fragte sie.

»Ja«, sagte Mike.

»Er sieht gut aus.«

Mike sah sie an. »Was spielt das für eine Rolle?«

»Ich mein' ja nur.«

Wolff setzte sich an den Flügel und fing an, etwas zu spielen. Jonas setzte sich auf den Stuhl, nahm die Gitarre und stimmte sie.

»Er kann das, während der andere spielt«, sagte Jenny. »Die Gitarre stimmen, meine ich. Er kann die Gitarre ganz sauber stimmen, auch wenn um ihn herum die Welt untergeht.«

Mike nickte nur. Er blickte durch die Trennscheibe und dachte: So ist es immer gewesen, der eine im Hellen, der andere im Dunkeln.

»Ich finde es toll, wenn man nach all den Jahren noch so ein gutes Verhältnis zu seinem Vater hat.«

Mike sah sie an und überlegte, ob er ihr sagen sollte, dass er seinen Vater vor dem heutigen Tage nur ein einziges Mal gesehen hatte, mit sechs Jahren, in einem Garten, das wusste er noch, er wusste nur nicht mehr, in welchem. Die Sonne hatte geschienen, und ein anderes Kind hatte Seifenblasen gemacht. Wolff hatte sich erst zu Mike heruntergebeugt und war dann in die Hocke gegangen, daran konnte sich Mike ganz genau erinnern, nicht aber daran, was Wolff gesagt hatte. Danach hatte es ein paar Briefe gegeben, und die Mutter hatte einiges erzählt. Sie hatte nur gut über Wolff geredet. Solange er klein war, war Wolff für Mike ein Held gewesen, der sich nur einfach nicht persönlich blicken ließ. Als Mike älter wurde, hatte er ihn naturgemäß eine Zeit lang gehasst. Irgendwann hatte er gedacht, dass das zu einfach war: einen Vater hassen, der sich nicht wehren konnte. Mike hatte seinen Frieden gemacht und sich alle Geschichten über den Vater noch einmal angehört. Und seine Mutter, in ihren Sechzigern und krebskrank, hatte alles so gerne erzählt. Auf welchen Platten Wolff mitgespielt hatte, auch wenn es nicht draufstand; wen er alles kannte und wem er geholfen hatte. In den Sechzigern hatten Moses und Wolff zuerst in London gelebt, den frühen Hendrix mitbekommen und sich im Dunstkreis der Stones bewegt. Um 1970 hatte es sie nach Kalifornien gezogen, zu den Männern und Frauen mit den langen Haaren und den bloßen Füßen und den akustischen Gitarren. Mikes Mutter hatte ihm Bilder gezeigt von Menschen, die mit seinem Vater befreundet waren. Auf einigen Bildern hatten Grüße gestanden: *For Mike, Best regards, Joni. For little Mikey, Love Carole. Michael – The Promise of a Man, Dream up! Neil.* Seine Mutter hatte die dazugehörigen Platten rauf und runter gehört. Wolff war nur einmal nach Deutschland zurückgekommen, nämlich um mit Stephan Moses dessen Album *Raketenmänner* aufzunehmen. Moses hatte gemeint, so amerikanisch es sich anhören müsse, so dringend müsse es aber in Deutschland produziert werden. Er könne nicht mit amerikanischen Musikern an deutschsprachigen Songs arbeiten. Wolff hatte ihn mal gefragt, wieso es denn unbedingt deutsche Texte sein mussten, und Moses hatte geantwortet, dass er immer noch auf Deutsch denke und auf Deutsch träume. Außerdem könne man als Deutscher keine englischen Texte schreiben, wenn man sich erst mal mit Bob Dylan beschäftigt habe.

In dieser Zeit, als Moses *Raketenmänner* aufnahm, war es auch zu der Begegnung im Garten gekommen.

Wolff und Jonas spielten einen Blues. Immer eine gute Sache, um warm zu werden, dachte Mike. Jenny wirkte gelangweilt und kaute auf ihrem Kaugummi herum. Der dicke Junge drehte an Knöpfen. Irgendwann stand er auf und justierte die Mikrofone im Studio, drückte das eine weiter in den Flügel, rückte das andere etwas weiter von Jonas' Gitarre weg, dafür das dritte näher an dessen Mund.

»Normalerweise«, sagte das Mädchen, »nehmen die alles einzeln auf, aber Jonas meint, diese Nummer hier will er machen wie auf der Bühne. Ich nehme an, es geht darum, dass dein Vater nicht viel Zeit hat.«

Wenn du wüsstest, dachte Mike und fragte sich, wann er dem Gör das Du angeboten hatte.

Nach etwa zehn Minuten ließen Wolff und Jonas den improvisierten Blues ausklingen. Sie machten ein paar Bemerkungen und lachten. Jonas wirkte nicht mehr wie der überdrehte Fan, sondern wie ein Musiker.

Dann spielten sie *Einfache Leute*, ein Liebeslied von *Raketenmänner*. Jonas sang die Leadstimme, Wolff die Harmonien. Die Stimme seines Vaters klang unglaublich jung, fand Mike. Man hörte Jonas' Finger über die Stahlseiten rutschen.

Im ersten Take verspielte sich Jonas kurz vor Schluss, aber der hatte sowieso noch nicht so richtig rund geklungen. Jenny war aufgestanden und hatte sich hinter den dicken Jungen gestellt. Daraufhin ging auch Mike nach vorne.

Der zweite Versuch war schon besser, aber Wolff fand, sie sollten es noch einmal probieren.

»Ich kann mich nicht daran gewöhnen«, sagte Jenny, »dass ein Mann in diesem Alter so eine Musik macht.«

Auch beim dritten Mal verspielte sich Jonas. Er stellte die Gitarre ab, stand auf und ging hin und her. Wolff redete beruhigend auf ihn ein. Jenny wippte nervös auf den Fußballen.

Vor dem vierten Take saßen Wolff und Jonas eine Zeit lang einfach so da, ganz still. Jonas hatte die Augen geschlossen. Eine halbe Ewigkeit verging, bis Wolff leise anzählte.

Bei den ersten Tönen erstarrte Jenny, das Wippen hörte auf. Auch der dicke Junge am Mischpult schaukelte plötzlich nicht mehr. Beim ersten Chorus nahm Jenny den Kaugummi aus dem Mund. Irgendwann schien sie sogar das Atmen einzustellen.

Nach etwa drei Minuten verklang der letzte Ton. Mike und Wolff blieben sitzen. Niemand rührte sich, niemand sagte ein Wort. Endlich beugte sich der dicke Junge vor, drückte einen Knopf und sagte: »Ich würde sagen, den nehmen wir.«

Mike und Jonas standen auf. Jonas wischte sich mit der Hand über beide Wangen. Jenny schwieg und stand still.

»Ich muss eine rauchen«, sagte der dicke Junge und beeilte sich, nach draußen zu kommen.

Was Wolff und Jonas im Aufnahmeraum besprachen, war nicht mehr zu hören. Mike sah, wie Wolff sich vorbeugte und Jonas etwas ins Ohr flüsterte, woraufhin der entsetzt zurückwich und den Kopf schüttelte. Wolff lächelte und legte dem Jungen eine Hand auf die Schulter. Jonas schüttelte den Kopf und wischte sich wieder über die Wangen.

Als sie in den Regieraum kamen, umarmte Jenny ihren Jonas und sagte kein Wort.

»Wir müssen leider los«, sagte Wolff. »Würdet ihr uns ein Taxi rufen?«

Jonas nickte nur und verschwand mit Jenny in den Vorraum.

Mike sah seinen Vater an. Der erwiderte den Blick. Mike wusste, wenn man etwas nicht in Worte fassen konnte, hielt man am besten die Klappe.

»Ich liebe es«, sagte Wolff leise.

Das Taxi kam und brachte sie zum Flughafen. Sie aßen etwas und redeten kaum. Die Maschine hob pünktlich ab. Wolff erzählte Mike ein wenig von Moses, der sie vom Flughafen abholen würde. Dass er ein ganz besonderer Mensch sei, was einem aber zuerst gar nicht auffalle. Manche brauchten Jahre, um das Besondere an ihm zu entdecken, Mike solle also nicht enttäuscht sein, wenn er ihn sehe. Nicht dass er schlecht aussehen würde, ganz bestimmt nicht, er nehme das mit dem gesunden Leben sehr ernst, habe die Drogen schon lange aufgegeben, kiffe nicht mal mehr, ernähre sich vor allem von Rohkost und Tee, auch wenn er, wie er in seinen Briefen schreibe, nach wie vor Wein trinke, immerhin.

»Ihr schreibt euch noch *Briefe*?«

»Wir sind alte Männer.«

Nach etwa zweieinhalb Stunden setzten sie zur Landung an. Mike sah aus dem Fenster. Das Land unter ihnen war trocken und sonnenverbrannt. Mittendrin Hunderte von hellblauen Flächen: die Pools, die hier zu vielen Häusern dazugehörten. Die Landung war etwas unsanft, trotzdem applaudierten einige, wahrscheinlich aus Erleichterung.

Sie hatten nur Handgepäck und waren entsprechend schnell draußen. Stephan Moses trug Jeans, ein kariertes, kurzärmliges Hemd und sehr ausgelatschte Turnschuhe. Er war unrasiert und hatte kurzes weißes Haar. Er sah alt aus, und er sah jung aus. Er hatte helle blaue Augen und muskulöse Oberarme.

Für diesen Mann, dachte Mike, hat mein Vater Frau und Kind sitzen lassen. Dabei waren Wolff und Moses nie ein Paar gewesen.

»Das ist mein Sohn«, sagte Wolff.

Mike war kurz irritiert. So hatte ihn noch nie jemand genannt. Er reichte dem anderen die Hand, sagte: »Sie sind der mit der Platte!«, und kam sich gleich unglaublich blöd vor.

»Er hat mich gesiezt!«, sagte Moses.

»Er wird es noch lernen«, sagte Wolff.

Moses hatte seinen Kastenwagen in der Kurzparkzone direkt vor dem Ausgang stehen.

»Kinder sitzen hinten«, sagte Wolff.

Mike machte es sich auf einem Notsitz zwischen leeren Obstkisten bequem und blickte während der Fahrt durch das verdreckte Fenster in der hinteren Tür nach draußen.

»Das Meer«, sagte er irgendwann.

»Immer wieder schön, nicht wahr?«, sagte Moses.

Mike kniete sich hinter Fahrer- und Beifahrersitz, um das Meer noch besser sehen zu können. Und die Palmen und den makellos blauen Himmel. Sie fuhren durch eine Stadt und bogen irgendwann ab, schlängelten sich über Serpentinen einen Berg hinauf. Zunächst war die Straße noch asphaltiert, aber nachdem sie ein weiteres Mal abgebogen waren, fuhren sie auf einer besseren Schotterpiste.

Als es langsam dämmerte, hielten sie vor einer Finca, die auf der Kuppe eines Hügels stand. Es war, als wäre der Hügel nur für dieses Haus aufgeschüttet worden. Mike stieg aus und blickte zur einen Seite über eine karge Hügellandschaft, in der man da und dort Häuser erkannte, in denen Licht brannte. Als er sich umdrehte, hätte ihn der Anblick des Meeres beinahe umgeworfen. Zum zweiten Mal begegnete er heute der Schönheit in ihrer reinsten Form.

»Und?«, fragte sein Vater.

Mike konnte nur nicken.

Auf der Terrasse vor dem Haus standen ein Tisch und sechs Stühle. Auf dem Tisch mehrere Teller, einfache Wassergläser und Körbe mit Brot. Als sie auf das Haus zugingen, trat eine Frau aus der Tür, in jeder Hand eine Karaffe mit Wein. Sie war sicher über fünfzig, vielleicht sogar über sechzig. Hatte noch immer langes blondes, an den Ansätzen aber dunkles Haar, trug eine getönte Brille, einen Body, Hosen, darüber ein wallendes, durchsichtiges Etwas und fingerlose Handschuhe, alles in Schwarz.

»Wo ist das Wasser?«, rief sie ihnen auf Englisch entgegen. Ihre Stimme klang nach Rauch.

»Das Wasser ist in der Kammer«, antwortete Moses.

»Ich habe keine Lust auf dieses verseuchte spanische Leitungswasser. Du siehst gut aus, Wolff!« Sie sprach seinen Namen aus wie das englische Wort für Wolf.

»Nicht halb so gut wie du, Stevie.«

Mike registrierte, wie anders die Stimme seines Vaters klang, wenn er amerikanisches Englisch sprach. Er schien sich darin viel wohler zu fühlen als in seiner Muttersprache.

Wolff und Stevie umarmten sich und hielten sich sehr lange umschlungen. Sie flüsterte Wolff etwas ins Ohr, das Mike nicht verstand. Er sah die beiden fragend an.

»*I can't tell you*«, sagte Stevie. »*It would get lost in translation.*« Sie fügte hinzu, Moses solle Mike und Wolff doch ihre Zimmer zeigen, danach sollten sie alle wieder nach unten kommen, um zu essen.

Moses führte sie ins Haus, das innen sehr viel größer war, als es von außen wirkte. Sie kamen direkt in einen großen Raum, dessen Boden aus groben Holzbohlen bestand, über die geknüpfte Teppiche gelegt waren. An den Wänden standen Bücherregale, die aus dem gleichen dunklen Holz waren wie der Boden. An der Stirnseite des Raumes war ein gemauerter Kamin.

Moses führte sie durch den Raum hindurch in ein schmales Treppenhaus. Sie folgten ihm in den ersten Stock, wo er ihnen je ein Zimmer zuwies. Die Zimmer waren einfach und schlicht wie Mönchszellen. Mike stellte seine Tasche auf dem Bett ab und sah aus dem Fenster über die verbrannten Hügel und Hänge. Er ging hinüber zu Wolff. Auch in diesem Zimmer gab es eine Fensteröffnung, aber keinen Rahmen und keine Scheiben. Man sah das Meer und den Himmel in unterschiedlichen Tönen von Blau. Im Zimmer war es dunkler als draußen, das Fenster wirkte wie ein erleuchtetes Gemälde.

»Er hat an alles gedacht«, sagte Mike und meinte das Fenster.

»Ein wunderbarer Ort zum Sterben, nicht wahr?«

»Das kann man nicht bestreiten.«

Auf dem Bett sitzend blickte Wolff nach draußen. Im Zwielicht der hereinbrechenden Nacht wirkte er älter.

»Einmal«, sagte er, »habe ich dich schlafen sehen.«

Mike wusste nicht, was er meinte.

»Du kennst *Slip slidin' away…*«

Mike nickte.

»Die Strophe über einen Vater, der einen Sohn hatte. Der Vater kommt einen weiten Weg, um ihm die Gründe für all das zu sagen, was er getan hat. Er küsst seinen Sohn, während der schläft, dreht sich um und fährt wieder nach Hause. Das war ich. Ich bin zu euch gekommen, aber die Maschine hatte Verspätung, und als ich ankam, hast du schon geschlafen. Du warst so klein. Ich habe es nicht geschafft. Aber ich habe Paul davon erzählt.«

Mike musste schlucken. »Wer waren die anderen in dem Song?«

»Du meinst den Mann, der die Leidenschaft für seine Frau trug wie eine Dornenkrone?«

»Oder die Frau, die an schlechten Tagen im Bett liegt und an die Dinge denkt, die hätten sein können.«

»Bekannte.«

»Ich finde, er hätte Gott aus dem Song rauslassen sollen«, sagte Mike.

»*God only knows, god makes his plan* – das ist ein bisschen dicke«, bestätigte Wolff. »Naja, ich werde es bald wissen«, fügte er hinzu, stand auf, berührte seinen Sohn im Vorbeigehen am Arm und ging nach unten. Mike folgte ihm.

Das Wasser stand in einem Drei-Liter-Kanister auf dem Tisch, die Gläser aber waren mit Wein gefüllt. Schalen mit spanischen Kleinspeisen waren auf dem ganzen Tisch verteilt.

»Neil kommt im Laufe der Nacht«, sagte Stephan Moses. »Er hat noch ein Konzert in Barcelona, danach macht er sich auf den Weg. Er sagt, du hast eine gute Wahl getroffen.«

Mike sah Wolff fragend an.

»Neil wird morgen *Thrasher* singen. Das durfte ich mir wünschen«, sagte Wolff.

Mike nickte. Er liebte diesen Song, auch wenn er den Text nie komplett verstanden hatte. Er liebte die Atmosphäre des Songs, die Bilder von dem Adler, der zu Beginn über der alten Flussbiegung aufsteigt und am Ende als Geier auf die asphaltene Kurve eines Highways niedergleitet. Die Rose, die von der Bullenpeitsche gestutzt wird, das Motel der verlorenen Begleiter, das einen mit beheiztem Pool und Bar erwartet. Irgendwas hatte man im Feld der Zeit zu tun, aber wenn der Mähdrescher kommt … *When the thrasher comes / I'll be stuck in the sun / Like the dinosaurs in shrines / But I'll know the time has come / To give what's mine.*

Stevie hob ihr Glas. »Auf diese Nacht!«, sagte sie. »Du wirst sie nicht vergessen, das verspreche ich dir, wohin du auch gehst.«

Sie stießen an und tranken.

Mike blickte auf das Meer. Es schien zu alldem keine Meinung zu haben.

Dank

Bei folgenden Personen, die zu diesem Buch in zum Teil erheblichem Maße beigetragen haben, möchte ich mich bedanken:

- bei Sandra Heinrici, die alles, wirklich alles sieht. Man kann sich keine bessere und gründlichere Lektorin wünschen.
- bei Nicola Einsle für alles. Und noch mehr.
- bei Helge Malchow fürs Mutmachen.
- bei Wilken Engelbracht für den Adler.
- bei Dr. Johannes Wamser für wirtschaftliche Tipps.
- bei Maria, die das alles aushält.
- bei Robert und Ludwig, die Material liefern, ohne es zu ahnen.

Frank Goosen, Oktober 2013

Quellen

C90:

Leonard Cohen: I'm your man, Text und Musik: Leonard Cohen, Copyright: Sony/ATV Music Publishing LLC

Zeit und Mühe:

Randy Newman: I think it's going to rain today, Text und Musik: Randy Newman, Copyright: Unichapell Music Inc.

Overbeck fragt nach:

Smashing Pumpkins: Disarm, Text und Musik: William Patrick Corgan, Copyright: Universal Music Publishing Ltd.

Edwyn Collins: The Campaign for real Rock, Text und Musik: Edwyn Collins, LP Georgeous George, (P) 1994 Setanta, © 1994 Edwyn Collins. Lyrics Universal Music Publishing Group, Warner/Chappell

Elton John, Rocket Man, Text: Bernie Taupin, Musik: Elton John, Copyright: Universal Music Publishing Group

Wolffs Liebe:

Paul Simon: Slip slindin' away, Text und Musik: Paul Simon, Copyright: Paul Simon Music

Neil Young: Thrasher, Text und Musik: Neil Young, Copyright: 1978 Silver Fiddle (BMI)

Ein Haus am Meer:

Unter dem Titel »Ruby und Bruce« erschienen in:
Elke Heidenreich (Hg.): »Katzenmusik und Katerstimmung«. Tierisch-musikalische Geschichten, illustriert von Rudi Hurzlmeier, Edition Elke Heidenreich im C. Bertelsmann Verlag, Random House, München 2012

Was jetzt?:

In veränderter Form unter dem Titel »Ritter LOCKED« erschienen in:
Marcus Gärtner (Hg.): »Die schlimme Zeit zwischen Aufstehen und Hinlegen«, Rowohlt/Polaris, Reinbek bei Hamburg, 2012

Die Rose von Hamburg:

Unter dem Titel »Ingrid und Paul« erschienen in:
Klaus Modick, Matthias Bischoff (Hg.): »We'd love to turn you on«. Eine Liebeserklärung an die Beatles, Eichborn Verlag in der Bastei-Lübbe GmbH & Co. KG, Köln 2012